欢迎来到
黄昏之乡

薄暮
冰轮

著

外面的走廊上传来**急促**的奔跑声,玻璃门被**狠狠**撞击了一下……

输液大厅

黄昏之乡,那个世界最后的灯塔,照亮着被**恶魔摧残**的人间,为幸存的人类们提供了最后的**庇护所**。

齐乐人上前几步,在自己的墓碑前蹲了下来。

图书在版编目（CIP）数据

欢迎来到黄昏之乡 / 薄暮冰轮著 . — 武汉：长江出版社，2022.12
ISBN 978-7-5492-8401-6

Ⅰ . ①欢… Ⅱ . ①薄… Ⅲ . ①长篇小说－中国－当代
Ⅳ . ① I247.5

中国版本图书馆 CIP 数据核字（2022）第 120571 号

欢迎来到黄昏之乡 / 薄暮冰轮 著

出　　版	长江出版社
	（武汉市解放大道 1863 号）
出版统筹	曾英姿
选题策划	雷凤伶
市场发行	长江出版社发行部
网　　址	http://www.cjpress.com.cn
责任编辑	江　南
印　　刷	湖南天闻新华印务有限公司
版　　次	2022 年 12 月第 1 版
印　　次	2022 年 12 月第 1 次印刷
开　　本	880mm×1230mm 1/32
印　　张	10
字　　数	269 千字
书　　号	ISBN 978-7-5492-8401-6
定　　价	52.80 元

版权所有　盗版必究（举报电话：027-82926804）
（如发现印装质量问题，请寄本社调换，电话 027-82926804）

目 录
CONTENTS

001 第一章 X市第一人民医院

089 第二章 初至黄昏之乡

125

第三章
密林女巫

✦ 目 录 ✦
CONTENTS

263

第四章
审判所

第一章

X市第一人民医院

公交车平稳地向前行驶，正值深秋的午后，阳光透过车窗照在齐乐人身上，暖洋洋的。如果不是邻座的姑娘正哭哭啼啼地和电话那头的男友吵架，这应该会是一趟令人愉快的出行——才怪。

任谁在提着手提电脑去修的时候都不会觉得愉快。令齐乐人疑惑的是，他只是玩了个几乎对配置没要求的游戏，电脑就这么不明不白地黑屏了？简直匪夷所思，这才买了几个月呢！

不过那游戏……还真挺有意思的，齐乐人心想。

这游戏的名字很大众，是他前两天在逛游戏论坛的时候顺手下载的。他已经做好了玩一款垃圾游戏的心理准备，结果却收获了一个不小的惊喜。

齐乐人玩过的生存类游戏不多，但也不少，基本的鉴别能力还是有的。这款游戏除了剧情体验外，最让他满意的就是存档位极多。他发挥了一个存档狂魔的专业素养，一个存档点都没有放过，从头存到尾，估计存了百来个档，而且还是不覆盖的那种。结果游戏依旧以 BE 线通关，屏幕右上方还跳出一条提示：解锁成就"存档狂魔"。

齐乐人满脸黑线，竟然还有这种成就？

紧接着游戏又跳出了提示："是否重新开始：是或否？"

齐乐人想也不想地就选了"是"。结果鼠标轻轻一点，电脑就黑屏了，任凭齐乐人怎么重启都不管用。他只好把手提电脑往袋子里一装，准备去电脑城修理一下。他在路上还检讨了一下自己，莫非是因为下载了盗版游戏所以才这么倒霉？

邻座的姑娘依旧在哭，电话那头的男友似乎不耐烦地吼了一句什么，她终于爆发了，也歇斯底里地吼了起来："分啊，分就分啊！你以为我多舍不得你啊！"

说完她挂了电话，捂着脸号啕大哭起来。

车厢内的气氛十分尴尬，齐乐人坐也不是走也不是，往包里掏了包纸巾递给那姑娘，结果对方恶狠狠地瞪了他一眼："要你假好心！"

无辜"中枪"的齐乐人，尴尬地收回手看向窗外，默默在心里吐槽他一个单身青年何必掺和情侣的破事儿。

车窗外的风景飞快地倒退，齐乐人眼前忽地一花，一辆卡车凭空出现，以极快的速度冲了过来，一头撞上了来不及刹车的公交车。

"轰"的一声巨响，公交车内的乘客猝不及防地向前方倒去，齐乐人早发现了几秒，双手下意识地抓住了前排的座位，但那惯性太大，他还是一头撞上了前排椅背，在一片尖叫声中眼前一黑，晕了过去。

…………

齐乐人是被耳边滴嘟滴嘟的救护车声吵醒的，他迷迷糊糊地睁开眼，看到一张大脸正凑近了观察他。

"哇！"两人同时叫了起来，又很快闭上了嘴。

齐乐人坐了起来，额头上还一阵阵地抽痛着。一个医生坐在他旁边，看起来是随救护车来的急救医生："你还好吧？"

"还好，有点晕。"齐乐人摸了摸额头，上面已经被简单地包扎过了。

"刚才你坐的公交车出了车祸，你撞了头，可能有点脑震荡，最好去医院观察一下。"医生说。

齐乐人不太乐意，去医院那就得花钱啊，他觉得自己就磕破了头，应该没那么严重。他看了医生一眼，却被这个医生的脸惊了一下。

"未成年人也可以当医生？你大学毕业了吗？"齐乐人迟疑地问道，眼前的人看起来最多读高中，不会更大了，说在念初中都有人信。

医生瞪了他一眼，有些生气道："我今年都二十七了！博士毕业的！工作三年了！"

齐乐人肃然起敬，原来这是个学霸！

头还晕着，齐乐人于是又躺了回去，有一搭没一搭地和医生聊天。聊天中，他了解到，这个医生姓吕，上学早还跳过级，二十四岁就博士毕业了，进了X市第一人民医院，转科两年定在了内科，因为脸嫩声音软常年被当作医院的吉祥物，广受护士们喜爱——然而至今没有女朋友，吕医生似乎对此耿耿于怀。

同病相怜啊，齐乐人心想。

一阵困意袭来，齐乐人打了个哈欠，吕医生好似被他传染了，靠在车内也打了个哈欠，还嘀咕了一声"好困"。

救护车有节奏的滴嘟声中，齐乐人迷迷糊糊地闭上了眼。

……

这一觉睡得着实香甜，连个梦都没有做，等到齐乐人醒来时他惊讶地发现自己躺在一排铁椅上，一股寒意从金属的椅子上传来。

他噌地一下坐了起来，脑袋一阵阵抽疼，还有些晕眩，他花了几秒钟才意识到自己应该是在医院。

对，医院。

对面墙壁上"输液大厅"四个字告诉他，此时他是在输液大厅，而不是病房，这是怎么回事？

周围一片安静，一个人影都没有。齐乐人站了起来，茫然地走了两步，服务台里也是空荡荡的，钢笔、便笺、输液工具随意地放在桌面上，水杯里还冒着袅袅热气，好似就在刚才还有人坐在那里。

太奇怪了。

齐乐人从来没见过这么空旷的医院，这里可是X市第一人民医院啊！以往这里每天都人满为患，根本没有人少的时候。

"有人吗？喂，人都到哪里去了？"齐乐人喊了两声，声音在输液大厅里回荡。他左右环顾了一下,直接走向出口处,准备离开这里。

糟糕的是出口处的两扇玻璃门落了锁,透过玻璃门,齐乐人发现走廊上也一样空旷。因为光线不足,走廊上的节能灯还亮着。

齐乐人掉头就走,撸起袖子准备爬窗出去,余光扫过墙上的衣冠镜时,他的心脏骤停了一拍——一个白色的人影就坐在输液的铁椅上,距离他不过一步之遥。

齐乐人猛地扭过头去,椅子上没有人。

一排排铁椅整齐地排列着,有的上面还有患者遗留下来的垃圾和行李包,就是没有人。齐乐人缓缓回过头,看向镜子,镜子里映着他的脸,一双褐色的下垂眼充满了迷茫,他额头上还包着绷带,身后座位空荡荡的。

没有人。是错觉。

齐乐人来到了窗边,打开窗,窗外的防盗栏是封死的,没有活动窗,外面也没有人,只有一片浓得化不开的迷雾。

门是锁的,窗也是封死的,到处都透着不同寻常。他强迫自己不要去回想镜子里看到的白色人影,虽然他告诉自己这是错觉,但是内心深处始终有个怀疑的声音在回荡。

这简直是密室逃脱游戏中的场景!

就在他联想到自己恐怕遭遇了不同寻常的事件时,他的脑中突然出现了几行提示:

"玩家齐乐人,完成新手村任务第一步:觉醒。"

"解锁卡槽×2。"

"新手村任务第二步:离开输液大厅。"

"补发'存档狂魔'成就奖励,发放技能卡'SL大法'[①]。"

"数据同步倒计时,十、九、八、七、六、五、四、三、二、一,同步完成。"

[①] SAVE/LOAD大法,通过不断存档和读档,避开各种危险,常见的游戏"作弊"大法。

齐乐人眼睛一痛，好似无数细小的针扎在眼球上，刺得泪水都涌了出来。等疼痛稍减，他用力睁开眼，透过朦胧的水光他隐约看见，就在那个座位上，一个白色的人影静静坐在那里。

齐乐人警惕地盯着那个白色人影，白色人影同样凝视着他，面无表情。那应当是一个老妇人，朦胧的白光中，她的面目有些模糊。

齐乐人心跳加速着后退了一步，她依旧没有动。

齐乐人开始缓慢地向旁边移动，避开她的凝视。她安静地坐在铁椅上，然后随着他的移动，慢慢地扭过了头。

齐乐人倒吸一口凉气，后退了一步，她缓缓站起身来，一步一步地向他走来。

怎么办，怎么办？输液大厅完全是锁死的，除非……

齐乐人的眼神四处乱飘，想找个物件打破玻璃门，就在此时，外面的走廊上传来急促的奔跑声和一阵刺耳的电锯声，有个人在大声叫喊："不要过来，不要……你到底是谁！我根本不认识你！我们无冤无仇，为什么要害我？！"

玻璃门被狠狠撞击了一下，似乎有人一头撞在了门上，齐乐人快步跑入服务台内，躲在了服务台下的空间中。

狭小的空间带给人安全感，可隔绝不了不远处的动静，玻璃门外的男人涕泗横流的挣扎求饶没有丝毫作用，声嘶力竭的叫喊后，有什么重物倒在了地上，玻璃门被撞得咣当作响。电锯声停止了。

"没用的东西。"

低沉的男声在门外响起，有人推了推输液大厅的门，发现上了锁，于是脚步声远去了。

齐乐人终于松了一口气，心跳逐渐平缓了下来。

突然，"咣当"一声，玻璃门被猛地砸碎，齐乐人又浑身一激灵——

那个凶手根本没有走！他只是去找能够砸开玻璃门的东西了！

玻璃哗啦啦地碎了一地，那个人走进了输液大厅。

这一刻齐乐人的呼吸都停了，他浑身僵硬，一动不动地蜷缩在服务台下的空间中，就在不到三米远的地方，凶手提着电锯走来，最近的时候两人甚至只隔了一层薄薄的木板，然后脚步声停住了。

吱——电锯启动了。J202J214

是发现他了吗？齐乐人几乎晕厥，手无寸铁的他怎么可能拼得过一个冷血的凶手？！

跑，还是在这里等死？齐乐人强迫自己的大脑运转起来，大门距离这里不到三米，而且已经被砸开了，如果他现在蹿出来逃跑，有多少可能逃走？

"死老太婆，滚开！"

男人低喝了一声，他手中挥舞着吱吱作响的电锯。一阵尖细的尖叫传来，那个白影似乎不是男人的对手，尖叫声已经越来越细微。

齐乐人的内心挣扎了起来，如果他要跑，那么现在是最好的时机。但是如果跑了，凶手必定会知道这里躲着一个人，他会追上来，然后……

不，不需要逃跑，刚才他会停下是因为他看到了这里有个白影，等他解决那个白影，很快就会离去，他完全不必冒着被追上的风险出来。

怀着这份侥幸心理，齐乐人继续蜷缩在服务台下。

电锯声再次停了下来，看来那个凶手已经将白色人影解决了。齐乐人心想，原来这种虚影也能解决吗？电锯已经被关掉，齐乐人心想，那人应当不知道这里还有一个活人。

劫后余生的庆幸还未蔓延开来，脚步声再次响起，他踩着不轻不重的步子……绕进了服务台中！

"唰"的一声，服务台左侧的第一个抽屉被拉开，有人粗鲁地在里面翻找了一下,然后关上了抽屉,拉开第二个……

短暂的失神后,齐乐人强迫自己恢复思考的能力,这张服务台很大,他记得总共有六个抽屉,每个抽屉下面都是用木板独立隔开的空间,出于尽量躲远的本能,他当时躲在距离大门最远的那个抽屉下面,抽屉拉开后,站立搜索抽屉的人应当是看不见下面的空间的!

凶手已经打开了第四个抽屉,距离他所在的位置只剩一个抽屉的距离了。第五个抽屉被拉开,齐乐人看到了凶手的鞋子,那是一双款式老旧的暗蓝色鞋子,上面有一个奇怪的标志,标志周围有一圈小字。

监狱管理局监制。

这是一双囚鞋!

齐乐人顺着那人的裤子往上看,依稀看到被拉开的抽屉的一角,可正是这一眼,宣告了他的死亡——服务台的抽屉内部,是透明的塑料制成的!

齐乐人僵硬地抬起头,看着自己头顶的抽屉,透明的塑料底部将抽屉内的东西暴露无遗,几只水笔,一包便笺,还有一盒回形针。

只要那个凶手再往前半步,拉开抽屉,他就可以透过透明的抽屉底部,看到躲在服务台下的他。

翻找东西的声音都变得模糊而遥远,不甘、怨恨……无数情绪涌上心头,他第一次如此痛恨自己的软弱和犹豫不决,如果刚才他冲出去,也许此时他已经安全了。

包装袋被撕开的声音传来,齐乐人花了几秒钟才反应过来,各种声音和气味大致地拼凑出此时凶手的行动。他找到了护士留在抽屉里的小蛋糕,撕开包装吃了起来,还拿起服务台上还在冒着热气的水杯喝了几口,他心情放松,甚至愉悦地哼了两句听不出调子的歌曲。

这短暂的进食给了齐乐人思考的时间,逃,他必须要逃跑。他现在唯一的优势是对方不知道他的存在，无论是怎么样的凶手，突然看到有人躲在这里的时候都会愣上一愣，这短短的一瞬间，就是他最后的机会。

他不能再错过了！绝对！

包装袋被丢在了地上，凶手向前一步，站在了齐乐人躲藏的抽屉前，伸出手，拉开了这最后一个抽屉……

抽屉被拉开，齐乐人甚至没有抬头看一眼凶手的脸，抬手对着他的胯间就是一拳——这一拳来得猝不及防，凶手闷哼了一声，重心不稳地摔在了地上，电锯"哐"的一声落地。

机会来了！

齐乐人立刻从服务台下钻出，可是左腿却一阵酸麻，他心里咯噔了一下，缩在服务台下的时间虽然不长，但是高度紧张的状态下他完全忘记了调整姿势，直到出来后才发现左腿已经压麻了。

这短暂的几秒钟里，齐乐人和痛得在地上呻吟的凶手打了个照面。那人不出所料的一身囚服，头发理得极短，人却出乎意料的年轻英俊，只是痛苦的表情和半张脸上纵横交错的新鲜伤痕破坏了他的面相，使得他变得狰狞。

齐乐人瞳孔一缩，转头就绕过服务台的外侧，忍着腿脚的酸麻向走廊狂奔。

齐乐人头也不回地奔出输液室，上了楼梯——根据输液室的封闭状况他推断，医院大门是开着的可能性几乎为零，不如在门诊大楼里躲藏再找机会离开。

"玩家齐乐人，完成新手村任务第二步：离开输液大厅。"

"新手村任务第三步：存活到天亮。"

几乎是他跑出输液大厅的那一刻，脑海中的提示就再次出现。

这一次逃跑出乎意料的顺利。等齐乐人回过神来的时候他已经跑到了门诊大厅B楼的四层，输液大厅远在A楼的第一层，如果躲藏得当，凶手应该三天三夜也找不到他在哪里。齐乐人终于放下心来，一屁股坐在地上松了口气。

心跳还没平复，可是劫后余生的喜悦已经涌上心头，他一手捂着额头，忍不住笑了起来。

太好了，他活下来了。

休息了十来分钟后，齐乐人才恢复了一些体力，起身找水喝。

虽然最紧迫的危机已经暂时消除，但是仍然有很多谜团需要他去破解。他可没有忘记之前突然出现的任务提示。

卡槽……技能卡……这几个词语再次浮现在他脑海中，他下意识地摸了摸腰，那里已经系上了一根腰带，上面有两个槽位，看起来只有扑克牌的一半大。

他记得自己当时看到过"SL大法"这个熟悉的名词……

当他想到这一点的时候，意识海中浮现出了任何一个玩游戏的人都很熟悉的物品栏，第一格赫然就是一张小小的卡片，心念一动就出现在了他的手上。

SL大法——绑定技能卡，持有者可以在身体所在位置设置一个存档点，存档后十秒内死亡或遭受致命伤害，则身体自动回到设置存档点时的位置和状态，并立刻触发第二次使用，超过十秒存档点自动失效，一个存档点可以连续使用三次，冷却时间一小时。反正，要用它，你就得死。

饶是玩过不少游戏的齐乐人，也被这个看似外挂实则鸡肋的技能卡惊呆了。

名字叫"SL大法"，但这个读档技能根本不涉及时间上的变化啊！看这个说明就知道，这个"读档"根本不会造成时间的回溯，只会让他的身体退回存档点,但这个触发条件竟然是十秒内死亡!

死亡啊!

他怎么知道自己会在十秒内死掉?如果死不掉呢?他是不是还得给自己补一刀?

还有,如果他存档后十秒内没有死,但是第十一秒的时候不幸扑街……这时候存档点已经失效,他还不是得死!

所以这是个并没有什么大作用的技能……哦,也不能说完全没有,应该还是可以拿来作死的,比如站在屋顶上存档后往下跳,体验一下跳楼的感觉什么的,齐乐人苦中作乐地想。但是他这么严谨的人怎么会干这么愚蠢的事情呢……

齐乐人把技能卡往卡槽里一插,正式激活了它。

然而并没有什么变化,只是隐约感觉到他现在可以用意念在脚下的位置设置一个只有自己看得到且有效时间只有十秒的存档点。

算了,先整理一下思路吧。

齐乐人走进了耳鼻喉科的一间诊室,从医生的桌子上找到了笔记本和笔,准备整理一下线索。空白的笔记本看起来十分老旧,好像是十几二十年前的那种风格,黄褐色的外壳,里面的纸也泛黄,除了一道道的横线外空白一片,连个名字也没有。齐乐人关上门,开始凭借记忆草绘医院门诊大楼的地形图。

感谢大学的室内装修专业,让他对建筑内部的布局比较敏感。虽然现在他是个接单做室内装修设计的自由职业者,但过得还是比较滋润的。

第一人民医院他来过几次,这里的门诊部是由AB两栋大楼组成的,从上空俯瞰类似于两条双曲线,主体部分都有六层,要从其中一栋楼到另一栋楼只有两个办法——离开A楼,从地面到达B楼;或者从大楼第三层的空中走廊到达B楼,这个走廊只有一条,建在两栋大楼位置最接近的地方，就像是连接双曲线顶点的一条线。当时齐乐人就是从三楼的空中走廊来到 B 楼的，他依稀记得，空中走廊外那浓浓的迷雾，连日光都是冷的。

那个不明的提示要求他存活到天亮，这很可能是最终任务。姑且先把自己的处境等同于一个逃生游戏的玩家处境，那么这种有时间限制的生存类的游戏，必然会伴随着各种各样的危险。

目前来看，这个医院有奇怪的虚影，也有凶手，而虚影是可以被杀死的，也就是说物理攻击是有用的……或者那个电锯有点特别？

齐乐人在"杀死虚影的方法"上打了个圈，预备到时候再实践一下。

他看了一眼手表上的时间，现在是下午四点十五分，十一月太阳下山很早，最多再有一个半小时就要天黑了。

天黑，这意味着更大的危险，白天虚影就已经开始出没，那么天黑之后只会更危险，留给他准备的时间已经不多了。

食物、水、武器、急救药品、杀伤虚影的方法、详细的医院地图、迷雾……齐乐人在笔记本上写了一串，然后突然想起他还没有尝试过联系外界。

笔记本电脑不知道去哪里了，应该是遗落在了公交车或者救护车上，手机倒是在，但是根本没有信号。

因为有心理准备，齐乐人倒是没有太过失望，合上笔记本试了试能不能收进物品栏，结果成功了。

看来物品负重的问题解决了。

齐乐人定了定神，打开了诊室的大门。

有人正东张西望地贴着墙走，大门打开的一瞬间，两人四目相对，齐齐大喊："啊！！！"

门外的人几乎是连滚带爬地往后跳，整个人贴在了对面的墙壁上，结结巴巴地问："你……你……你是人是鬼？"

齐乐人面无表情地任由本心发挥了一下恶趣味："哦，是鬼。"

可惜对面的人智商还没有掉线，此时已经冷静了下来，看着地上的影子松了口气："你别乱吓人啊……咦，你长得挺面熟，我们是不是在哪里见过？"

齐乐人幽幽道："二十四岁博士毕业，工作三年还没有女朋友的吕医生，我们几小时前才见过面。"

吕医生尴尬地摸了摸鼻子："哦，对哦，你好你好，你贵姓？"

"免贵姓齐，齐乐人。"

吕医生倒是没有报自己的名字，将齐乐人拉进了诊室："乐人啊，来来来，我们来交流一下情报吧。刚才我一醒来就发现自己在办公室，门锁上了，窗外雾很大，绝对是不正常的雾气浓度，我赶紧找钥匙啊，结果平常放钥匙的抽屉也被锁上了，以我丰富的阅历，这绝对不正常。然后奇怪的系统提示就出现了，我一抬头，看到隔壁写字台的镜子上倒映着个虚影！"

吕医生的情况和他的经历差不多，齐乐人一边听一边点头问："然后呢？"

"然后我把持住了没回头。"吕医生一脸菜色地说，"拿椅子砸开了走廊的玻璃窗爬了出去，爬到一半被玻璃碴割伤了手。"

说着他伸出了自己包扎过的手掌，蔫蔫道："我运动神经不太好……还没爬出去就感到有人趴在我背上，把我吓坏了，反手就往后拍，它就不见了……我这辈子手劲都没这么给力过！"

吕医生一脸被自己帅呆了的表情："不过回头一想，我觉得应该是那只手被割伤了有血的关系。"

"出来后系统就提示我要存活到天亮,我就随便包扎了一下手,一路绕开妇产科、手术室这种一听就容易出事的地方,结果就在这里撞上你了。"吕医生说,"我运气一向很好,就遇到了那么一个虚影,看起来也不是很有攻击力的样子。"

"的确运气不错,我从A楼跑过来的时候一路上零星地见过几个,不过移动速度不快,很快就被我甩掉了。"齐乐人说着,突然脸色一变,"等等,有件事情我得告诉你,我之前在门诊大厅遇到了一个拿着电锯的凶手,解决了一个人。"

"凶……凶手?!"吕医生脸色一白,"不是吧,难道他也进来了?"

"怎么回事?"齐乐人见他似乎知道情况,赶紧问道。

"是这样的,今天上班的时候我听到几个护士在八卦,说监狱有个连环杀人案的犯人,被送来这里就医了……"吕医生脸色苍白地说道。

齐乐人回想了一下,虽然当时他精神高度紧张,但是凶手那张脸还是给他留下了极其深刻的印象,"我记得,他脸上的确有很新鲜的伤口。"

"完了完了,这下麻烦大了。"吕医生焦虑了起来,"我们现在所在的环境相当于《寂静岭》的里世界,当然难度没有那么大。既然是生存类型,那么肯定是越到后期越危险,到时候对手肯定会变多,攻击力也会越大。目前看来进入这个里世界医院的人不止一个,我们俩唯一的接触就是在救护车上,莫非这和进入里世界有什么关系?"

吕医生在诊室里苦思冥想得团团转,齐乐人突然回想起车祸前一刻突然出现的卡车,那真的是意外吗?

"现在知道的成员:你,车祸幸存者被送往就医;我,医院的普通医生;凶手,监狱犯人被狱警送来医院就诊……啊啊啊,现在怎么办啊?一头雾水。"吕医生抓狂地坐了下来,本来就显嫩的脸上一片烦躁,活像考试要挂的倒霉高中生，完全看不出比他还大两岁。

齐乐人慢吞吞地喝着水，一边将自己遭遇的情况告诉了吕医生，唯一没有说的也只有那个莫名其妙的 SL 技能卡了，吕医生也没提过技能卡的事情，腰上倒是有和他一样的卡槽腰带，也许这个技能卡并不是那么容易就可以得到的？

到现在齐乐人还没有完全放下戒心，他感觉吕医生也是一样的，这个医院现在情况诡谲，谁也不知道眼前和自己说话的人，究竟是朋友还是……

总之小心为上。

"医院有什么能当武器的东西吗？我们两个手无寸铁，恐怕有点应付不来。"齐乐人说。

"武器啊，外科有很多，手术刀啊什么的，都有，我猜那个凶手也是在那里拿的，不过离这里太远啦，在 A 楼呢，我可不敢去。"吕医生有点胆战心惊地说。

齐乐人看了看他的小短腿，表示理解。

"刚才水喝多了，我去上个厕所。"齐乐人说着，就要走出诊室。

"喂，你真的要冒险去厕所吗？"吕医生在他背后幽幽地问道。

齐乐人僵住了。

"外面走廊有大花盆，你解决一下吧，安全要紧。"吕医生同情地说。

齐乐人僵硬地走了出去，几分钟后板着脸回来了，没有随地解决生理问题习惯的吕医生对他的尴尬感同身受，转移话题道："我想到一个可能有不少工具的地方，一起过去找找吧。"

"什么地方？"齐乐人问道。

"电工房和木工房，就在 B 楼一层的角落，说不定可以拾得'物理学圣剑'呢，走吧。"吕医生说。

齐乐人会心一笑。

离开耳鼻喉科,两人沿着走廊向楼梯走去,半路上吕医生突然停下了脚步,迟疑地说道:"前面是妇产科啊,我们要不要绕路?那里有个很大的人流室……"

齐乐人秒懂,干脆利落地掉头:"走吧,绕路。"

两人还没走多远,就听见身后传来跌跌撞撞的脚步声和呻吟声,一个人影从门内撞了出来,捂着肚子坐倒在墙边。

齐乐人一愣,这人他见过,正是公交车上邻座的那个女孩子!

她委顿地倒在墙边,满脸苍白地向两人求救:"帮帮我……"

帮还是不帮?齐乐人还在犹豫的时候,吕医生已经冲上去了,蹲在那个女孩子身边问道:"你怎么回事?哪里不舒服?"

"我肚子痛……好像……"女孩子面无人色地道,"好像……要来那个了,超疼的,没有止痛药会晕过去的程度!"

"……"

两个大男人愣在当场。

"来帮忙啊,扶她躺好!"吕医生把齐乐人招呼了过去当苦力。

齐乐人去了,和吕医生一左一右合力把人往病房里搬,妹子一脸要断气的样子,往床上一躺。

"这里有奇怪的东西……"妹子呻吟着,不过神情还算镇定,"我刚才就是从这里出来的。"

"你是说虚影吗?"吕医生有点坐立不安地东张西望了起来。

"看我流血了,尿了。"妹子疼得话都说不清了,"真的好疼……"

"我……我帮你找找卫生巾和止痛药。"吕医生赶紧去拿东西了,妇产科东西齐全。

齐乐人给她倒了杯热水，扶着她喝了。

"谢了，我叫薛盈盈，帅哥你叫什么？"妹子总算是缓过了气。

"齐乐人。"齐乐人别过脸，没有看她裤子上的血迹，这场景有点尴尬。

"我们外面等你，你好了叫一声。"吕医生拿来了卫生巾和止痛药，拉着齐乐人往门外站岗去了。

"这里结构很复杂啊。"齐乐人说。

"是啊，第一次来大家都有点摸不清路，这里的医生通道和患者通道不一样，污物通道在另一边。一大间里套了四个小房间，休息室、手术室、办公室、护士站，医生办公室和护士站之间还夹了个更衣室隔层，很容易绕晕。"吕医生还加了句不吉利的总结，"非常合适开展追击战。"

"……咱能别乌鸦嘴吗？别忘了这医院里还有个不知道什么时候就会出现的凶手。"齐乐人无语道。

吕医生斜了他一眼："你也说出来了。"

"哦。"

两人陷入了沉默中，思索着接下来该怎么办。

"她好久没动静了，不会有事吧？"齐乐人隔着门也不知道里面的情况，但直觉应该花不了这么长时间。

"啊！！！"门内号叫了起来，两人顾不得许多立刻开门，只见薛盈盈整个人都摔在了地上，铆足了劲往外爬，原本她休息的那张病床上，躺着一个明晃晃的虚影。

这一瞬间齐乐人并没有想太多，上前一步连拖带拽地将薛盈盈拉走，吕医生整个人都像是要炸毛了，拔腿就要往外跑，结果走廊上一阵风吹来，"砰"的一声关上了大门！吕医生用力拧了两下，愣是打不开！

病床上的虚影已经在逼近，就在千钧一发之际，吕医生爆发出了——

阵叫喊："用血，用血试试！"

哪来的血啊！现在放吗？！齐乐人紧张过度，大脑竟然还在运转，可被他拖着的薛盈盈转得更快，"嘶啦"一声从裤子里扯了什么带血的东西下来，就在两个男人目瞪口呆之际，将东西拍在了虚影脸上。

齐乐人回过神来，抄起一旁的椅子往它身上砸，果真碰触到了实体！肾上腺素激增中的齐乐人爆发出了非同寻常的战斗力。

室内一片寂静，只剩下三人急促的呼吸声，还有怦怦的心跳声，齐乐人丢下椅子，一屁股坐在了地上，长长地出了口气。

薛盈盈捂着肚子低吟了两声，被手脚哆嗦的吕医生扶到了另一张床上，见齐乐人还呆呆地坐在地上，吕医生小心翼翼地走过去问道："你还好吧？没受伤吧？"

齐乐人这才从失神的状态中恢复过来，僵硬地摇了摇头。

室内依旧是昏暗的，薛盈盈还半死不活地躺在床上，生无可恋地捂着肚子看天花板："被这么一吓，我的出血量增加了，现在血流成河。"

吕医生乐观地问道："你饿吗？我们去找点吃的，还有武器，现在手无寸铁的，有点……咳咳，不妥。"

想到刚才他和齐乐人乌鸦嘴结果成真了，他干脆把危险的词语咽了回去。

"你比较熟悉医院，要不你去吧，我在这里看着薛盈盈。"齐乐人有些犹豫，总不能把人家丢在这里不管吧。

"我……"吕医生纠结地"我"了半天，终于袒露了实情，"我怕……"

薛盈盈和齐乐人都陷入了沉默。

"你们俩去吧，我在这里待着说不定还安全点，再来一个我就再换一条卫生巾。就是得麻烦你们帮我找点吃的。"薛盈盈倒是心很大，颇有些临危不惧的风范——如果忽略几分钟前她还叫得死去活来的话。

吕医生又在房间里转了两圈，帮她找了两把手术刀充当武器，这才带着齐乐人离开了。

走廊上依旧寂静，大白天也开着灯，一片白晃晃的亮光。

吕医生唠唠叨叨地自言自语："食堂在门诊大楼后面，现在过不去，还是先去找武器吧，再给薛盈盈找点吃的喝的。那个迷雾到底怎么回事？我们待会儿要不要找机会去看看，一楼大厅的大门不知道开着没有，没开的话我们又得找钥匙……"

两人一路来到了B楼的木工房，里面倒是有不少工具可以用，可惜没见到那个凶手用过的电锯，只有普通的锯子，还有一些电线、锉刀、钻子之类的木工用具。吕医生找了半天乐呵呵地捧了两根撬棍回来："你看！物理学圣剑！"

……别闹。

道具可以收进包裹里，所以两人干脆洗劫了木工房和隔壁的电工房，将一些看起来用得上的工具都带上了，然后一人一根撬棍拿在手里，准备在附近找找食物。吕医生叨叨起了以前值夜班时遇到的古怪事件。

"安静。"齐乐人心头猛地一跳，低声喝住了吕医生。

吕医生茫然地眨了眨眼，在看到齐乐人肃穆的脸色后不由得一惊。

嗒嗒嗒的脚步声从远处的走廊里传来，不紧不慢，一转眼，来人已经从拐角处出现了。

眼看变生肘腋之间，齐乐人想也不想地怒喝一声："跑！"

齐乐人反应极快地跑了，吕医生这才回魂，尖叫了几声，跌跌撞撞地转身跑，两人甚至想不起自己还有武器这件事，只知道一味逃跑。

吕医生作为一个看起来未成年的成年男性，运动神经毫无疑问应该被划到"糟糕"的那一行列，惊慌失措下竟然被自己绊倒在地，摔得眼前一黑。就在他以为这次自己死定了的时候，一个人影从他身边狂奔过去，竟然全程都没有看他一眼！

吕医生呆呆地趴在地上，看着凶手拿着武器，追着齐乐人消失在了楼道中。

他竟然莫名其妙地逃过了一劫？

另一边，齐乐人正面临有生以来最严峻的生存危机，那凶手的速度极快，两人之间的距离越来越近，在越追越紧的脚步声中，齐乐人反而冷静了下来。

要怎么幸存下来？他到底有什么东西可以……

他突然脑中灵光一现，SL大法！

前方不远处就是安全通道，而距离他不到十米的地方有一间虚掩着的办公室，他凭借意念在办公室门口设下了存档点——在他眼中那就是一个半透明的图腾，他甚至不用停下脚步就完成了这个步骤，然后一个急转弯，冲入右手边的安全通道中。

SL技能倒计时：

九秒。

齐乐人急刹车，稳住了身体。

八秒。

他取出撬棍握在手中。

七秒。

凶手的脚步声已经出现在安全通道外。

六秒。

齐乐人高喊一声，撬棍下行，绊倒了凶手。

五秒。

凶手身体前倾,嗡鸣的电锯猛地朝齐乐人的右手臂上砍来,撬棍脱手了。

四秒。

齐乐人躺倒在地,痛入骨髓。

三秒。

齐乐人在剧痛中挣扎着仰起身,竟在绝境中爆发出强大的生命力!

二秒。

凶手还跪倒在地上,用膝盖撑起身体,挥舞着武器向他砍来!

一秒。

齐乐人伸长了脖子,迎头而上——

生命最后的一刹那,他忘记了疼痛。十秒内受到致命创伤,读档成功。

齐乐人失去了意识。

这一刹那似短暂,又似漫长。读档后完好的右臂都隐隐作痛,没有血迹,右臂上的袖子也是完好的。他木然地站在办公室虚掩的大门前,而凶手就在眼前安全通道的拐角处,两人的直线距离甚至不超过十米。

他面临的危险还没有结束。

凶手的脚步声在安全通道中响起,齐乐人想也不想地推开了这扇半开半掩的门,躲进了办公室——已经来不及回头跑了,且不说脚步声根本瞒不过那个凶手,光是这条没有岔路的走廊,就足够暴露他的行踪了。

可是推开办公室门的一刹那,齐乐人难以描述他有多后悔——这扇看似普通的大门,竟然在推开时发出了一声轻微的咯吱声。很轻,但是在这一片寂静中,这个声音太突兀,

齐乐人是后悔的。

这与他当初躲在服务台下苦苦祈求凶手没有发现他的那一幕是何其

相似。

这间办公室很小，除了两张办公桌就只有一个衣橱，齐乐人左右张望了一下，小心翼翼地拉开了衣橱的门，里面很空，足够躲入一个成年人，于是他钻进了衣橱中。

合拢的两扇橱门间隐约有一道缝隙，窄得不足以看清外面，只能隐约地看到光亮。

SL技能的倒计时已经读到了零，现在要读档已经太迟了。虽然存档点可以连续使用三次，但是任何一次十秒内他没有死亡，这个存档点都会失效。

他已经不能寄希望于读档了。

现在他除了祈祷，别无他法。

沉闷的脚步声在走廊外响起，还有一种金属擦地的声音，他走得很慢，好似行走间都带着一种困惑和犹疑。

齐乐人的心跳也几乎停住了，他怔怔地听着办公室大门被推开的咯吱声，凶手刚才肯定听见了大门推开的声音。

他的脚步声依旧很慢，齐乐人的瞳孔因为紧张而紧缩。

他记得的，死亡降临时的感觉，疼痛已经微不足道了，他记得更深的，反而是逼近死亡时的气味。

他再一次闻到了。

脚步声再一次停住了，就在这个衣橱外，两人之间只隔了一层薄薄的木板！

"吱"的一声，武器再次被开启，这一刻齐乐人终于放弃了最后一丝侥幸心理。

可也许命运就是如此奇妙，就在这千钧一发之际，不远处的楼梯间里传来一声尖叫："啊！"

凶手大步流星地推开办公室的大门冲了出去，脚步声伴随着武器声越来越远，齐乐人立刻推开衣橱的大门，跌跌撞撞地往走廊的另一个方向逃跑。

他再一次从这个可怕的凶手的手中活下来了。

等齐乐人回过神来时，他已经站在妇产科附近的走廊上，一身冷汗。

"齐乐人？"一个人探头探脑，看到他还活着有些惊讶，"你还活着啊？"

"有你这么诅咒人的吗？"看到吕医生安然无恙，齐乐人终于有了种回到现实的感觉。

吕医生从房间里跑了出来，上下打量了他一圈："你还好吗？"

"没事……"这个 SL 技能完美地把他恢复到了存档时的状态，没有任何证据证明他之前的遭遇。

吕医生惊疑地看着他："那个凶手呢？你把他解决掉了吗？"

"没有，运气好逃走了。"齐乐人扶着额头，犹豫了一下还是把技能卡的事情说了出来，"其实我有张可以读档的技能卡，关键时刻派上了用场。"

"进去再说吧，站在走廊上不安全。"吕医生将齐乐人拉进了房间，薛盈盈靠坐在病床上，气色有些不好，看到齐乐人回来眼前一亮："齐哥你还好吧？吕医生说你遇到了凶手，可担心了。"

齐乐人苦笑了一下，将刚才的遭遇和自己的技能卡都说了，在一次死里逃生后他突然看开了，觉得多信任别人一些未必是件坏事，现在他们就三个人，全都是普通人，要对抗一个杀人如麻的疯子恐怕还得用些特殊的办法。

薛盈盈听完沉吟了一声:"其实,刚才我也拿到了一张技能卡。"

吕医生瞥了她一眼,有点心虚地说:"其实我也……"

敢情这是人人都有啊?!齐乐人在心里咆哮。

薛盈盈大方地拿出了自己的技能卡给两人看。

染血的青春——绑定技能卡,持有者在失血疼痛的同时,会爆发出超乎寻常的力量,像个狂战士一样去战斗吧!毕竟青春,就是这样无理取闹!

"我来那个后就拿到了一项成就,这个是成就的奖励,托这个的服,我现在恢复了点力气。"薛盈盈把技能卡插回了腰带的卡槽里。

齐乐人觉得,这个技能倒是相当实用,只要有血就可以爆发,简直神技能,比他的 SL 大法不知道靠谱了多少倍。

"我的技能挺一般的,就是装备了运气会好……可能是因为我从小到大运气都很好吧,所以得到了这个奖励。"吕医生说。

齐乐人充满怨念地吐槽他:"你是不是买个彩票经常中奖,玩手机游戏一发就能出超稀有卡片,低头走路还能捡钱?"

"……那倒也没有,我还是相信人品守恒的,所以不会频繁买彩票。"吕医生说,"不过手机游戏抽卡倒是手气很好。"

常年运气值极低的齐乐人沉默了。

三人商量来商量去,最后还是决定冒险出动。再过一个小时天就要黑了,如果不能找到食物和对付虚影的办法,入夜后他们的情况就会更危险。

"凶手再怎么说也只有一个人呀,这么大的两栋楼,要遇上他怕是不容易吧?"薛盈盈乐观地说。这姑娘看来神经颇为粗壮,胆色也还可以,齐乐人对她的印象已经从公交车上的失恋女青年变成女汉子了。

但是这话显然戳中了齐乐人的痛处,他嘴角一抽,没有搭腔。

"应该没问题……齐乐人撞上凶手后我就开启了技能,有了幸运增幅短时间内我们应该不容易撞见他,现在技能还剩七十五分钟,之后就要冷却三小时了。"吕医生说。

听了这话,齐乐人和薛盈盈都松了口气,三人放心大胆地离开了人流室。

薛盈盈还有点虚弱,但正常行走已经不是问题,她提议先去找点吃的,齐乐人和吕医生有点惭愧,他俩原本是打算找到武器后去找点食物的,谁知道发生了这么大的意外,立刻把这件事忘到了九霄云外。

"你们说,窗外的那些雾气到底是什么东西呢?"薛盈盈喃喃问道。

"这种迷雾在影片里很常见,一来是烘托气氛,二来……呃,里面会有怪物,或者用雾气来区分真实世界和里世界,都是很常见的。"吕医生侃侃而谈。

三人扫荡着附近的办公室,还真的找到了不少零食,薛盈盈还喝了点红糖水,脸色终于好看了一些。

"这条路不行,我的感觉很不好,快到这边来。"在一个岔路口,吕医生感到背后一凉,他立刻带着两人绕路了,几乎是三人刚走过拐角的时候,那条岔路上就传来了沉闷的脚步声。

齐乐人太熟悉这个脚步声了。

三人大气也不敢出地屏住了呼吸,等到凶手走远后才从躲藏的地方钻出来。

"这简直是随机出没的终极 BOSS[①]啊。"吕医生小声抱怨道。

齐乐人在一旁狂点头,这 BOSS 还是个玩家!简直毫无人性。

"走吧,他已经过去了,这边应该是安全的了吧。"薛盈盈指着凶手来时的路。

三人走进了过道中,没多久就看到了一个死去的成员。死去的成员

[①] 是指游戏中首领级别的守关怪物。

旁边用血写了一个数字六——这已经是第六个玩家了。

薛盈盈别开脸没忍心看，吕医生走上前去查看了一下，皱着眉说："性别女，年龄应该在三十岁左右，死因是颈部大动脉破裂造成的失血过多，死亡时间就在这几分钟内。"

"你是法医吗？"薛盈盈问道。

"我只是个热爱看片的内科医生。"吕医生严肃地纠正道。

检查完没有发现更多的信息，一行人又往B楼的上层走去。起初齐乐人担心天台上也充满了雾气，毕竟这应该算是户外了，但打开顶楼的通道之后，他们惊讶地发现，天台上的雾气很稀薄，好似有一层看不见的屏障将浓密的雾气稀释了。

而不远处，一个人影背对着他们蹲在尸体前，听到声响后他警惕地站起身来，露出一张哪怕是同性都会惊叹的脸。

齐乐人清晰地听到了薛盈盈情不自禁地哇了一声，然后咽了咽口水。

齐乐人早就知道，这是个看脸的世界，但是他不知道，这是一个如此看脸的世界。

这个英俊的陌生人穿着一身简单的白衬衫和西装裤，却偏偏莫名得合适他，又或许，有这样一张脸，穿什么都会很好看。

他对他们点了点头，俊美无暇的脸上挂着浅浅的微笑，姿态温文尔雅，从容不迫，仿佛这里不是什么危机四伏的地方，而是认识新朋友的场合。

薛盈盈一秒就叛变了，不久前她还热情地称呼齐乐人为"帅哥"，但现在，她已经转变了释放热情的对象，冲着眼前这位名叫苏和的美男子一迭声地叫"帅哥"。

吕医生丝毫没有"同性相斥"的感觉，和苏和聊起了刚才见到的受害者。

齐乐人有一瞬间的疑惑，这个苏和是怎么在天台躲过凶手的？从时间上来看，要么他一直在天台，然而正好借着障碍物避开了凶手的视线；要么和他们一样，在凶手离开天台后才上来。

"我只是来医院看人，没想到会遇到这种事。"苏和微微蹙着眉道。

"我也是啊！我在医院上了三年班，从没遇到过这么可怕的事情！"吕医生捶胸顿足，"早知道有今天我打死也不当医生！我到底招谁惹谁了！"

薛盈盈没有说话，她也觉得自己够倒霉的。

只是想去修电脑，谁知道乘坐的公交车出了车祸，被送进医院，电脑还丢了的齐乐人也没有说话。他觉得自己最倒霉，不过这种比惨大会他就不掺和了，每次都稳赢，没意思。

"你刚才看到那个凶手了吗？"齐乐人问道。

苏和摇了摇头："我来的时候，地上就有这具尸体了，旁边还用血写了一个五。"

薛盈盈在一旁点头："对的对的，帅哥你不知道啊，这里有个变态凶手出没。吕医生说他是个因为自残送来医院诊治的犯人，之前就是因为连环杀人被送进监狱的。"

"那可真是太糟糕了……"苏和喃喃道。

大概是帅哥在思考的样子太迷人，薛盈盈忍不住偷看了好几眼，又一本正经地好一番劝慰，表示他们人多力量大，不用怕！

已经两次被追得抱头鼠窜差点没命，还因为"捶蛋"之仇遭凶手记恨的齐乐人没吭声，要是遇上了凶手，他肯定又……

想想就觉得心累。

雾蒙蒙的天让光线变得昏暗，夜晚也降临得比预想的早，眼看着就要彻底陷入黑暗之中。大概是雾气浓密的关系，目之所及的地方都是雾气,越往远处就越是浓重,根本无法看到临近的建筑。

吕医生突然哆嗦了一下,危机感大增地说:"我们快走吧,我有种很不好的预感……"

除了不明情况的苏和,齐乐人和薛盈盈都紧张了起来,吕医生开着技能时的预感有多精准,他们可是已经体验过了。薛盈盈快步走向楼梯口,见苏和还没跟上来,回头要喊他,这一回头,却让她瞪大了眼:"手……手。"

齐乐人就站在苏和身边,听到薛盈盈的声音后,下意识地低头看去——一只枯瘦的手从天台边缘的栏杆上伸出来,一把抓住苏和的手腕,将他拖下天台!

齐乐人本能地伸手拽住了苏和的另一只手,可是那手力道惊人,就连他也被拖到了天台边缘,险险拉住栏杆才没有往下冲,可是苏和已经大半个人翻出了栏杆。

苏和在半空中挣扎,齐乐人勉力支撑才没有被拽下去,吕医生也冲了上来,帮着齐乐人拉苏和,薛盈盈在一旁厉声叫道:"走开,我来拉!"

吕医生被薛盈盈轻松拽到了一边。仗着自己持续失血激活了力量增幅的薛盈盈用双手拉着苏和的手臂,用力将他往上拖。

"放点血,苏和你放点血!"吕医生在一旁叫道。

眼看苏和没有反应过来,齐乐人干脆咬破舌尖,一口舌血喷在了苏和身上,血沫在迷雾中四散,攀在苏和手腕上的虚影突然松了劲,双手拉住苏和手腕的薛盈盈一把将人拽了回去,两人跌倒在了天台上,而齐乐人一手拉着栏杆,稳住了身体往下看。

外墙上早已没有了虚影的身影,只剩下茫茫迷雾。

齐乐人眼前一花,朦胧中有个影子利箭一般从雾气中蹿了出来,几秒钟的工夫已经爬到了齐乐人的面前!

吕医生见薛盈盈和苏和没事，回头要喊齐乐人，才发现齐乐人被一个白影抱住，瞬间被拖入了迷雾之中，坠下高楼！

……

SL大法冷却完毕。

当齐乐人正死死拉住苏和的时候，他的脑中蹿出了这么一条提示，不知不觉SL大法一小时的冷却时间已经过去了。

就在苏和得救，齐乐人站在栏杆旁往下看到那个急速上蹿的影子时，预感涌上心头，让他不假思索地在这千钧一发之际存档成功。下一秒，一股阴冷的气息直冲鼻腔，那狰狞的影子几乎是整个扑在他脸上，将他拖下大楼。

晕眩失重的身体在坠落中穿过厚重的迷雾，这么快，这么急，不过几秒钟，他应该什么都来不及看清就摔得粉身碎骨，可他偏偏看见了。

眼前的迷雾终于不再遮蔽视线，他看到无穷无尽的人群站在大地上，有男有女，有老有少，以同一个姿势抬头凝视着他，嘴唇咧出笑容，就像是在说……欢迎加入我们。

读档成功，他失去了意识。

下一秒，他凭空回到楼顶，在三人震惊的目光中扑通一下坐倒在地上。

"喂……你没事吧？"吕医生见齐乐人呆呆地坐在地上，上前拍了拍他的肩膀。

这一拍让齐乐人浑身都抽搐了一下，反应极大地蹿了起来，好似还没回魂一般茫然地看着四周。吕医生被他吓了一跳，声音都软了："你还好吧？"

直到这时齐乐人才缓过气来，坠楼的失重感和目击的景象让他随时都处在一种紧张的状态中，好像随便走出一脚都会踏空坠落。

见三人都担忧地看着他，齐乐人说道："先离开这里。"

四人于是回到了楼下，在吕医生的带领下找了个僻静的办公室。苏和给齐乐人倒了杯热水，坐在他面前直截了当地问道："你看见了什么？"

齐乐人猛地抬起头，正对上苏和那张俊美至极的脸，一时间不知道该说什么。

"很多……"齐乐人在组织语言，苏和也没有追问，而是温和地看着他，等他理清思绪一一道来。

齐乐人深吸了一口气，将脑中的画面描述了出来："很多、很多虚影……"

"没事了，已经没事了。"苏和将手放在他的手上，安慰他。

大概是苏和的声音太温柔，能安抚人心，齐乐人总算能够较为冷静地将刚才的事情完整地陈述一遍："你不奇怪吗？明明已经坠落的我竟然安然无恙地回到了天台上。"

苏和微微一笑："有一点，但是这和你能平安无事相比，都已经不重要了。谢谢你救了我。"

齐乐人怔怔地看了他一会儿，莫名有些耳尖发烫。

直到苏和已经开始和吕医生讨论迷雾的成因后，齐乐人才从那种被颜值冲击后的恍惚中清醒过来。看看薛盈盈，她已经完全忘记了自己的前男友，坐在桌边托着下巴看帅哥了。

"咳，那是技能卡的作用。"齐乐人为了掩饰刚才看呆了的尴尬，主动取出了卡槽里的技能卡解释了起来。

"我也有一张，没什么大用处，就是能增加一点运气。"吕医生说。

薛盈盈有点坐立不安，不知道该不该说自己的技能卡，她本能地不想在心仪的帅哥面前透露自己这种尴尬的隐私，最后只是含糊地说："我的是能在流血疼痛的同时力气变大。"

"你们都有吗?"苏和有些诧异地看着三人,无奈地苦笑道,"我没有呢……"

"没事没事,我觉得这个应该是触发一些成就或者支线就会得到的,现在才过去了几小时,说不定待会儿你就会拿到了。"吕医生安慰道。

"我们现在该怎么办?"齐乐人问道,"要在医院寻找一下其余幸存者吗?"

"不会就我们几个进来这个地方了吧?"薛盈盈忧心忡忡。

"目前为止至少已经有六位成员遇害了,加上那个凶手和我们四个人,这个医院里至少有十一个人,恐怕还不止这个数。"苏和微微皱着眉,"从任务要求看,我们需要存活到天亮……现在天已经黑了,距离天亮大概还有十二个小时,你们有什么打算吗?"

几人你看看我,我看看你,都有些拿不定主意。

吕医生沉默了良久,有些犹豫地说:"我想去一趟血库。"

"血库?"

"嗯,现在可以肯定人血对虚影有作用,类似于让虚影实体化,也有一些攻击的效果,虚影似乎惧怕血液,虽然不知道是什么原因……我想试试看,如果血浆有用的话,至少下半夜我们不用频繁放血了。"吕医生慎重地说道。

"所以在天台上你才让我放点血?抱歉,那时候我没领会过来。"苏和说着,又看向齐乐人,愧疚道,"你的舌头还疼吗?我看你那时候喷出一大口血。"

"我没事,已经不疼了。"被人这么温柔地凝视着,实在有种莫名的压力,齐乐人赶紧道。

"那真是太好了。"苏和微笑道,"太好了……"

天已经彻底黑了,幸好医院里不分日夜都是灯火通明的,齐乐人一行人离开了暂时栖身的会议室，跟着吕医生向血库走去。

"我的技能快失效了，估计只能撑到血库。"吕医生有点不安。

任谁在知道自己和一个大BOSS共处一栋楼的时候都会有种坐立不安的感觉，更别提他们还得作死地在这栋楼里走来走去。

"我们有四个人啊，真遇上了就干一架吧，永绝后患呗。"薛盈盈掂量了一下自己现在的力气，乐观地说。

吕医生和齐乐人对视了一眼，嘴里都有点发苦。

薛盈盈没有和凶手照过面，大约还不明白那种感觉。

"还是小心为上。"苏和说着，又回头对薛盈盈笑道，"你真是个勇敢的女孩子，很了不起。"

薛盈盈听后脸上红红的，抿着嘴傻笑。

吕医生忍不住翻了个白眼，长得帅就是任性啊，在这种环境下泡妞都如鱼得水。

转眼四人已经来到了血库，吕医生带着几人七拐八绕地走了进去，很快几人便左手一包浓缩红细胞，右手一包淡黄色的血浆："你们觉得对虚影有效的血液成分是浓缩红细胞还是血浆？"

薛盈盈沉思了半晌，根据自己有限的经验笃定道："我想是女生每个月来的那个。"

三位男士："……"

齐乐人头疼地问道："没有完整的血吗？"

"现在早就用成分血啦，你要完整的就自己放吧。"吕医生摊了摊手说道。

苏和凝视着那两包成分血，忽然道："大家有没有想过，为什么那个凶手要不停地追逐我们？"

这个问题让正在纠结血液成分的三个人都愣了愣。

"因为他就是个变态吧……"吕医生嗫嚅道,"他本来就是因为连环作案被关进监狱里的。"

苏和坐在桌子上,沉思道:"这种连环作案案犯基本上是有计划地在进行的,但是到了这里他却改变了自己的作案习惯——不,还是保留了一些的,比如在作案后留下标记之类的,这属于犯罪者的犯罪偏好。"

"如果要出其不意地作案,他完全可以换一身衣服,以更可靠的样子接近其他人,然后突然袭击,除非……"苏和顿了顿,扫了几人一眼。

吕医生咽了咽口水,低声道:"除非他就是想让被害人在绝望惊恐中挣扎被害,或者他就是享受这种状态。"

气氛一下凝重了起来,薛盈盈打了个寒噤:"真变态。"

"所以我在想,难道新鲜的带着恐惧的血液对虚影会有更好的效果?这是我目前能想到的一种可能。"苏和说。

"新鲜的?"吕医生喃喃了一声,猛然扭头看向齐乐人。

"喂……你那是什么眼神?"齐乐人抖了一抖。

"乐人啊,该你上了。"吕医生拍了拍他的肩膀,开玩笑道,"什么时候冷却时间过去,给我们放点血吧。"

齐乐人:"……"

最后几个人还是带足了各种成分血,反正背包栏里能装不少,四个人都装满了才走。

"我觉得还是新鲜的好。"吕医生小声嘀咕了一声。

"你想都别想!"齐乐人斜了他一眼,坚持不肯做那个放血的倒霉蛋。

"最好还是测试一下血浆的效果,看到那边的虚影了吧?我们可以试试。"苏和指着前方的环形楼道,镇静地说道。

三个人应声抬头,回字形的走廊结构,他们能够清晰地看到对面走廊上一闪而过的虚影。绕着走廊走了半圈,刚好可以看到一楼大厅的电子板,齐乐人突然停下了脚步,看着上面的数字:"等等,你们看看时间。"

吕医生应声掏出手机,虽然已经没有信号了,但是还是可以显示时间的:"六点三十分,怎么了?"

齐乐人神情凝重地沉默着,苏和站在他身旁,一起看向电子板:

——X市人民医院欢迎您

——时间:04:13

"时间错了吗?"薛盈盈问道。

"不可能,在电影里永远没有无缘无故的错误时间,只有线索提示和……"死亡预告。

吕医生没把最后几个字说出来,可是齐乐人还是明白了他的意思。

"也许到四点十三分的时候会有一些特别的事情发生。"苏和轻声道。

四个人在这里站了很久时间也没有改变,就好像电子板上的时间被牢牢锁定在了这一刻。

"四点十三分……"齐乐人喃喃地读着时间,一时间有无数个念头涌了上来。这个时间到底是什么意思?

几人苦思冥想,却没有更多线索,一旁的薛盈盈突然倒吸一口凉气,拽了一下苏和的胳膊,指着一楼大厅让他看。齐乐人也往下看去,顿时心头一紧。

凶手正穿过大厅走向对面的走廊。

苏和挥手示意他们退后,虽然从这个角度上来看,除非一楼的凶手突然转头并且往上看,否则他是不会发现站在楼上走廊里的四人的,但是为了安全起见,最好还是避一避。

四个人于是后退,一直退到楼梯附近,确保不会被发现。

走廊旁的服务台上有一缸金鱼，正安逸地在水草间游来游去。

薛盈盈多看了两眼，那几条不停上浮下沉的金鱼突然接二连三地跃出了水面，在地上奋力跳动。其中一条撞上了薛盈盈只穿了丝袜的小腿，她猛地往后退去，撞在了墙壁上，拍打着自己的小腿。

那条撞上她的金鱼已经被踢到了一边，在地上跳动了两下就奄奄一息了。

"怎么了？"苏和询问道。

"很冰……"薛盈盈说了两个字，看着地上四条死去的金鱼。

"鱼类本来就是冷血动物，觉得冰是正常的。"吕医生看了看他们来时的方向，"我们最好走远点，这里太安静了，说不定他听见了。"

这个担忧是有道理的，在这个寂静的医院里，那个人恐怕会来这边查看情况。四个人一合计，立刻离开了这片危险地带。

两栋门诊大楼面积极大，如果不是运气特别差，要正面遇上也不是那么容易，凭借吕医生这个熟悉环境的向导的指引，四人很顺利地绕开了几个容易发生危险的地方，但是在这个四处都充满了奇怪虚影的医院里，一种被时刻窥伺着的感觉还是令人神经紧张了起来。

"这里……等一下。"齐乐人突然叫住了几人。

虽然大楼内的结构很相似，但是出于职业敏感性，他比较擅长识别建筑内部的环境，眼前的这片地方他很熟悉，而且是刻骨铭心的熟悉。

齐乐人看着那扇推开时会咯吱作响的办公室门，低声道："这附近应该还有一具尸体。"

"咦，你是说……"吕医生意识到这里应该就是齐乐人说过的，他第二次躲开凶手的地方。

当时凶手几乎就要打开他藏身的衣柜了，但是却被附近的尖叫声吸引，让他幸运地逃过一劫。但是当时发出尖叫的那个人，恐怕已经遭遇不幸了。

四个人稍一搜索,很快就在附近找到了。是一个年轻的女孩子,穿着一条白色的连衣裙——是数字四。

四人心情沉重地找了个僻静的地方休息了一会儿,交流了一下目前的情况。

附近的虚影数量比起天黑前有了明显的增多,但是似乎并不主动攻击。刚才为了试验血浆的效果,苏和和齐乐人一个一个去攻击了虚影,实测血浆效果优于浓缩红细胞,但是比起当时薛盈盈的攻击,效果还是差很多。

所以大家猜测,应该还是新鲜血液更有效果。

吕医生对那个四点十三分的时间十分在意,一直嘀咕着这一定是什么解谜线索:"根据我多年看片和玩游戏的经验,那个时间绝对隐藏了什么大秘密。作为一个游戏,我们现在所处的环境很奇怪,如果剔除凶手这个意外玩家因素,这应当是一个将一群普通人投入一个密闭空间的生存类游戏,那么必然会存在一些妨碍生存的因素。在这里应该是虚影,对付虚影的方法需要玩家寻找,现在看来就是血液了。"

吕医生喝了点水,继续说:"四点十三分这个时间点里一定会有特别的事情发生,例如会有一次大规模的暴动。我倾向于医院里有什么线索可以避开四点十三分的危险,只是现在我们还不知道。"

齐乐人和薛盈盈一边听一边点头,觉得他说得十分有道理。

苏和坐在椅子上,眼神温和地看着几人,慢条斯理地问道:"你们有没有想过,这个游戏的目的是什么?"

三个人都愣了。

"一开始系统提示了我们,说这是'新手村任务',也就是说这就像是一个网游一样,我们现在所处的环境,是最为简单最为无害的。它把一群普通人放在这个所谓的新手村里,它的目的究竟是什么?"苏和问道。

"呃……养蛊？"吕医生提出了一种可能。

"有可能，如果是刻意的养蛊，那么有一个凶手倒是在情理之中了。但是它完全不需要那么麻烦，它大可以在这里放置一个类似于虚影的NPC[①]不停追杀我们，或者干脆发布任务让我们互相斗殴。"苏和说道。

"可是……也许那个凶手的任务和我们不一样呢？可能他的任务就是追杀我们呢？"薛盈盈又提出了一种可能。

苏和微微一笑，温柔地道："如果不一视同仁，那就不叫'养蛊'了。我更倾向于那个凶手是个意外因素。"

几个人讨论了一阵，还是无法确定，只好先走一步看一步。

"我想回那个金鱼缸看看。"吕医生从椅子上站了起来，皱着眉说，"我还是觉得我们漏掉了一些线索。"

"我同意。"苏和微笑道。

齐乐人也没意见，薛盈盈犹豫了一下，并不想去。

"那个金鱼很奇怪……冷冰冰的，感觉很讨厌。"薛盈盈弯下腰摸了摸被金鱼撞过的地方，脸色不是很好。

"只是看一看而已。"吕医生说。

"如果不放心的话，你可以稍微站远一点，我们上去查看好了。"苏和说。

薛盈盈咬着嘴唇，勉强点了点头。

前去金鱼缸的路上，几个人很小心，生怕迎面就撞上了凶手，但是幸运的是一路上他们都没有遇到危险，顺利地回到了那个金鱼缸附近。

金鱼一条一条地躺在地上。

齐乐人忽然觉得不太对劲，疑惑地问道："刚才地上是三条金鱼吗？"

苏和微蹙着眉回想了一下："我记得是四条。"

"我也记得是四条。"吕医生说。

[①] 是 Non-PlayerCharacter 的缩写，是游戏中的一种角色类型，意思是非玩家角色，指游戏中不受玩家操纵的游戏角色。

"薛盈盈，你记得吗？"齐乐人回头问道。

原本远远站在一旁等着他们检查的薛盈盈，不知何时已经消失不见了。

空荡荡的走廊上，日光灯照亮了角角落落，没有她的身影。

"薛盈盈？"齐乐人又叫了一声。

他并没有在第一时间意识到究竟发生了什么，只以为薛盈盈是走开了一会儿，甚至又连着喊了她三声。

走廊上依旧空空荡荡，没有人影。

"别喊了，会被听见的。"吕医生立马阻止了他。

听见？就是要让她听见啊。齐乐人慢了几拍才意识到吕医生所说的听见的对象，并不是薛盈盈。

"我想，她应该已经不在这里了。"苏和上前几步，站在薛盈盈之前所在的地方，这里并没有岔路可以走开，这么短的时间里她也不可能莫名其妙掉头离去，那么一定是发生了什么他们不知道的意外。

一个同伴莫名其妙的失踪给了三个人一种无形的压力，明明几秒钟前还跟在他们身后的薛盈盈，竟然就在他们眼皮底下无声无息地消失了。

齐乐人声音都沙哑了："在附近找找看吧，也许她只是走开了一会儿……"

这话连他自己都不相信，但是在这个时刻，吕医生和苏和都点了头。

三个人沉默地在附近寻找薛盈盈，路过回字走廊的时候，齐乐人又看了一眼一楼大厅的电子板，依旧是四点十三分，没有丝毫的变化。

"好像起雾了？"齐乐人听见吕医生在他身后问道。

齐乐人定睛一看，大厅的空气中确实漂浮着一层不易觉察的雾气，并不稠密，却丝丝缕缕地在空中聚散。

"是外面的雾气进入到医院了吗？"苏和轻声道，"这可不妙啊……"

是啊，谁知道四点十三分时会发生的意外，究竟是什么呢？

三个人在附近转了一大圈也没有找到薛盈盈，于是又回到了金鱼缸附近寻找线索，可是就在他们绕过走廊，回到金鱼缸那里的时候，齐乐人一眼就看到了地上的金鱼……还剩两条。

他的瞳孔蓦地紧缩了一瞬，盯着刚才第三条金鱼所在的位置，那里干干净净，好似从来没有出现过什么金鱼。

他猛地回过头去，苏和同样看着地上的金鱼，愕然地迎上了他的视线。

两个人同时意识到了什么，向原本吕医生所在的方向看去，可是不知何时，他竟然也已经消失了！

"吕医生？"齐乐人往后走了几步，小声唤道。

走廊里静悄悄的，只有他带着颤音的声音，在冷寂的空气中飘散了。

苏和沉默地看着地上那两条金鱼，陷入了沉思中。

"一开始，金鱼有四条。"苏和的声音让齐乐人回过了神，幽冷的日光灯下，苏和苍白的侧脸有一种脆弱阴柔的俊美，他徐徐说道，"然后薛盈盈消失了，金鱼还剩三条。接下来是吕医生。"

"你是说，金鱼的数量是在暗示我们？"齐乐人问道。

苏和摇了摇头："我不知道，也许再走一圈，连我也会消失。"

齐乐人想苦笑，但是嘴角却动不了："也许消失的是我。"

苏和看着金鱼，幽幽地说道："也许在他们眼里，消失的人是我们。"

"那……现在怎么办？"

苏和略一思索，伸出了手："拉着吧，省得一回头人又不见了。"

齐乐人想也没想地伸出了手，两只手交握的一瞬间，齐乐人怔了一下。苏和的手在男性里也是属于修长的那种，手背很细腻，但是手掌和指腹上却好像有一层薄薄的茧。

苏和脸上有一点笑意："怎么了？"

"你手上竟然有茧，有点意外。我是说，你看起来像是坐办公室的那种人，或者演员模特什么的。"齐乐人说。

"是吗？其实我是个程序员。"苏和笑着说。

齐乐人吃了一惊："一点都不像！"

"不过在那之前，的确过了一段很辛苦的日子。"苏和说。

齐乐人心想他早该去当演员的，就算是个花瓶那也是顶级的男花瓶，也比当程序员赚得多。齐乐人对演艺圈的事情很了解，不是出于个人兴趣，而是因为他母亲是个知名实力派女演员，他从小耳濡目染，知道得不少。

毕竟是在一个危机重重的环境下，两个人没有再继续这个话题，而是决定再绕一圈。这一次两个人牵着手，所以并不担心会莫名走丢，齐乐人和苏和有一搭没一搭地说着话，在回字形的走廊上绕了一圈。

再一次经过电子板前，时间依旧没有变。

入夜之后气温下降得很快，下午还是可以穿短袖的温度，可是现在，穿着长袖都觉得寒意袭人，明明一直在走，但是脚却冷得快要没有知觉了。

"你的手很冷，是在害怕吗？"苏和突然问道。

两个人刚才沉默了一段时间，突然听到苏和的声音，齐乐人的眼皮莫名颤了颤。

"冷吗？我觉得你的手更冷。"说着，齐乐人心里咯噔了一下。

为什么苏和会说他的手冷？明明是他的手更冷啊，冷得就像捏着一块冰一样。既然苏和的手已经这么冷了，那么应该会觉得他的手很暖和才对，为什么会说他的手很冷？

此时，齐乐人比苏和走得快了半步，眼睛的余光依稀能瞄到两个人交握的手。

他看见，被他握在手里的那只手纤细修长。

那不是苏和的手，是一只女人的手。

"快到金鱼缸了,不知道现在还剩几条金鱼呢?"被他拉着的"苏和"再次开口,声音不变,可是说话的语气却更像女孩子。

齐乐人浑身的血液都像是被冻结了一样,他强迫自己不要回头,不要抽回手,他本想先不打草惊蛇,再思索一下有什么办法可以一击制敌,可是就在两人路过一扇窗户时,齐乐人还是忍不住向那里看去——

被他牵着的手的主人,穿着一身白色连衣裙。

她正好将脸对着那扇窗户,面带微笑,齐乐人脑海里想起了那个带血的数字——四。

两个人的视线在玻璃窗上交汇在了一起,她的笑容更盛,即便没有说话,齐乐人也看懂了她的表情——你知道我是谁,你知道我为何而来。

是她!

是他们发现的第四个受害者,那个因为一声尖叫引开了凶手,间接救了齐乐人一命的死者。

可她明明已经死了……

这个认知让齐乐人拼命想抽回自己的手,却愕然地发现自己的手就像是被焊住了一般,根本无法挣脱。

"你的手很冷,是在害怕吗?""苏和"的声音变了,不再是低沉的男声,而是女孩子清脆又绵软的调子。

"放开我!滚开!"齐乐人一脚踢向她,绷紧了的腿脚蹬穿了空气,根本没有碰触到对方,可是她却能拉住他!用那只力气大得惊人,也冷得惊人的手拉住他!

那双看似纤若无骨的手猛地将他推到了墙边,牢牢按在了玻璃上。

"你在看什么?"她问道。

要挣脱她,只有……

在木工房里找到的小刀被齐乐人握在手中,他想也不想地直插自己的胸口,冰冷的刀刃刺穿胸膛,那温度比死亡更冷,他的眼神越过"女孩"的肩膀,看向不远处自己存档过的地方——还剩三秒。

他还没有死,这个伤还不够致命!

在"女孩"冷漠的凝视中,他狠下心来,用快失去知觉的手握住刀柄,狠狠往旁边一拉。

读档成功!

眼前一花,他已经站在几米外,"女孩"背对着他,好似终于发现自己的猎物突然消失,她缓缓回过头,既无诧异又无愤怒地看向他。

九秒。

"女孩"向他走来。

八秒。

齐乐人取出血袋,狠狠扎开。

七秒。

血袋被拳头攥紧,喷出鲜血。

六秒。

他已经冲到"女孩"面前,血袋内的血喷洒在"女孩"身上,也溅在了他自己身上。

五秒。

她小退了一步,没有畏惧。

四秒。

她再次向他伸出手。

三秒。

来不及了!

两秒。

齐乐人眼中闪过一丝决绝,再次握紧刀柄,故技重施给了自己一刀,然后迎头撞向"女孩"。

一秒。

十秒之内,伤口致命,连续读档成功。

齐乐人再一次站在存档点,短时间内连续两次死亡已经快耗尽他的精力,他几乎随时会倒下。尽管他还可以连续读档一次,但是他的精神力已经不足以支撑他熬过这种非人的折磨。

"女孩"身上染上了点点血迹,号叫翻滚着。

齐乐人几乎是一步一趔趄地来到她身边,拿出撬棍,居高临下地看着她。冷静下来的齐乐人已经可以平静地审视她的出现。

其实,也没有那么可怕,他心想。

齐乐人举起撬棍,撬棍砸上了实体,实体瞬间化为黑烟消散了。

齐乐人一屁股坐在了地上,再也没有一丝一毫的力气。

齐乐人感觉自己坐了有一会儿,勉强恢复了一点精神,起身向鱼缸走去。只有十几米的距离,他觉得自己好像走在冰窖里,冷,虚弱,随时都会倒下。

太奇怪了,明明之前几次读档都没有这么剧烈的后遗症。

他站在了金鱼缸前,看着地上的金鱼。

只有那么小小的一团,已经死去多时。

只剩下他一个人了吗?齐乐人迷茫地问自己,吕医生、薛盈盈、苏和,他们还活着吗?

齐乐人眼前忽然一花,定睛一看,鱼缸的假山后游出了一条金鱼,不安地靠近水面,跃动着要跳出鱼缸!

吧嗒一声,金鱼跳出了鱼缸,掉在了地上,用尾巴拍打着地面。又是哗啦一声，另一条金鱼也跳出了鱼缸，在地上翻滚。

一条死了的金鱼，两条快要死了的金鱼，在地上上演着一出荒诞又可笑的闹剧。

齐乐人看了很久，终于在两条金鱼步入死亡前蹲下了身，将它们丢回了鱼缸里。

几乎是金鱼回到鱼缸的同一时间，他突然觉得心头一松，如释重负一般放下了什么，但是困意却越来越浓。齐乐人没能坚持多久就坐倒在墙边，强撑着眼皮让自己不要睡。

然而那种好似灵魂深处涌来的困倦击败了理智和恐惧，他终于无法坚持，闭上眼睡了过去。

3

"齐乐人？齐乐人你醒醒啊？喂，别睡了这都什么地方啊！"

"可能是遇上什么了吧，不过好在没受什么伤。"

"齐哥不会有事吧？"

耳边叽叽喳喳都是说话的声音，不堪骚扰的齐乐人终于动弹了一下嘴唇，沙哑地说了一声闭嘴。

周围安静了一下，然后更吵了。

最后齐乐人是被脸上的冷毛巾弄醒的，那温度冷得像冰，让他一个激灵清醒了过来。

一睁开眼，三张脸都近在眼前。

吕医生的、薛盈盈的，还有苏和的。

"醒了醒了，你还好吧？"吕医生问道。

"没事……"齐乐人顿了顿，说道。

"但你的脸色不太好,有哪里不舒服吗?"苏和蹲在他面前问道。

"有点脱力,现在好多了。"齐乐人勉强露出了个笑容。

薛盈盈拿着刚才给他敷脸的冷毛巾,笑嘻嘻地说:"刚才我一转眼就发现你们三个都不见了,吓死我了,突然冒出好多虚影,还好之前准备了血袋,不然我也得学你放血了。"

吕医生在一旁点头:"是啊,我也是一抬头就发现身边没人了,吓得我直接跑去李主任的办公室了。"

三个人莫名其妙地看着他,不太明白他为什么要去那里。

"你们不知道,李主任在我们院里很出名的。"吕医生一本正经道,"他是个狂热的佛教徒,办公室堆满了佛像的那种,我简直是一路被虚影追过去的,一进去就点了蜡烛檀香开始念金刚经。"

三个人一阵无语。

"我和薛盈盈差不多,遇到了不少虚影,幸好没什么大碍。奇怪的是我明明和齐乐人拉着手,但是等我意识到的时候,身边已经没有人了。"苏和沉声道。

"那你呢?"吕医生问齐乐人。

齐乐人苦笑了一声,正要开口,突然想起一件事,于是他回过头去看金鱼缸。

地上干干净净,没有金鱼。

一条也没有。

金鱼去了哪里?齐乐人愣愣地盯着地面,半晌都没发出声音。

苏和顺着他的视线看去,也沉吟了一声:"不见了呢。"

吕医生哆嗦了一下,搓了搓胳膊:"别说了,我真觉得这里到处都不对劲。"

"往好的地方想,说不定刚才看到金鱼才是不正常的,现在我们已经回到正常的环境了呢。"薛盈盈乐观地说。

"有道理啊！"吕医生嘿了一声，"这种反常的事情其实是在暗示我们进入了另一个次元里，金鱼的数量暗示了我们的数量，所以刚才金鱼不断减少，意味着我们被分割到了不同的空间里，无法见到彼此。现在我们都从那里出来了，所以自然就看不到金鱼了。"

吕医生的解释让薛盈盈明显松了口气，但是齐乐人的心却越发沉重。

如果金鱼的数量是在暗示他们的人数。

那么……

他为什么会在昏睡过去前，看到三条金鱼？

死去的那条无疑是代表他，那么后来从鱼缸里跳出的两条金鱼……又是在暗示谁？

最重要的是……

为什么只有两条，而不是三条。

少了的那一条……是指谁？

这个认知顷刻间就让齐乐人毛骨悚然。四个人，三条金鱼，少了的那一条……究竟意味着什么？

难道说……

齐乐人不敢抬头去看三个同伴的脸。那种似有若无的怀疑，以及身边熟悉的人已经被披着那张皮的怪物代替的恐惧感是如此强烈。他甚至无法向任何一个人倾诉这种恐惧，因为他不知道他们中的哪一个是可以信任的。

只有他看到过那一幕，只有他发现了。

不，也许这只是他牵强附会地在恐吓自己，也许那两条金鱼根本没有什么暗示，只是巧合而已。可是，真的有这种巧合吗？

如果，他们中真的有一个已经……

会是谁？

肩膀被人拍了一下，齐乐人差点跳了起来，一抬头他看见苏和按着他的肩膀，微微皱着眉担忧地说："你的脸色不太好。"

"你刚才没事吧，我们找到你的时候你就已经晕过去了，看起来不太好。"薛盈盈也说。

"我没事。"齐乐人说着自己也不相信的话，"刚才……"

他将不久前发生的一切说了出来，刻意隐瞒了最后他看见的那三条金鱼，三个人听完后也都震惊了，没想到玩家 Game Over 后竟然会变为虚影。

只是不知道仅仅是那个女孩，还是说所有死去的玩家，其实都……

"那我们现在怎么办？"薛盈盈问道。

吕医生还在一旁呆呆地看着电子板，喃喃自语："不行啊，我还是觉得有问题。到底是哪里不对呢？四点十三分……难道是 0413 这种密码？那也得有锁啊，而且这也太简单了。"

眼看着这位游戏爱好者已经陷入了自己的沉思中，苏和思忖道："不如我们去那位李主任的办公室看看？如果那里的确会让虚影避讳，那一定是有什么特殊之处，例如佛珠、檀香之类的东西，说不定会有奇效。"

吕医生嘿嘿一笑，撸起了自己白大褂的袖子，露出两只挂满了佛珠的手："刚才从李主任那里顺来的，还有不少，你们要去'扫荡'一下吗？"

吕医生的活宝行径让齐乐人稍稍安心了一些，心中的天平稍稍向吕医生倾斜。比起薛盈盈和苏和，这个一开始遇上的医生更让他信任。

大家都没有意见，于是几人在吕医生的带领下向李主任的办公室走去，一路上吕医生还在向几人介绍："我之前就动过去那里的脑筋，但是一想到要经过肿瘤科、人流室这类一听就特别危险的地方，我就有点打鼓，刚才也是被逼急了，唉……我怎么就这么倒霉呢？"

齐乐人走得不快，跟在三个人身后，心里一直在思索。

这三个人，究竟哪一个有问题？

薛盈盈和苏和的经历类似，都是消失后遇到了大量虚影，用血袋放血后逃脱。

吕医生的经历更另类一些，利用了主场优势躲避了虚影。

如果一定要从三个人里挑选一个可疑的对象，那么经历另类的吕医生看似更加可疑，但是他又有从李主任那里找到的佛珠这类"物证"，证明他的确去过那里，而且现在正带他们三个人过去，李主任的办公室是否真的能对虚影产生一定的抑制作用，这个稍加试验就能证明。

如果这是谎言，太容易被拆穿了。

反倒是薛盈盈和苏和的经历，看似惊险，但是没有证据可以证明。

最重要的是……

齐乐人微微低下头，无论是血浆袋里的血浆还是他的血迹在读档后都消失了，他的身体恢复到了存档时的状态，所以没有血迹。

但是这两个人身上，也都没有血浆。

薛盈盈的衣服有点脏乱，头发也乱糟糟的，膝盖和手肘上还有一些之前没有的瘀青，看起来是经过了一番搏斗的。

然而，苏和，他没有。

他看起来依旧衣着整洁，气定神闲，正侧着脸不紧不慢地和吕医生交谈着，虽然偶尔会皱着眉一脸凝重，但是却始终带着一种格格不入的违和感。

太从容了，从一开始见到他时就是这样，哪怕他被虚影袭击，即将坠楼的时候，他也并没有慌张——那时候齐乐人甚至比他还要慌乱，以至于现在回忆时他才意识到究竟是哪里不对。

而且，他也没有技能卡。

虽然不清楚这个技能卡是不是人人都有，但是他和吕医生都是一开始就拿到了一张，薛盈盈则是在后来触发了成就，也拿到了一张。

苏和说他没有，这的确是有可能的，但是没有技能卡，一个普通人是怎么在危机四伏的环境里顺利地存活到现在的？就在刚才，他应该还经历了一场危险的围攻，他到底是如何全身而退的？

他们甚至都没有看过苏和衣服下的卡槽腰带！

如果苏和不是玩家……不，这个应该是他想多了，苏和说起过系统任务和新手村，应当是知道，那么他的玩家身份就应该没有问题。

不，也不对，如果有别的途径可以让NPC知晓一些本不该被他们知晓的东西呢？会不会有虚影能够取得他们的记忆呢？

齐乐人越想越多，心也越来越沉重，他心事重重地看向走在前面的吕医生和苏和，两个人正谈论着宗教力量对虚影的作用，吕医生看片甚多，苏和见识广博，两个人谈得十分投入。

大概是感觉到了齐乐人的视线，正侧着脸说话的苏和看向面无表情的齐乐人，对他微微一笑，点了点头。

齐乐人飞快地移开了视线，不敢与他对视。

被日光灯照得明亮的走廊中，他一眼扫到了头顶角落处一个闪烁着红光的东西。

它太常见了，到处都是，让人下意识地忽略了它的存在。

可是这一刻，齐乐人却如坠冰窖。

他怎么能忘了呢？这里还有一个正在四处狩猎的凶手。

他一直疑惑，偌大的两栋门诊大楼，为什么他能"巧遇"那么多猎物？

因为这根本不是巧合！

齐乐人听到自己从喉咙里挤出了一个颤抖的声音："医院的摄像头一直开着吗？"

齐乐人发出声音的那一刻，整条走廊里都是安静的，只有他嘶哑的声音在白晃晃的灯光下反复回荡着，鞭挞着每一个人的意志和精神。

齐乐人的问题太直白太冷酷，他们意识到也许自己正被大BOSS肆无忌惮地窥视着的时候。

"监控……是二十四小时开着的……"吕医生简直要哭出来了。

"监控室在哪里？有多少监控探头？"苏和凝重地问道。

"在……在门诊大楼的A楼，探头很多，主要的走廊都……都有。"吕医生绝望地看着苏和。

苏和抬头看了一眼散发着红光的监控探头，揽过吕医生的肩膀安抚道："我们走，找一条避开监控的路离开这里。"

几人惊魂未定地离开，吕医生带着他们绕了一大圈，尽可能地躲开了他知道的监控探头，最后从另一条路来到了李主任的办公室。门一关上的时候，薛盈盈就瘫在了椅子上，频频看向大门。

"没事的，就算他一直用监控探头在寻找幸存者，也不可能时时刻刻都蹲守在监控室里……"苏和也坐了下来，冷静地对几人说。

吕医生的脸色越发不好，他显然听出了苏和没有说完的话——没错，因为那个凶手还在不断地出击"狩猎"。

"如果我们运气足够好，很可能每次我们暴露在监控探头下的时候，他都在'狩猎'。以目前减员的数量来看，他出动得很频繁，我们很可能没有被发现。但是随着幸存者减少，他势必会花更多的时间来寻找目标。所以如果不能解决这个被动的状态，我们迟早会被找到，哪怕再幸运也一样。"苏和缓缓道。

坐在佛龛下的吕医生越发紧张，已经开始忍不住咬起了自己的指甲，一边神经兮兮地说："也有可能……我们早就被发现了，只是因为我们人多，所以他还在犹豫要不要现在动手……"

薛盈盈游魂一般走到桌边，拿起角落里的一瓶矿泉水，拧了三次才拧开瓶盖，明显魂不守舍。

这个突然的发现让几人都陷入了一种惊弓之鸟的状态中，齐乐人也是一样的。

此时他甚至顾不上思考眼前的三个人有没有问题。

为了强迫自己冷静下来，齐乐人干脆从包裹里拿出了很早之前在一间办公室里发现的笔记本和笔，准备画一下医院的平面图，方便让吕医生标出他知道的摄像头。

满屋子团团转地找避邪物品，甚至把抽屉里的劣质观音像挂上了脖子的吕医生注意到了他在做什么，上前一看，疑惑道："这本子好旧，纸张都发黄了。"

"你们医院里找到的。"齐乐人说着，翻开封面给他看，的确印着这家医院的名字。

"不可能啊，我们医院的笔记本是统一发的，绝对不长这样。"吕医生说着，拉开李主任的抽屉，找了一本白色的笔记本出来，"你看，这才是我们的笔记本。"

两个人的争执引起了苏和的注意，三个人凑在一起研究起了两本截然不同的笔记本。

很明显，齐乐人找到的那本笔记本已经有些年份了，封面是那种老式的黄色纸张，上面还用黑色的油墨印着单位名称。吕医生手上的这本则是崭新的，封面上还有医院的远景图和宣传语。两本笔记本放在一起，那本黄旧的就更加显出了年代感。

吕医生翻来覆去地看了半天，突然道："你这本子至少有二十年的历史了。"

"你怎么知道？"齐乐人问他。

吕医生指着那本老旧笔记本的封面说："医院的名字'X市人民医

院'，少了两个字。"

"第一？"齐乐人回忆了一下医院的全称，又问道，"你确定不是缩写的问题？平常我们说话的时候直接称 X 市医院的都有。"

吕医生摇了摇头："但是落在书面上，是绝对不会缩写医院的名字的。我刚来医院的时候听前辈说过，我们医院是改过名的，大概在二十年前重建过一次，重建完之后的医院就加上了'第一'两个字，所以这个笔记本应该是二十年前医院还没改名的时候的。"

可为什么会有一本这么古老的空白笔记本？谁会把这种老旧的本子放在抽屉里？齐乐人刚想问，脚下突然摇晃了一下，桌上的玻璃杯和笔记本一起往下掉，哗啦啦地摔了一地，就连一直站着的齐乐人也趔趄了一下，扶着桌子才没有摔倒，不等他站稳，门外的走廊上传来一声沉闷的巨响，好像是什么沉重的东西砸在了地上，发出金属坠地时格外刺耳的响声。

那声音就像是某种不可言说的暗示。

短暂的沉默中，齐乐人听见苏和用梦呓一般的声音呢喃着问道："你确定……刚才我们来的时候，没有经过摄像头吗？"

吕医生瘫坐在椅子上，这种环境，那个声音，这种时刻，四个人脑中的念头都是一样的。

薛盈盈第一个崩溃了，她几乎是火烧一般从椅子上跳了起来，拉开大门，叫了起来，头也不回地向另一边狂奔。

跑！

齐乐人也冲出了房间，他没有转头，但是眼睛的余光已经瞥见了那个站立在不远处的身影，对他露出了笑容。

在齐乐人意识到之前，他已经拔腿狂奔，而身后那急促的脚步声，越来越近，越来越近……

狂奔逃命之中的齐乐人找回了一丝丝的理智，他知道这个凶手体力惊人，一味靠逃窜是绝对摆脱不了他的，他必须靠地形甩掉他！

前方不远处就是人流室，齐乐人回想起几个小时前吕医生向他介绍过的人流室内部复杂的结构，那时他甚至还和吕医生在人流室里走过一圈，他清楚地记得那里的环境，如果要甩掉这个凶手，恐怕只有那里可以了！

他心一横，一扭身逃入了人流室中。

从患者通道冲入人流室的那一刻，齐乐人凭着自己多年的专业经验，在脑中飞速地勾勒出了人流室的结构图。

污物通道、患者通道和医生通道，出口一共是三个。

污物通道是关闭着的，要出去的话只有从医生通道走出去。

患者通道进去后是病患休息区，刚做完手术的患者会在那里休息，再往前是手术区，有一道玻璃隔离门，没有上锁。如果要摆脱凶手，他应该在冲入休息区后立刻右转，翻入护士站中，然后从护士站进入夹在医生办公室和护士站之间的更衣室！更衣室两边有门，第一时间上锁，从另一扇门冲出去，进入医生办公室，然后从医生通道离开！

凶手没有来过这里，他不可能立刻那么快绕路从另一头堵上他，这样一定可行！

人流室内一片黑暗，从光亮处跑入人流室后，齐乐人眼前一黑，眼睛在短时间内无法适应这样的黑暗，他不敢停下脚步，凭借记忆往右跑，可是意外却在这时发生了，他竟被东西绊倒，重重地摔在了地上！

身体失去平衡的那一刻，齐乐人突然意识到那是什么——是那把他用来砸袭击薛盈盈的虚影的椅子！

这真是一个充满黑色幽默的讽刺。

就是这短短几秒钟时间的耽搁，凶手已经冲入了人流室，齐乐人顾不上浑身剧痛，趴在地上奋力将椅子往身后横扫，一声闷响，凶手也摔倒在了地上，电锯重重地落地，在地上刮出一串火花。

机会来了！

齐乐人顾不上许多，挣扎着起身，昏暗中他隐约看见凶手是在他的右侧，堵上了他进入护士站的路，他咬咬牙，忍着腿上的疼痛向手术室跑去，打算从手术室的医生通道那里逃开。

身后传来一声怒吼，摔倒在地的凶手举起残破的椅子，向他掷来，齐乐人已经冲到了手术室的玻璃隔离门后，随着一声巨响，隔离门震荡了几下，没有碎！

如果能把这扇门锁上……齐乐人心中闪过这个念头，可是下一秒他就放弃了，因为他已经看到背着光的凶手向这里跑来！

齐乐人再一次拔腿狂奔，冲入医生通道中，前方就是出口的玻璃门，他奋力一推——一声金属碰撞的轻响声，他难以置信地低下头，看着被铁链锁上的玻璃门。

医生通道的出口，是上锁的……

这一刻，齐乐人回过了头，呆呆地看着站在通道另一头的凶手，走廊上的光透过了玻璃门，照在那张狰狞的脸上。他对他露出了一个笑容。

"抓到你了。"

那声音是嘶哑的，语调轻缓。

齐乐人的眼珠微微转动，瞥向左手边不远处的木门。

那是医生办公室。

但他不知道，这扇门是否上了锁。

他和凶手之间的距离不会超过四米，而他离这扇门，也不会超过一米。SL技能还在冷却中，他只有一次机会，要赌一把吗？

答案是肯定的。

"我投降。"齐乐人举起双手，这一刻的生死关头，他发挥出近乎满分的演技,慢慢地向前走,"求你,让我死个痛快。"

摔倒过的膝盖还在痛,连带着双腿都是软的,可是直面死亡的这一刻,他反而冷静了下来。

凶手因为他反常的反应怔了怔,竟然任由他向前走了两步,然后他终于注意到了,齐乐人身边的那扇门。

就是现在!

齐乐人猛地拧了下门把手,门开了!

狂喜之中的齐乐人蹿入门后,用力推上门——同一时刻,凶手已经冲到了门边,用力向门撞去,两个人在这一刻隔着一扇木门角力。

整个人抵在木门上的齐乐人,左手取出了包裹里的撬棍,沿着门缝用力往外一捅——门外发出一声痛呼,他抽回撬棍,重重地关上了门,落锁!

外面的声音再次响起,齐乐人连滚带爬地向前滚了几步,木门已经被电锯击穿!用不了半分钟他就能进来!

齐乐人挣扎起身,从办公室的另一扇大门逃入更衣室,再从更衣室的另一扇门进入护士站,顺利从患者通道逃走。

他没有回头,也不知道那人有没有追上来,脑中一片空白地狂奔,不知道过了多久,他在楼道里停下了脚步,瘫软地坐在了地上。

他再一次绝处逢生。

楼道里的灯光不甚明亮,齐乐人靠坐在楼梯的转角,呆呆地看着对面绿色的安全通道的标志。

心跳和呼吸已经平缓了,齐乐人缓缓站起,膝盖上的伤还一阵阵发疼,但是比起生存,一点疼痛实在算不得什么。

齐乐人深吸了口气,抬腿准备下楼。

头顶传来了轻微的脚步声,他浑身一凛,抬头看去。

"齐哥?"

"薛盈盈?"

两个人四目相对,都松了口气。

"你还好吧?刚才真是吓死我了,还以为自己会没命呢。"薛盈盈踮着脚走了下来,对他说道。

"我还好,已经把他甩掉了。你有看见吕医生和苏和吗?"齐乐人问她。

薛盈盈低下头,轻轻摇了摇。

齐乐人心头一紧,凶手看到他后就一路追着他,吕医生应该是和苏和在一起。

如果苏和真的……吕医生会不会有危险?

齐乐人抿了抿嘴,低声道:"走吧,我们去找他们。"

"可他就在这附近吧?出去会不会遇上他?"身后的薛盈盈担忧道。

"那也不能一直在这里坐以待毙,趁他现在还没来得及回监控室看情况,我们最好快点……苏和?!"齐乐人正往下走,一眼就看到了站在下方楼梯口的苏和。

外面走廊上的光比楼道里明亮得多,灯光勾勒出他的轮廓,隐约可见俊美无瑕的五官,以及他脸上肃穆到阴沉的神色。

"齐乐人,到我这里来,现在!"苏和向前一步,语气冰冷地说道。

"别过去!"薛盈盈一把拉住了齐乐人的胳膊,力气大得惊人,隔着一层布料都觉得手腕生疼。

苏和原本温柔的脸上没有一丝笑意,看着薛盈盈的眼神幽深而冰冷,可是看向齐乐人的时候,他的眼神柔和了下来:"不要相信她,她不是薛盈盈。"

握着齐乐人手腕的手紧了一紧,几乎要捏断他的手腕,薛盈盈慌里慌张地说:"齐哥你不要相信他!对不起,刚才我说谎了,我不是没有遇见他们……只是苏和,苏和他……"

苏和向他伸出手,低沉的声音在昏暗的空间中传递到了他的耳边:"到我这里来。"

"别过去,他杀了吕医生!他还想杀了我!"薛盈盈喊道。

两个声音碰撞在一起,齐乐人怔怔地看着站在楼梯下的苏和,他微微仰着脸,轻声问道:"你听说过为虎作伥的伥鬼吗?"

伥鬼?齐乐人花了几秒钟才意识到他在说什么。相传被老虎吃掉的人死后就会变成它的帮凶。

"不要相信他!刚才他就是这样骗了吕医生!齐哥你快跟我走,苏和他想杀了我们!"薛盈盈拽着齐乐人往楼梯上走,手上的力气大到根本挣不开。

是了,他应该跟薛盈盈走,刚才他就在怀疑苏和有问题,不是吗?

可是此刻抓着他的手腕的人,真的是薛盈盈吗?这个力气,那个隔着布料都能感觉到的冰冷,就像是……那条走廊上,那个女孩子。

"薛小姐,不,你不是她。"苏和又上前一步,昏暗的光线中,他柔和的五官却因为一双幽深的眼眸而变得锐利,"刚刚我就在想,为什么凶手会出现在李主任办公室的门外。如果他在监控里看着我们进入那间办公室锁定了我们,那么他从监控室赶到那里,至少需要五分钟,但我们在办公室不过待了两三分钟而已;如果他只是看到我们在金鱼缸附近就匆匆赶来,那么他是怎么准确地找到我们在李主任的办公室?我不认为他有准确定位别人的能力,否则齐乐人当初就不可能从他手里逃脱,那么唯一的可能,就是我们中有人以某种方法,将我们的位置告诉了他。"

苏和微微勾起嘴角，笑容里竟然有一种微妙的嘲讽意味："而且，刚刚在办公室里三次都没有拧开矿泉水瓶的你，现在好像又变得力大无穷了？我猜这可能有两个原因，一是因为那时候你刚刚附身，还没能控制好这个身体；二是因为那个房间，让你觉得极度不适应。我说的对吗，四号小姐？"

沉默，短暂的沉默之后，齐乐人听见身后一声清脆的笑声，然后他被重重一推，从楼梯上滚落了下来。天旋地转之中，他只记得抱住自己的头。

身体滚落的感觉停住了，苏和冲上楼梯抱住了他，然后抬头大喝了一声："吕医生！"

楼上应了一声，泼水声传来，然后是虚影尖利的叫声。

齐乐人还在发晕，连带着眼睛看到的画面都是凌乱旋转的，他看见吕医生提着一个水桶向他跑来："齐乐人，快去解决她！我……我不敢。"

血泊中的薛盈盈低吼声充斥着痛苦和不甘。

苏和起身走到薛盈盈面前，修长的手指掐住她的下巴，仔细查看她的情况。苏和皱了皱眉，用刀片在自己的胳膊上划了一刀，新鲜的血液沿着苏和的手落在薛盈盈的脸上，她突然高亢地叫了一声，一道黑色的雾气从她嘴里喷出，顷刻间逸散在了空气中。

薛盈盈彻底晕死了过去。

"应该没事了。"苏和单手将她扛了起来，询问齐乐人，"站得起来吗？需要我背你吗？"

齐乐人摇了摇头，站起身来，大脑中还一片空白。

原来是薛盈盈吗？他冤枉苏和了？

吕医生用胳膊揽住齐乐人的脖子，有点兴奋地说："哇，真刺激，我这桶血浆是不是泼得刚刚好？喂，你还好吧？怎么看起来傻乎乎的，不会是摔坏了吧？"

"先离开这里吧，刚才动静太大了。"苏和扛着薛盈盈对两个人说道，还不忘将毛巾丢在地上踩了踩，以免脚底的血迹暴露了行踪。

吕医生开着他的幸运加持技能，带着他们顺利来到了一间僻静的房间中，一路上都没有遇到什么。苏和将薛盈盈放在了长椅上，又用湿巾帮她擦了擦脸。

"看不出来啊，你力气挺大。"吕医生感慨道，"刚才我一路拎着装满了血浆的水桶都觉得胳膊酸，你扛了个一百来斤的人竟然不觉得累？"

"还好。"苏和笑笑说，"我还挺喜欢运动的。"

吕医生捏了捏自己没什么肌肉的胳膊，陷入了深深的忧郁中。

齐乐人一路上都没有说话，此时也还恍惚着，呆呆地坐在椅子上看着天花板，眼神没有焦距。不到半个小时的时间内发生了太多事情，让他此时此刻都还沉浸在一种紧张后的荒诞感中，久久不能回神。

视线的余光看到苏和在他身边坐了下来，用他特有的温柔语调问道："身上还痛吗？"

齐乐人摸了摸膝盖，从楼梯上滚下来的时候，他的膝盖二度受创，现在疼痛难忍。吕医生卷起他的裤腿检查了一下："没有扭伤，擦伤也不严重，就是一点瘀青，我给你喷点药水就好了。"

说着，他从包裹里找出之前收进去的喷雾，帮他处理了一下伤口。

齐乐人声音沙哑地道了一声谢。左手却被苏和握住了。

齐乐人的袖子被撸起，露出手腕上一圈青黑的瘀痕，吕医生倒吸一口凉气："我的天，这是人捏出来的吗？"

苏和低笑了一声："的确不是。"

吕医生拿喷雾给他喷了喷手腕，又用绷带缠了两圈："待会儿要是恶化了再跟我说，我再帮你想想办法。"

齐乐人看着手腕上的绷带，情绪低落，他有些不敢去看苏和，那时候他满心怀疑提防着他，结果他却救了他一命。如果不是苏和及时出现，他绝对会跟着薛盈盈走的。

他对自己的怀疑感到愧疚，却不敢将这份愧疚宣之于口，只好沉默着听吕医生讲述凶手追着他离开后发生的事情。

苏和对薛盈盈的状态提出了怀疑，吕医生在一番心理斗争后认同了他的看法，于是两个人决定试探一下。苏和大胆地和吕医生去了 A 楼的监控室，确认齐乐人已经成功逃脱后前去和他会和，吕医生想破坏监控，但是被苏和拒绝了。

"留着吧，我已经记下了摄像头的位置，完全可以避开它们……说不定这些监控还能派上不少用场。"苏和说。

苏和的信心感染了吕医生，他没有再坚持要捣毁监控，而是跟随苏和来到齐乐人藏身的楼道附近，并听到了薛盈盈和齐乐人说话的声音。

吕医生被指派绕路到楼上一层，等听到苏和的号令后就把准备好的装满了血浆的水桶倒到薛盈盈身上，苏和则负责吸引薛盈盈的注意，给吕医生争取时间。

计划无疑是成功的，虽然薛盈盈的状况还得等她醒来后才能进一步确认。

"现在我们还剩下两个问题，"苏和把玩着从桌上找到的钢笔，转出漂亮的弧度，"第一，解决那个凶手；第二，解开四点十三分的谜题。"

他停下转笔的动作，在两个人脸上扫了一眼，眼带笑意地说："关于这两个问题，我已经有了一点思路，一起来完善它吧。"

苏和的话让吕医生和齐乐人眼前一亮，有思路，这意味着他们存活的希望又增加了。

"先到这里来吧,虽然薛盈盈现在已经昏睡了过去,但是万一附身的状况并没有解除,我们的谈话也许会被听见,还是谨慎一些为好。"苏和说。

于是三个人又到了隔壁一间办公室,反复确认逃生路线后,才安定下来开始讨论。

"对付凶手的问题我想了很久,正面交锋我们有很大胜算,但是必然会付出一定的代价,所以我一直没有提。之前我和吕医生去了一趟A楼的监控室,有了一些新的想法。监控室那里的确有很多监控探头,几乎把两栋楼的主要通道都涵盖在了里面。我们没有毁掉监控,主要是考虑到可以反向利用这些监控。"苏和拿笔轻轻敲击着自己的拇指,慢条斯理地说了下去。

"最简单的方法就是设置陷阱。如果操作得当,一个简单的陷阱就可以置他于死地。我曾经听说过医院氧气站爆炸导致多人死亡的新闻,如果能将凶手引入这种陷阱,再点火爆炸,成功率应当是极高的。"

苏和的话让吕医生激动得跳了起来:"这个可行!不用去氧气站,每个病房都有给氧系统,只要提前放氧气提高氧气浓度,然后稍微改动一下电路装置引起短路火花,爆炸的威力肯定够了!"

齐乐人摇了摇头:"但是要精准计算爆炸时间,有点困难,而且一旦失败一次,第二次就不那么管用了。"

"精准控制爆炸时间啊……"吕医生沉吟了一声,忽然和苏和一起看向他。

那眼神太熟悉了!齐乐人确信自己在血库的时候就被他们这么看过的!

"喂……不会又要我送死吧?"齐乐人郁闷道。

"兄弟，为了大家的性命，你这个诱饵责任重大啊。"吕医生拍着他的肩膀，语重心长道，"等我们离开这个地方，我请你吃遍本市各大美食饭店，保准你满意！不要小看一个吃货的自我修养！"

齐乐人表示他对一个吃货的自我修养没有兴趣，他对自己的小命比较有兴趣。

苏和微笑着看着他："其实也可以想想其他办法……"

齐乐人的内心挣扎了一会儿，最后还是让大家一起活下来的念头占据了上风："算了，要是有别的好办法你肯定早就说了，还是我去吧，不过你们得保证我的安全。"

苏和温柔道："只要你不在逃跑时跌倒，或者进错房间，或者忘记存档，我想是不会出问题的。"

为什么听起来发生意外的可能性这么高？他现在反悔可以吗？！

粗略商定了一下具体步骤后，三个人的话题又转到了四点十三分上。

"苏和，你刚才不是说关于这个时间也有一点想法了吗？具体说说看？"吕医生换了个舒服的坐姿，活像没骨头一样懒懒地瘫在午休用的躺椅上。

苏和坐得很正，然后缓缓道："记得那个电子板吧？一开始我们都把注意力放在了时间上，但刚才在李主任办公室的事情提醒了我，其实问题不在时间。"

齐乐人脑中灵光一闪，拿出那本年代久远的笔记本，再一次看向封面。

"是名字！""是医院名？！"吕医生和齐乐人异口同声道。

"原来如此，怪不得我一直觉得那个电子板不对劲，原来是名字不对。"吕医生一下子站了起来，绕着办公室转圈，语气激动道，"电子板上的医院名和齐乐人手上的那本笔记本是一样的，都少了'第一'两个字，所以这个医院名其实是二十年前医院还没有改名的时候，也就是说，电子板上的四点十三分其实并不是指今晚的时间，而是……"

"而是二十多年前某一天的四点十三分。"苏和说道。

那应该是他五岁以前的事情，齐乐人心想，他五岁以前，医院究竟发生过什么事情？

那肯定是一件很大的事情，或者在医院里找得到更详细的线索，否则要让一个普通人去回忆二十多年前的旧事简直不可能做到。二十多年前某一个四点十三分的夜晚，究竟发生了什么？

"啊啊啊！根本没有线索！这是逼我去医院的档案室翻资料吗？！"吕医生怒了。

"医院还有档案室？"齐乐人疑惑地问道。

"当然有了，但是里面东西很多啊，一晚上都不一定找得到有用的资料！"吕医生一屁股坐了下来，捂着脸生闷气，"最恨解谜游戏里满世界找线索的环节了，医院这么大这是要逼死我啊。"

三个人又讨论了一会儿，依旧没有什么头绪，只好先将这件事放下，专心谋划起怎么对付凶手。

"方法已经有了，剩下的就是执行了，一定要杜绝一切意外，我不希望你有事。"苏和看着齐乐人，郑重地对他说。

齐乐人轻轻点了点头。

他愿意冒这个险，不仅是为了自己的安全，也为了这几个相处不过几小时的同伴，尤其是苏和，那时他能勇敢地站出来救他一命，他内心充满感激。如果可以，他会尽他所能地去帮助他们。而且在内心深处，他也希望能报了三次被追杀之仇。

反正……他也已经习惯了。

"这个先不着急，我们可以等晚一些再来执行，先稍微休息一下吧。"苏和看着齐乐人依旧苍白的脸色，皱着眉道，"那个读档的技能有什么副作用吗？你的脸色非常糟糕，在金鱼缸那里的时候我就想说了。"

齐乐人摸了摸自己的脸，凉凉的，不用看也知道应该一脸苍白，就连身体也有点虚弱，金鱼缸附近那连续两次读档好像已经将他的精力抽取一空，再加上精神紧绷和不久之后的追击战，他实在是觉得累了。

"我不清楚……技能卡上没有写副作用。"齐乐人抽出技能卡又确认了一遍，上面的确没有写多次使用的后果，但是自己的身体状况是骗不了自己的，看来这个技能还是会对身体造成损伤，尤其是连续使用。

"你先睡一会儿吧，等十一点的时候我再叫醒你，然后我们去布置一下陷阱。"苏和起身在办公室里找了一圈，顺利找到了医生午休时用的毯子，放到了他的怀里。

"谢谢。"齐乐人道了一声谢，干脆地卷着毯子往地上一躺，闭目养神了起来。

"我去看看薛盈盈的状况。"吕医生压低了声音对苏和说。

齐乐人没有听见苏和的回答，但是吕医生的脚步声很快就远去了，这间办公室的灯就被关了，门也被轻轻带上，很快室内就只剩下齐乐人自己的呼吸声。

苏和应当还在这里吧？半梦半醒之中，齐乐人迷迷糊糊地想，还是忍不住转了个身眯着眼偷看了一眼。

借着从门上的玻璃窗里透出的灯光，他看见苏和静静地坐在窗口，看着窗外无边无际的迷雾。被走廊灯光照亮的侧脸是毫无瑕疵的俊美，在昏暗的微光中显得那样温柔，却又异常的疏远，好似那茫茫雾海上遥远的灯塔，明明是指引，却又令人畏惧。

这是一个和他们不一样的人，齐乐人心想，一个特别的人。

苏和扫了他一眼，浮光掠影一般，他应该是对他笑了一笑。

无可抵挡的困意袭来，齐乐人在浓浓的睡意中合上了眼。

4

短暂的睡眠并不让人愉快,尤其是在一个这样的环境中,当齐乐人被叫醒时他还沉浸于从梦境醒来后的心悸中。

他梦到了很多零碎的画面,有在医院里拼命逃跑躲避的,还有那款游戏中一些诡异的画面——那终年笼罩在夕阳下的黄昏之乡中,他听着路边 NPC 吟游诗人的弹唱;脏污的路面上,来来往往的行人苟延残喘地偷生。这似乎是一个毫无希望的世界,混乱无序、不可救药。

但那是黄昏之乡,那个世界最后的灯塔,照亮着被恶魔摧残的人间,为幸存的人类们提供了最后的庇护所。

黄昏之乡。

每当想起这个名字,他就如同被一股神秘的力量召唤着,无法自控地回想起游戏中黄昏之乡的风景。

仿佛……它一直在等候他的到来。

"十一点了,我们得准备行动了。"吕医生的声音将他从回忆中唤醒,他还扔了一瓶矿泉水给他。

"薛盈盈怎么样了?"齐乐人问道。

"她没事,就是没什么精神,可能元气大伤,现在又睡着了。"吕医生说。

苏和依旧坐在床边的那把椅子上,回头对他们笑道:"别担心,如果她现在还被附身,我们应该早就死了。"

这真的是安慰吗?齐乐人和吕医生忍不住在心里吐槽了起来。

苏和真是个任何时候都能把一本正经的话说得让人毛骨悚然的男人。

离开躲藏的地方后,三个人很小心地避开了摄像头,来到吕医生选中的病房中:"这间就很合适,进来吧,打开给氧系统,就是每个病床上的那个开关,你们看我示范。"

吕医生锁上病房窗户后,给两个人示范怎么打开给氧系统:"按照规定每个床头都需要配备这个,给呼吸困难的病人提供吸氧设备。氧气浓度足够高的话,只要一点火星就能引发剧烈的爆炸。"

齐乐人站在这间氧气浓度迅速升高的房间中,有点不安,生怕突然蹿出个火星让三个人团灭[①]在这里:"先出去吧,这里也不太安全,万一爆炸了……"

吕医生十分惜命,第一个拉开门把手溜了出去。

三个人在附近的楼道中等待时机。

吕医生手绘了附近的地图,头也不抬地问道:"苏和,这个位置有摄像头吗?我有点记不清了。"

"这里有,这个走廊出口也有。"苏和指着简易地图上的位置说道。

吕医生迅速把他指的地方圈了出来:"大概就是这样了。"

苏和拿起简易地图,看了一眼:"没有问题。待会儿你就在这附近徘徊一会儿,假装是在寻找线索。如果凶手正在监控室,那么他很快会注意到你,然后向你所在的位置靠近。"

齐乐人点了点头,感觉自己的心跳已经开始加速了。

"之所以选择这个摄像头,是因为它所处的位置很好,无论他从哪个方向出现,你都有足够的距离可以保证自己的安全。等他出现,你迅速往这间病房跑,吕医生选择的病房位置很好,正好是走廊尽头的房间,你可以假装自己是跑错了路,走投无路之下逃进房间,不容易引起他的怀疑。"苏和顿了顿,继续说道。"存档点的位置不能距离病房太近,否则爆炸的时候恐怕会波及你……"

"没关系,我可以连续读档三次,只要死得够快。"齐乐人苦笑道,"所以就算第一次读档后依旧被爆炸冲击致死,还可以第二次、第三次读档,

[①] 游戏及网络语言,指某一方多人团队在火拼或打怪时全部阵亡。

那时候爆炸肯定结束了。"

吕医生啧啧了两声，不知道是同情还是羡慕。苏和却沉下了脸，严肃地叫出了他的名字："齐乐人。"

齐乐人后背一僵，颇有种小时候被班主任训斥的感觉。

"不要抱着这种侥幸的心理，任何时候，你的性命都是放在第一位的。"苏和皱着眉，俊美的脸上流露出对他刚才言辞的不认同，"我宁可任务失败再想办法，也不想你因此受到不可挽回的伤害。"

这一刻，齐乐人怔住了。

让他去做诱饵的时候他答应了，但是内心深处不是没有不满的，只是他也知道他是他们中最合适去充当这个角色的人，所以他答应了。可是此时此刻，苏和的话却让他最后一点不甘都消弭了，被人关心，被人需要，被人认同的感觉原来是这么美好。

"没关系的，我可是一直想着要解决掉那个家伙啊，你们就等着我胜利归来吧！"齐乐人笑着说道，将攥在手心的打火机抛上去又接住，一脸信心十足的样子。

吕医生不忍直视，别过脸道："能别在BOSS战前乌鸦嘴吗？"

齐乐人默默打了自己的嘴。

现在时间已经接近午夜十二点，虚影的数量明显增多，攻击性也更强，来这里的路上三个人已经干掉了不少虚影，幸好之前在血库拿了足够多的血袋，否则现在他们光是躲避虚影就够麻烦了。

一切准备就绪，齐乐人最后一次在脑中确认一会儿的逃跑路线，然后向两位队友告别，踏上了充当诱饵的道路。

走廊里空荡荡的，墙壁刷得雪白，齐乐人的脚步声放得很轻，远处的摄像头在黑暗的角落里闪动着一个红色的光点，他尽量让自己不要去看，装作在附近的办公室里搜索东西，但其实每一次他都只是在办公室门口附近,侧耳倾听着走廊上的动静。

"从监控室赶到这里的时间大概是五分钟,如果凶手一直在监控室看着摄像头的话,他极有可能在五分钟左右的时候出现在这里。"苏和临走前的话在齐乐人脑中回荡。

齐乐人看了一眼时间,竟然才刚刚过去了两分钟,他都觉得自己好像已经在这里待了一整年了!

"吕医生会在他必经的地方等着,一旦发现他出现,吕医生会在我看得见的方向我示意,然后我会第一时间通知你,接下来的事情就拜托你了。"

因为手机无法使用,他们只能用这种原始的方法传递信息,这无疑要冒上一定的风险,但是苏和认为这是值得的,毕竟齐乐人身上承担着最关键的任务,他和吕医生所冒的风险和他一比不值一提。

走廊的一头传来了脚步声,齐乐人浑身紧绷地看向那里——苏和飞快地向他跑来,用口型对他说:他来了!

齐乐人感觉自己的腿像是僵住了一样。苏和给了他一个拥抱:"放松,大概还有三十秒的时间到这里。"

"那你呢?你快离开这里!"齐乐人推开了苏和,急着让他先跑。

"我躲在这里就行,一切小心。"苏和看起来比他轻松多了,他一闪身躲入了隔壁的办公室中。齐乐人手足无措地站在走廊上,死死盯着苏和来的方向。

会赢的,齐乐人,你会赢的。他对自己说。

寂静的走廊上,一个急促又沉重的脚步声从他紧盯着的方向传来。

他来了。

在焦虑的等待之后,当目标真正出现时,齐乐人已经不知道是恐惧多一些还是兴奋多一些。虽然心跳怦怦加速,但是他的思路却前所未有地清晰，吕医生画的简易地图在他脑内呈现出完整的 3D 地图，他就好像在局外俯瞰着一般。

走廊那一头的凶手和齐乐人相距足有几十米，可是当那个身影出现时，齐乐人肾上腺素激增，想也不想地拔腿就跑。

他追上来了！齐乐人没有回头，向前，上楼梯——在楼梯转弯口他用余光扫了一眼紧追不舍的凶手，正对上他那双眼睛，距离比他想象的还要近！

齐乐人在心里骂了一声，继续向着目的地狂奔。

笔直的走廊，前方十几米处就是那间设置好了陷阱的病房，存档！

存档完毕的一瞬间，齐乐人心头的重担落下了一半，身后的脚步声越来越近，突然一声巨响在身后响起，他来不及回头就感觉有什么重物砸到了他的小腿上。

身体失去平衡，他猛地摔在了地上，紧紧攥在手心的打火机飞出了十几米远！

糟了！

齐乐人几乎是连滚带爬地从地上起来，他就地一滚，避开了最致命的攻击，武器在地上拉出一条灿金色的火花。来不及了！齐乐人倒地的姿势让他根本不可能顺利站起，他干脆利落地用小刀一捅，一回生二回熟，他已经不会犯下之前的错误了。

几乎是一瞬间，他眼前一黑，站在了读档点。

还有十秒。

齐乐人拔腿就跑，在凶手还愣神的瞬间穿过他的身边，冲向前方的病房。

不需要去捡打火机，只要他还用电锯，电锯切割造成的火花就一定会造成爆炸！

近了，胜利的曙光就在眼前！

齐乐人几乎是撞开大门的，凶手下意识地追了上来，冲入房间的一瞬间，齐乐人迅速往门后一闪，几乎在凶手冲进来的一瞬间将他扑倒在地。

一片黑暗中，两个人滚在地上，电锯应声落地，吱吱作响的锯子在地上切割出一道璀璨的金光——耀眼、明亮，就像是日出一样。

齐乐人压在凶手身上，金光之中他看见了凶手错愕的表情，原本狰狞的神色被这份惊讶抹平，留下一个真实的、过分年轻的暴戾青年最后的瞬间。

轰隆一声，充满了氧气的病房掀起一场震动了整座大楼的爆炸。

刚刚完成第二次读档的齐乐人立刻被这炸穿了病房门的冲击波掀翻在地，他挣扎着从地上坐了起来，看着前方已经被炸得坍塌了的墙面，一边咳嗽一边大笑，撕心裂肺地将自己全部的恐惧都发泄出来。

他赢了，他们赢了！

狂喜之后，强烈的虚弱感也随之而来，齐乐人被抽干了最后一丝力气，躺在地上看着头顶的天花板，日光灯很亮。他闻着爆炸后的气息，躺在冷冰冰的地上，疲倦得什么都不愿意去想。

远处传来脚步声他也懒得去看，直到一个阴影投在了他的脸上。

苏和在他身边蹲下，检查他的情况，确认他没有什么致命伤后才问道："起得来吗？"

齐乐人这才拉着他的手站起身来，只是脚下还是一片虚浮。苏和见他一副站都快站不稳的样子，干脆将他的手臂搭在自己的肩上，扶着他在病房附近的椅子上坐下。

吕医生也来了，他探头探脑的，一副见势不妙拔腿就要跑的样子——虽然以他的运动能力跑不了多远就要平地摔，但这不妨碍他像只小动物一样警惕。

"他死啦？"吕医生见两个人安然无恙，这才一溜小跑地过来，然后跃跃欲试地想要去炸翻了的病房查看，走到一半他又在齐乐人和苏和的注目礼下默默退了回来。

"我觉得吧……还是一起去吧。"吕医生用他那双对年长女性特别有杀伤力的大眼睛看着两个人，还眨巴了两下，明显是仗着自己长着一张合法正太①的脸在恶意卖萌。

齐乐人的嘴角抽了一下，缓了口气才站起来："走吧。"

前方的墙面已经坍塌了小半，木门早已经没有了，三个人踢开脚下的障碍物，终于看清了爆炸发生地的全貌：已经被炸得焦黑的病房里，到处都是一片狼藉。金属的病床都变了形，蒙上了一层爆炸后的焦灰，外墙被炸出了恐怖的裂缝，玻璃窗更是惨不忍睹。

而他们的目标，此时已经被炸得面目全非。

可这并不是令三个人怔忪的原因，他们会在这里不约而同地停下脚步，是因为……

这具尸体上空漂浮着三个一眼看过去就让人觉得不科学的宝箱。

没错，就是那种看起来金光灿灿花里胡哨的宝箱！

吕医生一拍额头，用做梦的口气说："这不科学！"

齐乐人摸了摸腰带上的卡槽，他上前一步，用手碰了碰漂浮着的宝箱，确认这东西并不是幻觉。

手指碰触到宝箱的那一刻，久违的系统提示又出现了：

"玩家齐乐人，参与完成临时任务：消灭新手村意外因素。"

"奖励抽奖机会一次。"

新手村意外因素？是指这个凶手吗？

"该抽奖了！你们先来！"吕医生跃跃欲试的语气打断了齐乐人的思索，他指着悬浮着的宝箱，兴奋地让另外两个人先抽。

---

① 指长相可爱的男孩子。

"你先来？"齐乐人不着急。

"不，不，我要最后抽。"吕医生神情坚决。

"那我先来？"苏和微微一笑，随便挑了一个宝箱，将手指按在了钥匙口上。

宝箱应声开启，齐乐人和吕医生伸长了脖子往里面看，里面黑漆漆的，什么都看不到。

"东西直接到我的包裹里了，是一张物品卡。"苏和很大方地拿出来给两个人看。

物品卡和技能卡一般大小，只是卡片上还绘制了一把造型华丽的匕首，上面还有简介。

饱吸血液的匕首——这是一把神奇的匕首，根据消灭的对手数量不断升级，最终达到见血封喉一击毙命的效果。目前解锁的一击毙命招式，无。

"所以说，它现在就是把普通的小匕首？除了看起来好看并没什么用处嘛。"吕医生有点嫌弃又有点同情地看着苏和。

苏和倒是不太介意地笑了笑："说不定以后派得上用场。"

"该你了。"吕医生用手肘捅了捅齐乐人。

齐乐人犹豫了一下，选了苏和旁边的那个宝箱。

讨人喜欢的口粮——这是一袋神奇的宠物食品，无论是猫是狗还是屎壳郎，任何动物只要吃过一口，都会对它念念不忘。做个动物之友吧！剩余口粮 30/30。

齐乐人一口气没上来，差点气晕过去，现在满医院都是虚影，哪来的动物！这口粮有什么用？喂金鱼吗？！

吕医生看了一眼他的技能卡，怜爱地拍了拍他的肩膀："是时候让我这个手机游戏抽卡小王子，一发出限定的幸运女神私生子出手了。"

齐乐人和苏和默默地看向吕医生,此人用手抹了把脸,一边默念着"玄学必胜",一边将手指按在了宝箱上。

咔嚓一声,宝箱开启。

拿到技能卡后,吕医生愣了一下,然后狂笑出声:"哈哈哈,治愈系技能!神技能啊!哎呀妈呀,我简直要被自己的人品吓到了!"

齐乐人连哄带抢地从他那里拿到了技能卡,定睛一看。

三不医——非绑定技能卡,自古神医多傲娇[①],想当一个有格调的神医,你也必须这么傲娇!冷酷地对需要治疗的对象说出你的原则吧,如果他符合条件,你才可以医治他,越符合你的原则,治疗的效果就越好。技能冷却时间为两小时。你的原则为:颜值低的,处女座的,智商低的不医。

"太好了,我应该不符合。"齐乐人喃喃地说。

"我也不符合。"苏和与齐乐人对视了一眼,也庆幸道。

吕医生已经迫不及待地把技能卡插到了第二个卡槽里,然后一脸欣慰地说:"凡人们,以后好好抱紧我的大腿,保准你们小命无忧!"

齐乐人想着自己那袋口粮,不由一阵心酸。

"吕医生的运气真好啊……"苏和微笑着感慨道。

齐乐人叹气:"是啊,分我一半幸运也好啊。"

被两个人称赞运气好的吕医生却出人意料地没有得意下去,而是有点心虚地说:"这个……其实也还好……是技能好……"

技能好?莫非是他那个幸运加持的技能?说起来吕医生一直都没有给他们看过那张技能卡来着。

齐乐人和苏和不约而同地看着他腰上的卡槽,吕医生下意识地捂了捂,很快又垂头丧气地说:"你们想看我就给你们看吧,不过说好了不许打我……"

[①] 用来形容平常说话带刺,态度强硬高傲,但在一定的条件下害臊地黏腻在身边的人物。

"一般情况下，我不喜欢和人动手。"苏和一脸温和地说。

吕医生又怯怯地看了看齐乐人："你呢？爱动手不？"

齐乐人虎着脸吓唬他："交不交？不交动手了！"

"别别别，我拿给你，别打我，我皮脆血薄不经打的！"吕医生赶紧把技能卡从卡槽里抽了出来，恭恭敬敬地双手递给了齐乐人。

吕医生还真是个软糯好欺负的家伙啊，齐乐人在心里默默吐槽了一句。

齐乐人看到技能卡名字的时候就有了一种很不好的感觉，等看到具体内容后更是喉头一甜。

幸运儿的嘲讽——绑定技能卡，你是个幸运儿，你就是比别人幸运！不服来咬我呀！该技能发动一次持续时间九十分钟，冷却时间三小时。特别提示：当有运气差的队友作为参照物时，你的幸运 buff[①] 会格外给力！

"你的 buff……"齐乐人一脸忧郁地看着吕医生。

吕医生双手合十举在头顶，愧疚道："对不起！装备着技能卡的时候我隐约感觉得到别人的幸运值，你……比较低。"

这种事情就不用诚实地说出来了，谢谢。

"苏和的运气好像还不错，总之比你好。不过托你的福，我觉得我的 buff 格外给力。"吕医生继续说着大实话。

齐乐人觉得，自己的玻璃心已经碎成了一片一片，再也黏不回来了。

大概是他受伤太深的神情实在是令人同情，苏和揽着他的肩安慰了他几句，吕医生也在一旁上蹿下跳地表示以后会积极帮他治疗——这安慰效果不佳，摆明了是诅咒他以后经常受伤啊！

三个人就这么神经粗壮地在爆炸后一片狼藉的房间里你一句我一句地聊着天，浑然没有在意这个诡异的环境。直到……

脚下的地面突然摇晃了一下，远处传来东西摔落的声音，三个人被

[①] 一般应用在游戏中，表示增益效果。

这震动感晃得摔倒在地。吕医生大概是撞到了病床,发出一声痛叫声。原本就因为爆炸而摇摇欲坠的外墙,此时已经出现了巨大的裂缝,在一阵剥落声中,轰然坍塌!

迷雾,外面是层层叠叠的迷雾和黑暗,无边无际。

这间病房本来就是在走廊的尽头,也就是在门诊大楼最靠近外墙的地方,如今这面墙体已经完全坍塌,露出外面那个未知的世界。

幸运的是,那无垠的黑暗和雾气好似被一层看不见的屏障挡住了一般,牢牢被封锁在外面,并没有入侵到大楼里。

齐乐人站了起来,拉了吕医生一把,将他从地上拽起。苏和上前两步,站在迷雾前,一脸沉思地看着它。

齐乐人壮着胆子上前两步,走到苏和身后,一起观察着这迷雾。光线太暗,看不清雾气里究竟有什么东西,但是曾经被迷雾里的虚影惊吓过一次的齐乐人却很警惕。

"别看了,很危险。"齐乐人对苏和说。

苏和叹了口气:"也好。走吧。"

吕医生站得老远,一看就是见势不妙要拔腿就跑的架势,见他们两个人停止了作死,顿时松了口气:"走走走,这地方还是少待为妙,我们还是回去看看薛盈盈吧。"

"现在几点了?"苏和问道。

"我看看啊。"吕医生拿出自己那个虽然没信号但是还能看时间的手机,然后沉默了几秒,才有点惴惴地说,"二十三点五十九分……啊,零点了。"

零点了。

这个时间就像是某个未知的信号,让齐乐人突然警惕起来。身后一阵微风吹来,无声无息地卷起地上一片一片的焦灰,纷纷扬扬如同一场黑色的雪，模糊了不远处走廊上的灯光。这一眼望去，前方不到十几米处的光明，竟好似相隔了整个阴阳。

吕医生站在病房的门口，用一种惊恐的眼神看着他和苏和。

他和苏和几乎是同一时间回过了头。

屏障，消失了。

无边无际的迷雾如同洪水决堤一般涌来。

"跑！"苏和的声音在齐乐人耳边响起，他想也不想，飞一般向门口跑去。

"等等我呀！"吕医生没跑多久就被甩开了老远，齐乐人干脆返回去拉住吕医生继续跑。三个人铆足了劲狂奔，没多久就回到了之前休息的地方。

不知何时身后的雾气已经被甩开了，三个人还是没有停止，直到……

"你们跑什么跑？"前方不远处，已经醒来的薛盈盈对他们喊话，手里还拿着消防斧朝虚影挥舞，"我迷迷糊糊的时候好像听你们说要去对付那个凶手？要我帮忙吗？"

三个人竟然情不自禁地后退了一步。

薛盈盈尴尬地停住了脚步，把消防斧丢到了一边，举手道："刚才对不起，我也不知道自己是怎么回事……就觉得浑身很冷，控制不了自己的身体……对不起！"

齐乐人的注意力却完全没有集中在这里，他满脑子胡思乱想：早知道就该放卖血的狂战士和凶手对阵，费那么大力气设陷阱简直是对她战斗力的极大浪费啊！

十二点后虚影的数量开始明显增多。四人很快发现周围的能见度正在逐渐降低，隐约可以看到有一层薄薄的雾气弥漫在空气中，好似在眼前蒙了一层薄纱。那些游荡的虚影们在雾气的庇护下若隐若现，如同埋伏在夜色中的刺客。

"幸好我们把那个凶手解决掉了，不然现在妥妥的就是腹背受敌啊。"吕医生心有余悸地说。

"我们的运气太背了，新手村里遇上大BOSS……太倒霉了呀。"薛盈盈嘀咕着，"咣"的一声将斧子往身边突然出现的虚影身上劈去。

三位男士都抖了一下，心情复杂地看着她。

薛盈盈嘻嘻笑着："装备了这个技能卡后手劲大了很多，要是我那个前男友在我面前，我一定送他去见法医！"

看来她还没忘了前男友，还以为她见到苏和后就把他忘到九霄云外去了，齐乐人默默心想。

穿行在飘着雾气的医院中，四人跟着吕医生前往档案室，一路上虚影数量激增，导致原本看到虚影会心里一颤的齐乐人已经能面不改色地拿着撬棍等吕医生哆哆嗦嗦地给这群虚影洒血，然后几棍子下去将它们打散了。

"越来越得心应手了啊。"吕医生道。

齐乐人白了他一眼，他们这群人中就吕医生最不经打，一看就是平日里四体不勤五谷不分的家伙，估计平常都不怎么锻炼。反观薛盈盈，这妹子手劲越来越大，解决起虚影来面不改色，看来假以时日会是一条奋战在肉搏第一线的好汉。

最清闲的应当是苏和了，他虽然也拿着武器，但是那把像精美装饰品多过像战斗武器的匕首看起来真是派不上什么用场，不过好歹是从宝箱里开出来的东西，说不定进化以后会有些妙用。

到达档案室后，吕医生半天才从附近的抽屉里找到了档案室的钥匙。

打开档案室沉重的防盗门，里面格外浑浊的空气让人呼吸一滞。灯被打开了，照亮了这间放满了档案架的房间，密密麻麻的铁质档案架让人不由自主地产生了一种绝望感——这根本翻不完！

吕医生上下看了一圈，甚至还用手柄摇开了档案架确认了一下，奇怪地喃喃道："咦，为什么只有这些？不对啊，更早的档案呢？"

"怎么回事？"齐乐人走过去问道。

"没有二十年前的档案。"吕医生指着档案架上的档案，"你看，最早的档案只到这一年，更早的就没有了。"

"会不会放到别的地方去了？"苏和问。

"我去隔壁病历室和处方存档室看看。"吕医生拿着钥匙去了隔壁的病历室。

齐乐人看着一个个紧贴在一起，只能用手柄摇开的档案架，那金属冰冷的色泽在灯光下显得格外幽冷。

消失的二十年前的档案……究竟意味着什么？

吕医生很快回来了，面色凝重地摇头："没有，也没有二十年前的档案。"

苏和皱了皱眉："二十年前，医院有搬迁过吗？"

"没有啊，我们医院成立五十多年了，一直都在这儿啊，而且搬迁也不可能丢掉档案的，至少不可能丢得这么干干净净。"吕医生身为本地人，很自信地说。

苏和略一沉吟，问道："吕医生，我记得你说过，医院是改过名的。"

"没错。"

"我记得你的原话是'医院大概在二十年前的时候重建过一次，重建完之后的医院就加上了第一两个字'，你还记得吗？"苏和站在档案架边，被明亮的灯光照亮的眼睛里，仿佛有什么耀眼的光亮。

吕医生怔了一下，慢慢地张大了嘴。

要怎么去形容他此时的表情呢？就好像在漫长的黑夜中徒步行走，终于看到了前方的光明，却发现那是人间地狱。

三个人被他此时的表情吓到了，一声不吭地看着他。

吕医生呆呆地站在原地，半晌才从喉咙里挤出了自己的声音："你们记得……入夜以后，这里已经地震两次了吗？"

地震？两次？

齐乐人猛地意识到，没错，已经地震过两次了！第一次他们在李主任的办公室的时候，因为地震导致门外的凶手摔倒，给了他们短暂的几秒钟时间逃出办公室。第二次就在刚才，那间爆炸的病房里，地震导致墙体坍塌，迷雾入侵。

明明已经发生了两次，可是每一次之后都紧跟着致命的危险，使得他们没有时间去思考这突如其来的地面摇晃究竟是怎么回事。

地震，是啊，X 市在二十多年前，发生过一场大地震！

齐乐人全家搬来 X 市的时候，地震已经过去了很多年，X 市重建了，所以他对那一场地震印象不深刻，但是就算如此，他也知道那是一场什么样的地震。

"所以二十多年前的四点十三分，X 市发生了一场大地震，医院坍塌重建，导致所有档案遗失。我们要存活到天亮，就必须找到一个安全的地方。"苏和的声音低了下去。

齐乐人的心里咯噔了一下，在地震中要找到一个安全的地方，那就必须离开这栋大楼到空旷的地方去，但是如果离开，外面那重重的迷雾里又有多少未知的危险呢？

"不能出去。"齐乐人摇了摇头，坚定地说，"绝对不能出去。"

"可是不出去的话地震了一定会死的！"薛盈盈着急地说，"我们还是出去碰碰运气吧。"

"如果你见过迷雾里究竟是什么东西，你就绝对不会想出去了。"齐乐人扶着额头，他坠楼之后就向几人描述过迷雾里的东西，但是没有亲眼看见过的人是绝对难以想象的。

齐乐人沉重的语气和神情又让三个人陷入了沉默。

最后，突然眼前一亮的吕医生打破了这份寂静："我有个办法，也许我们不用离开这栋大楼就可以躲过地震了！"

吕医生的话再次点燃了几人的希望之火，在三个人殷切的注视下，吕医生得意扬扬地说道："医院这里有一个防核打击防空洞，因为医院建立的时候正值全国范围内在兴建地下防空体系，我们这里又是关键地区，所以建了一个防核打击级别的防空洞，非常坚固。"

"防空洞在哪里？离这里远吗？"苏和问道。

"嘿嘿，这个防空洞就在医院里，外门在门诊大楼外，钢板很厚很难打开，但是我知道后门在哪里！"吕医生说着，卖了个关子，见三个人都目光灼灼地盯着他，这才慢吞吞地说，"后门在A楼急诊通道那里，医院的人一到夏天就喜欢钻进去睡午觉，又黑又凉爽，比空调间舒服多了。"

在绝境中大起大落的感觉就好像坐过山车一样，齐乐人终于有了种双脚再次踏上大地的踏实感。

"那你快带路呀。"薛盈盈催促他。

"跟我来吧！"吕医生也不耽搁，赶紧带着三个人向A楼走去。

"你们说这里还有幸存的玩家吗？"薛盈盈轻声问道。

"说不定吧，也许藏在什么地方一直躲到了现在。"吕医生说。

但是也有可能没有生存者了。

"如果不放心的话，我们可以去广播室里吼一声，告知一下接下来的危险。"吕医生摊了摊手。

见三个人没意见,他就屁颠屁颠地跑去广播室喊了两嗓子。

"还活着的幸运儿们,大家晚上好。现在是北京时间零点四十三分,距离X市大地震不到四个小时。你们没有听错,据我们了解,现在医院的时间应该是与二十年前重叠在一起的,刚才两次轻微的地面摇晃就是证明。如果你还想活下去的话,我们建议你找个足够坚固的地方躲起来,当然我们不建议你们离开医院到外面去。据一位不愿意透露姓名的队友的情报,外面很可怕。另外,之前医院里有一位横行霸道的凶手先生,也是新手村的大BOSS,现在已经被我们消灭了,所以大家可以不用担心。我们没有恶意,如果你们信得过我们的话,可以到A楼一楼大厅等我们,我们有一个可靠的藏身地,可以扛过这一次地震。完毕。"吕医生严肃活泼地讲完了广播。

"你们还有啥要补充的吗?"吕医生问他们。

薛盈盈摇了摇头。齐乐人思索了一会儿,突然想到了:"如果之前两次地面摇晃是地震前的预兆的话,那么跳出鱼缸的金鱼其实也是地震的前兆了?"

"对哦,好像有这个说法,地震前动物会特别焦躁,鱼会跳出水面。"吕医生一边说着,一边点头。

"苏和,你还有什么要说的吗?"吕医生又问。

一直在思索着什么的苏和听到自己被点了名,慢了一拍才说:"我在想一个问题。"

"什么问题?"三个人异口同声地问。

"时间的问题。"苏和微微皱着眉毛,深思道,"地震的时间,确定是四点十三分吗?"

"呃……应该就是那会儿吧,我听说是后半夜,几点几分我就不清楚了,因为那时候我们一家都在美国度假。喂,你们那是什么眼神,二十年前出国是不太容易,因为我爷爷留学时认识了我奶奶,结婚后拿到绿卡就定居美国了,所以好几个亲戚都在那里,去探亲是很正常的!地震后我妈还动了移民的心思,只是我爸不肯出国,所以才没搬走。"吕医生回忆着当时的情况,又狐疑地看着齐乐人,"你这表情是怎么回事?"

"没什么,我还以为你的头发是染的,看来是遗传了你奶奶……莫非幸运值高也是能遗传的吗?怪不得全家都能躲开那场大地震。"齐乐人感慨道。遗传还真是挺重要的,可惜他没怎么遗传到演员妈妈的美貌和演技,倒是和爸爸一样是霉运体质。

"那是,从小到大我家从来不缺东西,哪个超市搞抽奖活动我爸妈随手一抽就中奖,电视都搬来好几台了。"吕医生面露得意之色。

眼看话题已经扯远了,苏和无奈道:"也就是说,地震具体的时间,我们其实是不知道的?"

"不是四点十三分吗,电子板上都这么写的。"薛盈盈一脸笃定地说。

苏和沉默地看着他们,然后微不可闻地叹了口气。齐乐人三个人心里不禁咯噔了一下。

"几月的四点十三分呢?"苏和循循善诱地问道。

"这个我记得,八月十五日!"吕医生抢答。

"也就是说,二十年前的八月十五日凌晨。"苏和确认道。

"是的,没错!"吕医生用力点头。

苏和的纠结在其他三个人看来是十分古怪的,但是他忧心忡忡的神色却让人悬着一颗心,等着他说出自己的疑问。

"如果我没记错,二十年前的夏天,我国实行的是夏令时。"苏和说道。他的声音平稳,语调轻缓。

夏令时。

"夏令时……呃,我很小的时候好像是有,不过有什么问题吗?"

薛盈盈一脸茫然。

吕医生和齐乐人却恍然大悟，夏令时的时间与标准时间相差了整整一个小时！

"出于节约能源和早睡早起的需要，有段时间实行了夏令时，每年夏令时实行的那几个月里，全国范围内会人为地将钟表拨快一个小时，直到九月再将时间调回标准时间，"苏和耐心地给薛盈盈解释道，"所以如果电子板上的时间是夏令时，那么其实地震发生的标准时间应该是三点十三分。"

"那还等什么，赶紧去防空洞啊！"薛盈盈惊恐道。

"我们的时间还很充裕，不过早去早安心，走吧。"苏和说道。

这一次四人都没有再耽搁，迅速地来到了急诊通道内，吕医生在一番翻箱倒柜中成功找到了藏在抽屉里的铁门钥匙，然后带着三个人来到了通往地下防空洞的大门前。

这一扇钢筋水泥的大门在急诊通道中显得十分不起眼，如果不被告知这就是入口，齐乐人甚至不会想到这后面藏着一个地下防空洞。

大门打开，里面的应急灯照亮了这个防空洞，里面的空间比想象得更大，足够容纳上百人，四面都是厚实的钢筋水泥，给人特别的安全感。

"这里排气设施完好，里面还有应急食物和药品，前两天上面才刚来检查过，所以食物和水是新补充的，可以吃。"吕医生的声音在防空洞内带了点回音，微微发颤，似乎因为刚才苏和的猜想而有些紧张。

苏和温和地笑了笑，安慰道："刚才也只是我突然的一个猜想，也许电子板上的时间就是标准时间，大家不用那么担心。"

"不，你应该是对的。"吕医生说道，"其实如果从头到尾再梳理一遍这一天的遭遇的话，这个所谓的新手村考验的并不是我们的战斗力，而是我们的逻辑分析能力，从头到尾，都是这样。"

吕医生的话引起了三个人的兴趣，他清了清嗓子，继续说道："首先，剔除掉凶手这个意外因素。那么我们被卷入的其实是一个解谜游戏，战斗难度很低，这些虚影很好对付，尤其是我们掌握了方法之后……"

齐乐人忍不住斜了吕医生一眼，这家伙打怪的时候简直从头到尾都在划水①。

"要存活到天亮，需要我们发现真正的灾难是什么，以及如何规避它。这一样是在考验我们的发现和解谜能力，如果我们不能发现地震的危险，那么时间一到几乎是必死无疑，所以存活的关键不在打怪，而在解谜。最终的谜题不算太难，去掉我这个有主场优势的因素，要一个不知道地震的普通人来破解谜题，要存活下来的希望也不小。毕竟这个新手村有不少玩家，没有凶手的话，大家肯定会聚在一起想办法破解，分头寻找线索，再通过分析，最终发现地震的可能性很大。"

齐乐人喃喃地道："只可惜出了一个意外。"

吕医生也轻声道："是啊，出了一个意外……这个谜题对人数多的玩家来说并不算难度太高，只要在本市生活过的市民，多少都会知道二十年前地震的事情，加上已经地震过两次这种线索，要最终破解谜题只是时间问题。所以安排一个小小的时间陷阱也不算太出格。我以我多年玩游戏的经验推断，设计者真正的杀招其实不在地震，而在于时间。"

如果他们没有发现这个陷阱，此时此刻他们很可能优哉游哉地离开防空洞，去寻找其他存活者，然后在地震中团灭。

"那我们……还要去看看……幸存者吗？"薛盈盈弱声问道。

吕医生坚定地摇头："我是绝对不会踏出这里一步了。我们已经告知了危险，算是仁至义尽了。"

"可是地震还有两个多小时呢。"薛盈盈看了看时间，说道。

"外面的虚影数量也越来越多，安全起见还是不要出去的好，万一

---

① 网络流行语，指在任何团体活动中偷懒的行为。

再一次卷入什么金鱼迷宫耽搁几个小时,那就玩完了。"吕医生正色道。

"哦,那好吧……"薛盈盈虽然有点愧疚,可还是听取了吕医生的建议。

齐乐人看了看大门,眉头紧皱。时间还很多,也许现在一楼大厅里正有听到了广播的幸存者在徘徊等待他们,他们可不知道地震时间可能有变动……

"我去一趟吧。"苏和站起身说道,"就留一张纸条,很快就回来。"

吕医生简直要抱头尖叫了:"你走就走,干吗立个Flag①!"

苏和忍俊不禁:"抱歉,一时说错了话。不过不用担心,大厅到这里也就几分钟的路程,不会有什么事的。"

吕医生心好累。

"我和你一块儿去吧,路上有个照应。"齐乐人终于下定了决心,决意出去看看。

苏和用审视的目光看了他一眼,然后微笑道:"那真是再好不过了。"

两个人在吕医生和薛盈盈看烈士的目光中走出了防空洞。齐乐人看了一眼时间,一点十四分,还有两个小时。

医院里似乎更安静了,四周的雾气比之前更浓。

周围安静得只有他们两个人的脚步声,以及淡淡的呼吸声,齐乐人几次想找个话题,最后却不知道该说些什么。

路过一扇玻璃窗时,他眼睛的余光看见苏和那张完美的侧脸,苏和也同时看向玻璃窗,对他微笑。

这一幕很熟悉,他猛地别开脸,不去看玻璃,专心看着前方的路。

"我吓到你了吗?"苏和轻声问道,声音温柔好听。

"咳……没有。"齐乐人当然不想承认。

苏和轻笑了一声,语气幽深地说道:"刚才你说你也想出来,我有

---

① 是一个网络流行词,意思是说一句振奋的话,或者立下一个要实现的目标。

点意外。"

"为什么?"齐乐人不解道。

苏和俊美的脸上那一抹似有若无的微笑,意味深长:"你就这么傻乎乎地跟着我出来了,就没有想过,其实我是别有用心的吗?"

这一瞬间,齐乐人后背上的汗毛都竖了起来,他几乎是仓皇地后退了几步,一脸惊恐,可苏和却忍俊不禁地笑出了声:"吓唬你的。"

眼看着齐乐人要炸毛了,苏和歉意道:"对不起,我不该这么吓唬你的。可是刚才你看着我的眼神实在让我忍不住……"

想捉弄一下。

"你要是不放心的话,我走你前面好了。"苏和看他是真急了,干脆走在齐乐人的前方,向大厅走去。

齐乐人在跟着他和掉头就走之间犹豫了一下,最后还是跟了上去。

走在他前方的苏和留给他一个挺拔的背影和飘散在空气中的优雅声线,就算在这个布满了危机的医院中,也依旧从容不迫:"我感觉得到,其实你并不信任我。"

齐乐人下意识地要去反驳,可是回想起在金鱼缸附近时他对苏和的怀疑,却又无从反驳。

苏和自顾自地说了下去:"其实我也是一样的。在这里,每个人都有可能是危险的敌人,只是有的人表现得露骨,就像那个凶手,有的人却很隐晦……"

他在说谁?齐乐人愕然地看着前方。

"比如那个四号小姐,她应该是个执念很深的女孩子,也许还很聪明,只是运气不佳。"

齐乐人想起那个女孩子,心中一片沉重。

"努力平安地离开这里吧,到时候我会告诉你一个小秘密,相信我们一定可以成为不错的朋友。"苏和在走廊出口停下脚步，转身对齐乐人笑道。

就在齐乐人怔忪之间，苏和已经走入了大厅。

齐乐人的心绪已经平复了，这体现在他看到苏和的时候不会有那种惶恐的感觉，苏和开诚布公的一番话也让他放松了不少，至少他知道苏和其实也有着和他一样的怀疑，这让他觉得苏和同他的距离又接近了一些。

他不去想苏和所谓的小秘密究竟是什么，他直觉那应该不只是个"小秘密"。

没有发现其他人，又留下了字条，两个人很快回到了防空洞，吕医生和薛盈盈明显松了一口气，只是那一脸惊喜的表情让齐乐人有点不爽——这简直是提前判定了他们的死刑啊。

吕医生坚持要给两个人验明正身，于是几分钟后，齐乐人默默擦着手上的血浆，用冷飕飕的视线扫射着吕医生。

吕医生坦荡荡地接受了他的视线拷问，结果在苏和的微笑中败下阵来，借口要睡一会儿就钻进了从包裹里取出来的毛毯中。

薛盈盈也累了，找了个角落学着吕医生躺下了。

齐乐人虽然已经小睡过一阵，但病房爆炸又让他连续两次使用SL大法，还是有点虚弱，可是精神却异常亢奋，根本不想睡觉，于是他坐在吕医生身边写笔记，将这一天的事情记录了下来。

"我说，最好别写日记。"吕医生从毯子里露出一双圆溜溜的眼睛，严肃地提出建议。

"为什么？"齐乐人问道。

"你没看见游戏和电影里总有关键道具'日记本'吗？这说明，写日记的人容易遇到危险，遇险后这日记还会成为关键线索的来源。"吕医生义正词严地说道。

齐乐人决定无视他。

时间一分一秒地过去，快到三点十三分的时候，每个人都清醒着，吕医生死死盯着手机上的时间。

三点十三分，地震来临，天崩地裂，地动山摇！

地下防空洞中的四人也感觉得到这种从大地深处涌来的恐怖能量，以及外面沉闷的倒塌声，好几次齐乐人都觉得自己要完蛋了，可是这个防核级别的防空洞竟然扛住了这种恐怖的崩陷挤压力量，只是部分地方出现了破损。

几十秒的震感很快过去，齐乐人深深地吐出一口气。

他们曾离死亡那么近，但最终，他们活了下来。

距离天亮，只剩三个小时。

第二章

初至黄昏之乡

1

"玩家齐乐人,完成新手村任务第三步:存活到天亮。"

"奖励生存天数十天。"

"数据同步倒计时,十、九、八、七、六、五、四、三、二、一,同步完成。"

黄昏,海港。

落日在海平面尽头徘徊,漫天金色的晚霞中,几只海鸥振翅而起。腥咸的海风吹在人的脸上,让人一时间被这安逸的画面迷惑。

他们不是在防空洞里等待天亮吗?为什么一下子出现在了这里?

齐乐人左右环顾,周围的建筑和景物显然不是现实世界,而是那种类似工业革命年代的建筑风格,木质与金属交错在一起,四处可见巨型风车、气缸、齿轮、飞行艇。就在他抬头的时候,他甚至看到一艘巨大的铁船,嗡鸣着从他的头顶飞过,投下一片巨大的阴影。

十足的蒸汽朋克风格,只是太熟悉了……齐乐人怔怔地看着海港,一时间竟然脑中一片空白,直到苏和站了出来。

他背对着夕阳,对他们三个人露出了一个熟悉的微笑:"欢迎来到黄昏之乡。"

黄昏之乡!齐乐人的心脏猛地紧缩了一下。

"这里不是你们所熟悉的现实世界,而是一个异世界。在这个世界中,有一些人类聚居地,这里就是其中之一。此地因为终年笼罩在一片夕阳中,所以被称为黄昏之乡。"苏和的声音弥漫在海风中,轻柔地飘入每个人的耳中。

吕医生紧张地后退了一步,问道:"你究竟是谁?你为什么会知道这些？"

苏和噙着一抹微笑，对上齐乐人的视线。

"我会告诉你一个小秘密。"几个小时前，苏和是这样对他说的。

现在，他知道这个秘密是什么了。

"重新介绍一下我自己。我叫苏和，和你们一样是被卷入这个游戏的玩家，只不过我比你们早踏出了一步。"苏和不疾不徐地说道，"半天前我接到一个紧急调查任务，去了解某个新手村玩家短时间内大量死亡的原因，系统认为可能是出现了某种漏洞，不过在空降新手村之后，我发现那只是玩家的人为因素造成的。这就不在系统的管辖范围内了，是生是死全看你们自己。"

薛盈盈已经听直了眼，半张着嘴傻傻地看着苏和。

夕阳好似给这个神秘的男人平添了几分温柔，让人不由自主地被他的话语吸引。

"在调查清楚事情的原因后，依照紧急调查任务的特殊性，我随时可以离开新手村，所以当时我的本意是假装坠落身亡，这样可以避免让你们发现我的真实身份——按照要求，我是不能透露自己的身份，也不能给你们提供有效帮助的。但是，齐乐人让我意外了。"苏和的目光停留在齐乐人被夕阳照得通红的脸上，那似有若无的温柔和笑意让他忍不住移开了视线，他听见苏和继续对他说道："我没想到你会拼上自己的性命救我，就算你那时候只是一时冲动，我始终很感谢你的这份真诚，所以我选择留下来，帮你们度过新手村。"

"可是你还是帮了我们啊。"薛盈盈喃喃道。

"这里就不得不提系统的死板了。它定义的帮助可不包含这里。"苏和说着，点了点自己的额头。

吕医生恍然大悟："怪不得你划水划得比我还过分。那没有得到技能卡的事情……"

"抱歉,是骗你们的。虽然我不太用技能卡,但是我有,而且有很多。但是如果我说有,那我就不可避免地要在你们面前使用它,那就违反了系统的规定。对不起,在这件事上,我骗了你们。"苏和歉意道。

"不不不,你完全不用道歉,我们才应该谢谢你啊,如果没有你的话也许我们早就死了。"薛盈盈连忙摆手,一脸惶恐地说道。

"你隐藏身份是应该的,"吕医生也说道,"毕竟你也有任务在身,你能好心帮我们,我们已经感激不尽了。"

齐乐人有点恍惚,他突然想起那时候苏和说自己是个程序员,他还不相信,原来苏和说的都是真的,他还真是个"程序员"——他是来修复 Bug 的。

这时他又想起一件事,那时候困扰他的三条金鱼,其实有了另一种解释。

三条金鱼指的就是他、薛盈盈和吕医生,而苏和,他才是"不存在的人"。

原来如此啊,齐乐人终于在心中释然了,原来如此。

把一切说开了之后,气氛又回归了轻松,吕医生站在半米高的堤坝上,眺望着四周的景象,不由得兴奋地哇哇叫:"这里看起来好美啊,是第二个副本[①]吗?咦,不对,系统没有新的提示,只是告诉我通过了第一个副本,奖励了生存天数十天,这是什么玩意?"

没有玩过那款游戏的吕医生自然不知道,所谓的黄昏之乡到底是什么地方。

齐乐人的心情又沉重了起来,因为他知道。

这片终年笼罩在夕阳下的地方,是那款游戏中人类仅存的两片净土

---

① 游戏里的一个玩法,主要为玩家带来装备、道具、游戏资源的产出,满足玩家的游戏进程。

之一，外面的世界已经沦为恶魔的狩猎场，人类在困顿中挣扎求生。现实世界的游戏里，他一开始就在黄昏之乡中，接了几个零碎的支线任务后终于发现了主线任务，却没多久就得到了第一个死亡结局，正要读档的时候电脑就黑屏了。

再后来，他就出现在新手村了。

现在看来，之前就玩过那款游戏的人恐怕只有他自己，至少吕医生和薛盈盈看起来对这里一无所知。

"这个世界叫作噩梦世界，不能算作一个副本，应该说，这里就是主世界。噩梦世界可以触发主世界的任务，也可以接到需要前往其他世界的副本任务。这里的任务种类非常多，难度也各不相同……这些说来话长了，来吧，我带你们去黄昏之乡里的玩家聚居地，就在前面的小岛上。如果不嫌弃的话，我想请大家吃顿饭，算作是我隐瞒来历的赔礼。"

一听到吃的，吕医生的眼睛都亮了，薛盈盈也咽了咽口水，肚子里咕咕作响。

齐乐人不好反对，只好说："你太客气了。"

苏和的笑容迷人极了，两个路过海岸线行色匆匆的女性都忍不住回头看了他一眼，其中一个年幼的小女孩小声嘀咕道："这几个是新人吗？要不我们去当个'导游'？"

"不了，飞艇要开了。"另一个年龄稍长的女人瞥了他们一眼，细长的眉眼里毫无情感，就算是苏和出众的外貌也没有让她多停留一秒。她就像打量货物一样权衡着他们的价值，然后做出了否定的判断。

小女孩有点不甘心地回头看苏和，对他友好地笑，却被看起来像是她姐姐的女人拉走了。

"导游？"吕医生疑惑地看着苏和。

"有的玩家遇到新人之后会客串一下解说员，介绍一下这里的情况，不过一般都要收费。"苏和说道。

"收费？我好像还有点钱，这里能刷卡吗？"薛盈盈问。

苏和笑了："这里的一般等价物可不是钱，也不是贵金属。"

"那是什么？"薛盈盈好奇地问道。

苏和深深地看了她一眼，淡淡地道："是生存天数。"

如同一艘陈旧的船只一般，这艘包裹在钢铁之中的飞行器缓缓离开海岸，向落日海港外的海域飞去。行驶在空中的飞艇在满是金红晚霞的云海中乘风破浪，透过圆形的古旧船舱玻璃，三个初来乍到的新人惊叹地看着这瑰丽的一幕。

船舱内弥漫着机油和食物混合在一起的味道，并不好闻，但是来来去去的旅客却给人一种鲜活的生命力——这些是和他们一样的玩家。

齐乐人按捺着自己的好奇和疑问，偷偷地打量着四周的人。这些人大多都很年轻，很少有特别年长的，也几乎没有特别年幼的，男女各半。有的好像已经适应了在游戏里的生活，很淡然地和同伴交谈着最近的收获，也有一些形单影只，孤身一人坐在船舱中，双目无神地看着窗外的晚霞，明明正值壮年，却好似行将就木的老人。

是生存天数要耗尽了吗？齐乐人的心里闪过了一个猜测，连带着自己的心情都变得沉重了起来——他只有十天的生存天数。

"生存天数？"当苏和说出这个词语之后，吕医生下意识地重复了这个词语，脸上却流露出不自觉的恐慌。

"是的，生存天数。对生活在噩梦世界的玩家而言，没有生存天数，一切都是虚无的。从新手村出来后，每个玩家都会得到十天的生存天数，在这十天内必须赚取更多的生存天数，否则等待他们的就是死亡。金钱对他们而言毫无意义。"站在夕阳下的苏和眺望着茫茫的大海,碧波万顷的海面被绚烂的晚霞映红,如梦似幻。

"也许活在外面的世界的人会觉得,时间是可以随意挥霍的东西。他们不会去思考自己的一天到底价值几何,就任凭时间在无声无息中流走,但是在这里,时间就是生命,它重于一切。"苏和的声音轻柔地落在三个人耳中,却如同一把敲击着心灵的锤子。

齐乐人回首自己曾经的生活:无所事事地玩游戏,偶尔接个设计单维持生活,然后继续无所事事……他并没有想过未来究竟如何。

可是现在,他只剩下十天时间。

当死亡真正降临在眼前,让人无法再去逃避的时候,他开始痛恨自己过去的奢侈。

没有时间了啊,可是他还想……还想活下去。

"副本世界里的东西不能带到主世界,吃的也是一样。先吃点东西垫垫肚子,等到了岛上再请你们吃好吃的。"苏和刚去买了点充饥的面包和饮料,放在了三个人面前。

已经饿得肚子咕咕叫的三个人一阵狼吞虎咽,苏和笑眯眯地支着下巴看着他们,薛盈盈被帅哥看得脸红,不好意思地说:"你饿不饿?要不要吃点?"

"我不饿,等到了目的地再饱餐一顿好了。"苏和淡淡道,"你们也别吃太饱,免得待会儿吃不下。"

其实是比黑面包好不了多少的食物实在难以下咽吧?齐乐人心想,虽然苏和没有表现出来,但是他隐约觉得苏和在吃穿住行上应当是个很讲究的人。

一个旅客从齐乐人桌边走过,微微飘起的斗篷碰到了齐乐人面前的水杯,他伸手按住了杯子,眼睛的余光瞥到了擦肩而过的旅人,他被斗篷牢牢裹住的身材格外臃肿,齐乐人回头看去,那个人站在座舱的角落里和另一个旅人低声交谈。

穿着斗篷的旅人的右眼上盖着一只眼罩,应当是受伤失明了,他的同伴甚至断了一条腿,金属的假肢从裤腿里伸展出来,在夕阳下折射出锐利的寒光。

齐乐人忽然有一种微妙的预感。

这两个人,是亡命之徒。

"砰"的一声巨响,断腿人的假肢狠狠踹在了舱门上,船舱里瞬间安静了下来,所有人都看着他们。

断腿人将一张白纸拍在了舱门上,然后拍了拍同伴的肩膀,对舱内的旅客们露出了一个狰狞的笑。

独眼的一只手一直藏在斗篷里,此时他缓缓将手从里面抽了出来,手中赫然是一个炸弹引爆器!而他的身上密密麻麻地绑着炸药包!

是劫匪!

齐乐人愣愣地看着那两个人,一时间蒙住了。

"我们兄弟的日子已经不多了,又得罪了人,现在一个断腿一个瞎眼,死到临头反而不想死了。"断腿人古怪地笑着,沙哑的声音里满满的都是孤注一掷的疯狂,"我们也不贪心,这艘船上的人,每个人交付十天生存天数,在契约上签名,我们就放你们平安下船,否则……"

断腿人拍着同伴紧握着引爆器的手:"否则咱们就一起死吧!"

船舱内一片死寂。许久才有个年轻男人站起来说道:"我要先看过契约书。"

"契约就在墙上,签个名,绑上手,站到那边去,一会儿到站了放你走。"断腿人指了指贴在墙上的白纸说道。

男人举起双手,在两个绑匪的监视下走到了契约书前,轻声读了出来:"乙方自愿交付十天生存天数给甲方,以换取平安下船的权利,甲方不得伤害交付了生存天数之人……这种契约书不可能通过审判所的审核!一旦被判定欺诈,你就是死路一条!"

断腿人狂笑了起来:"不,这不是普通的契约,这是恶魔的契约!我和欺诈魔王签订了恶魔契约,它许诺我用恶魔的力量让它即刻生效,不管它是否公平!"

年轻男人皱着眉,沉声道:"你投靠了恶魔……"

"只要能活下去,那又有什么关系!十天生存天数,换你们一条命,这难道不值得吗?你们要为了十天的时间冒上生命危险吗?"断腿人将笔放在男人面前,"签名吧。"

男人阴沉着脸,夺过笔,干脆利落地在契约书上签下了名字,然后任由绑匪绑住他的双手,将他赶到了船舱的角落里。

"下一个,谁来?"

齐乐人看向薛盈盈和吕医生,两个人的脸色惨白,都是一脸压抑不止的慌乱。

十天时间对老玩家来说可能不算什么,但是他们身上却只有十天!如果交出去,岂不是意味着他们立刻就会死?

"绑匪先生,我有个问题。"齐乐人旁边一桌坐着两个女人,就是在海港那里与他们有一面之缘的人,其中一个年长一些的女人站起身来,礼貌地问道,"请问,如果生存天数不足十天,那该怎么办呢?"

断腿人阴沉着脸看着她:"那就去死吧!"

眉眼细长的女人好脾气地笑了笑:"请放心,我的生存天数是足够的,不过如果船上有生存天数不够的朋友,我可以代你们垫付,这是允许的吧?"

绑匪的脸色由阴转晴,冷冷地道:"可以。"

女人闻言笑盈盈地看着齐乐人几人，低声道："我要价不高，一个月内三倍返还，怎么样？"

这种危急关头还在做生意？齐乐人一时间竟然不知道说什么好。

"生意人陈百七，你还真是走到哪里都不忘赚上一笔。"苏和似是无奈地叹了口气。

"咦，这位帅哥，没想到你认识我？奇怪了，你长这么帅，要是我有幸见过一面，那就绝对不会忘记才是。"名叫陈百七的女人挑起细眉，好奇地道。

在海港上擦肩而过时，她没有多看苏和一眼，冷漠得就像看路边的一块石头，此时却笑得分外和气。

"我不常来黄昏之乡，比起永不坠落的夕阳，我还是更中意黎明的风景。"苏和淡淡道。

陈百七诧异道："你定居黎明之乡了？怪不得……刚才失礼了，抱歉。"说完，她自然地挽起一直想插话却被她用眼神示意闭嘴的小女孩，两个人在契约书上签了字，安静地站到另一边去了，根本不再提起出借生存天数的事情。

黎明之乡？齐乐人记得那是和黄昏之乡并列为两大人类庇护所的地方，生存环境远远优于黄昏之乡，没想到苏和竟然常驻那里。

就在他们小声说话之际，旅客们已经接二连三地上前去签名了，虽然不少人面有不豫之色，但是权衡利弊后也觉得犯不着为了十天的时间赌上自己的性命，不得不说这两个绑匪索要的生存天数恰到好处。

"别担心。"苏和背对着两个绑匪，轻声对三个人说，"这两个人，蹦跶不了多久了。"

船舱这一边的人越来越少，绑匪看着契约书上的签名，心情大好，看着舱内旅客的眼神也越发贪婪。

舱内有六七十个旅客，几乎都是有生存天数的玩家，所有人签名后他们就可以获得足够挥霍一年的生存天数，这对任何一个玩家来说都是一笔不可思议的收入了，对两个快耗尽生存天数的亡命之徒来说更是如此。

苏和站了起来，安抚地对另外三个人笑了笑，然后走上前去，在契约书前拿起笔："我替三个朋友支付生存天数，需要附加额外条款生效吗？"

绑匪不耐烦地瞪了他一眼，又舍不得即将到手的生存天数，恶声恶气道："先到一边去，让我想想。"

齐乐人他们三个人紧张地看着苏和，苏和对他们眨眨眼，从容不迫地走回了座位。

"没关系吗？"吕医生神经兮兮地看着绑匪，小声问苏和，"他们不会把我们撕票了吧？"

"没关系的，人已经来了。"苏和的嘴角勾起一抹似是嘲讽的冷笑，淡淡地道。

齐乐人觉得有点渴，拿起杯子想要喝口水，眼角的余光却扫到身边那扇圆形的船舱玻璃上，有个人倒吊在那里！

他差点从椅子上跳起来，飞艇的行进速度虽然没有飞机那么快，但是这么高的地方怎么会有人趴在外面？

那人影似乎是在窥伺舱内的情况，一眨眼就从齐乐人的视线中消失了。

"来了。"苏和抱着手臂，靠坐在椅子上，微微眯着眼，似乎是在等待一出好戏。

三个人齐齐看向绑匪所在的那头，只见密闭的船舱中，有个身穿制服的少年无声无息地穿过墙壁，从船舱外来到舱内！

舱内寂静得鸦雀无声，两个绑匪丝毫没有警惕会有人突然出现在身后，正催促着旅客赶紧签名。

这一刻，舱内的旅客发挥出了超乎齐乐人想象的团结，没有一个人发出声音，甚至没有人露出惊讶的表情，他们熟视无睹地做着自己的事情，等待两个亡命之徒落网。

仿佛，他们对此早有预料。

穿墙而来的少年手中握着一根铁棍，轻松敲晕了拿着引爆器的绑匪。这一次的动静惊动了绑匪的同伙，他诧异地转过头，迎面看见当头而下的长棍，"咚"的一声，第二个绑匪也倒下了。

从少年穿墙过来到打晕绑匪，整个过程不过几秒钟，没有惊心动魄，没有半个多余的动作，甚至可以算得上平淡无趣的，可是目睹这一幕的齐乐人却觉得就该是这样，简洁、高效、轻而易举，他可不想看到救援人员和绑匪大战三百回合差点引爆炸药，直到最后关头才成功搞定绑匪的爆米花电影情节，那得把人的心脏病吓出来。

制服少年居高临下地踩着晕过去的绑匪的手，歪过头看了一眼地上的引爆器。

"我来拆吧。"隐在人群中的陈百七走了出来，不知何时她已经解开了绑匪绑在她手上的绳子，笑道，"这也是为了我自己的人身安全，当然，不收钱。"

制服少年冷冷地扫了她一眼，撤回了自己的脚。

陈百七三两下就解除了引爆器，还将塞满了炸药包的马甲解了下来，扔给了制服少年："不知道质量如何，最好还是丢到外面去，要是突然爆炸，呵呵……"

"这是物证。"制服少年一脸冷淡，可是好像是突然打开了什么开关一样开始说话，"两个垃圾，身上连张卡都没有，估计早就典当光了，所以才会跑来抢劫。谁来跟我描述一下事情经过？"

"我来！"和陈百七一起的小女孩站了出来，将事情从头到尾讲述了一遍。制服少年拿着一个本子唰唰地记录，一边记录一边提问："有多少人在这张契约书上签了名？"

"站在这边的都签了。"陈百七指了指角落的那一堆旅客。

制服少年撕下了契约书，从头到尾看了一遍："这不是审判所提供的标准契约书……是恶魔的契约书？"

"是的，阿尔先生。"陈百七身边的小女孩竟然知道他的名字，细声细气地说，"绑匪说只要签下名字，立刻就会生效。我的确收到提醒说扣除了十天生存天数。"

阿尔冷冷地瞥了地上的劫匪一眼："审判所会让他们吐出来的。"

几分钟后，两个绑匪被结结实实地绑在了角落里，契约书也被名叫阿尔的少年收了起来，他抱着手臂以一个惬意到近乎懒散的姿势坐在椅子上，和陈百七聊着天。

因为距离近，齐乐人几人能听见他们的谈话，他们也没有要避讳的意思。从他们的聊天内容来看，两人之间是认识的。

"我记得你的惯用武器可不是这个。"陈百七扫了一眼被他搁在桌上的铁棍说道。

"从船舱外面随手掰下来的，对付两个垃圾，足够了。"阿尔懒懒地说着，忽然看了齐乐人一眼。

齐乐人的心里咯噔了一下。

这个一看就身手不凡的少年，正是他看见的倒挂在飞艇外的人。

"你是谁？"阿尔问道。

他问的人自然不是齐乐人，而是苏和。

陈百七笑眯眯地说："一个来自黎明之乡的朋友，和三个刚刚度过了新手村的朋友。"

阿尔的眼神里充满了审视的意味，那是一种毫不客气的眼神，他像是要用这种眼光一层一层地剥开苏和的外皮，看到他内在的本质。

"阿尔先生是审判所的执行官吗？久闻审判所的威名，今日一见果真不同凡响。"苏和微笑道，并没有说出自己的名字。

阿尔似乎也没兴趣知道他们的名字，在知道苏和的来历后，他迅速对这个陌生人失去了兴趣。他就像是山林中遇到了同类的野兽，在得知对方并没有威胁之后，他也不愿意多花费无谓的力气去对付他。

"这段时间恶魔信徒的数量增加了不少。"陈百七状似无意地说道。

"软弱的人总会选择背叛，而背叛的人必须接受审判，他们有不可饶恕之罪，愿死亡终结这一切。"阿尔闭着眼假寐，就连声音都像是梦呓。

陈百七身边的小女孩几次偷偷看苏和，跃跃欲试地想和他搭话，却被陈百七用眼神制止了。

周围再没有人说话，就连旅人们也放低了自己的声音，任由阿尔在船舱内旁若无人地休息，他看起来好像已经睡着了，可是齐乐人觉得，只要周围出现一点不对劲的动静，这个少年就会以不可思议的速度进入到战斗的状态中。

他应当也是玩家吧？恐怕还是个资深的玩家。

原来一个久经沙场的老手是如此可怕，突然出现在高空的飞艇上，拥有神出鬼没的穿墙术和一击必杀的棍法——听陈百七的口气，这还不是他惯用的武器，可是即便如此，他也已经超越了齐乐人可以想象的范畴。

他以后也会变得这么厉害吗？齐乐人下意识地摸了摸腰带上的卡槽，心情有点沉重。

再联想到那两个绑匪孤注一掷的疯狂,他不免有种兔死狐悲的苦涩。如果不能变得更强,他迟早也会死在这里。

要在这里生存下去,他要走的路还很长。

飞艇在岛上安全降落,旅客们接二连三地离去了,几个和阿尔穿着同样制服的男女上了飞艇,将两个还没有醒来的劫匪带走了。

陈百七友好地对四人笑了笑,带着看起来应当是她妹妹的小女孩一起离开了。

"到了,这里就是落日岛,黄昏之乡中玩家们的聚居地。很多年没有回到这里了,还真是有点怀念。"苏和眺望着沉睡在夕阳中的落日岛,轻声说道。

齐乐人站在舱口,看向这座小岛,它就像是汪洋中的一片净土,在璀璨的夕阳下散发着令人憧憬却又畏惧的气息。

吕医生从齐乐人身后探出脑袋:"让让,让让,个儿高的站一边去,不要挡了地精的路!"

"就是,你们两个个儿高的自觉点!"薛盈盈也说。

齐乐人和苏和被赶到了一边,干脆沿着金属扶梯走下了飞艇,跟着稀稀拉拉的人群向外面走去。

"这应该叫蒸汽朋克的风格?好奇怪,那艘飞艇看起来和海上的船只没什么区别,竟然能飞在空中,真是不可思议。"齐乐人回头指着那艘飞船说道。

"在这里,不可思议的事情可太多了。"苏和含笑道。

四人穿过狭窄的街道,一路来到一座铁桥边,四周的建筑风格机械又颓废,行走在这里就好像穿行在工业革命年代的大工厂区中,四处都是粗壮的蒸汽管道,向天空排出云雾一般的蒸汽。

"这家餐馆很有名,我还在黄昏之乡历练的时候就在了,刚才我还担心如果老板已经不在了可怎么办。"苏和说道。

"老板也是玩家?"吕医生立刻意识到了关键。

苏和点了点头:"也有些玩家在这里并不单靠做任务来赚取生存天数,例如陈百七、阿尔他们,都有其他的生存天数收入,但是每月一次的强制任务是逃不掉的。"

三个人似懂非懂地点了点头,跟着苏和走入了这家看起来平凡无奇的餐馆中。

说实话,这里的环境可说不上好。齐乐人觉得这里绝对通不过卫生检疫,昏暗的照明都不能掩盖墙壁和地面上的斑驳痕迹,餐馆里弥漫着一种淡淡的机油味——一路上都闻得到这个味道,齐乐人觉得自己的鼻子已经快报废了,以至于食物的香味都变得有些微妙。

四人找到了一个能够安静谈话的小包厢。薛盈盈花了一点心理建设才让自己在看起来不那么干净的沙发上坐了下来,吕医生努力克服了医生的职业病才勉强坐好。倒是齐乐人,很随意地坐了下来,拿起油腻腻的菜单看了起来。

"都是西餐?"齐乐人对西餐感觉一般,对菜单里那些看不出来历的可疑食物更是敬谢不敏。

"你要找中餐馆也是有的,下次再去吧。"苏和温言道。

等待上菜的时间,三个鲜嫩的新人终于可以开始将满肚子的问题抛出来了,最关心也是最紧要的问题,莫过于怎么样才能结束这个游戏。

在三个人期待的眼神中,苏和微不可察地叹了口气:"你们真是问了一个我无法回答的问题呢。应该说,停留在这里的人都无法回答。"

苏和又说道:"如果把这个异世界的冒险比作一场游戏的话,恐怕要通关了主线才能彻底结束。"

彻底结束？什么样的程度才算彻底结束？齐乐人一瞬间想到了许多……他玩过的那款游戏里的确有主线任务，但是他在主线任务里死得太快，根本没有理清头绪。

"关于主线，就必须说到这个世界的历史了。"苏和耐心地为他们讲述起来。

"这个世界的开端，大概是在二十多年前。根据目前玩家们收集到的线索来看，大约二十二年前就有第一批玩家进入到这里了，只是这批最早的玩家已经不知所终。而对这个世界来说，最大的变革也是从二十多年前开始的。"模糊的小窗外永不坠落的夕阳将温暖的余晖照射进了这间昏暗的房间，也照亮了苏和俊美的侧脸，他语调温柔，娓娓道来。

"二十二年前，魔界之中有一个魔王打开了通往人类世界的大门，带领一批恶魔来到人间，趁着日食之日攻陷了压制魔界封印的圣城教廷。从此人间陷入永无止境的混乱之中，恶魔屠戮奴役了大批人类，在得到足够的信仰和源源不断的献祭后满足地回到了魔界，留下了一个满目疮痍、信仰崩溃的人间界。

"从那之后，人类对自己将要何去何从产生了迷惘。一部分人安于现状，相信这就是末日审判，是神明对不断堕落的人类的处罚，他们搬迁至永无乡，重建了家园，一部分人却要和恶魔抗争到底，于是这批人从二十多年前恶魔入侵开始，就致力于建造能够保存人类文明的地方，也就是黎明之乡和黄昏之乡。这两个地方处于人间界的两端，相距万里，因为某种不为人知的原因，在黄昏之乡永远处于落日之中，而在黎明之乡则永远处在黎明时分。平民们居住在那里，重新开始生活，一部分有识之士认为，恶魔迟早会卷土重来，很不幸，他们的判断是正确的，三年前，恶魔第二次降临人间界。"

"还来？"薛盈盈苦着脸小声嘀咕道。

苏和好脾气地笑了笑:"是的,但是这一次,带领恶魔的人却不再是二十多年前的魔王,而是三位新的魔王,象征着权力、杀戮和欺诈。在他们的带领下,恶魔再一次来到人间界,挑起纷争,吸纳信仰。因为黎明之乡和黄昏之乡的特殊性,这两个地方是难以攻陷的,所以还算和平,但是一旦离开这两片区域,外面的人类却生活在水深火热之中,有的已经皈依了恶魔,有的还在苟且偷生。"

"这个故事背景和玩家应当是有联系的吧。"吕医生沉思了一会儿,问道,"难道有什么主线任务需要我们帮助人类战胜恶魔?"

"这恐怕很难。"苏和淡淡道,"这一次恶魔入侵至今没有结束,虽然大部分恶魔已经回到了魔界,但是通道尚未关闭,它们随时可以出入人间界,而且还有不少低等恶魔游荡在外面。对玩家来说,这些都不容易对付,更别说魔王了。"

三个人不免有些沮丧,可是对新人来说,要在这里存活下去就已经够艰难了,更长远的事情他们暂时还考虑不到。

菜已经送上来了,苏和看了一眼自己面前的小羊排,疑问道:"原来的那个厨师换了吗?"

服务员慢了一拍才反问:"您说哪个厨师?我来这里没多久,听说三年里已经换了八个厨师了。"

苏和愣愣地看了他一会儿,那双黑亮的眼睛里竟然透出了难得一见的迷茫,他礼貌地道了谢,然后拿着刀叉遗憾地对三个人说:"看来不能请你们吃那让我回味三年的小羊排了,太可惜了,我真是十分中意那个味道啊……"

苏和的话语氤氲在余晖中,伴随着窗外机车开过的轰隆声,齐乐人等人在这个世界中的生活,正式开始了。

这一顿晚餐是在交谈中结束的,时间已经是十九点了,但是在黄昏之乡却难以从光照来判断时间,只有遥远的钟声和苏和的怀表能告诉他们时间。

"我带你们去一趟交易所,虽然你们暂时还兑换不起那里的技能卡和物品,但是交易所可以申请空置的房间,然后我再带你们去一趟任务中心了解一下怎么接任务,以后的事情就得靠你们自己了。"苏和起身结了账,对三个人说道。

"你要走了吗?"薛盈盈听出了他语气中的去意,立刻不安了起来。

齐乐人心里也惴惴的,忐忑地看着苏和。

"过几天我就得回黎明之乡了,那里你们暂时还去不了,如果想常驻黎明之乡的话得完成一系列任务挑战,所以在那里生活的大部分都是NPC。"苏和领着三个人走出了餐馆,沐浴在夕阳下的落日岛仿佛是一个奇幻的梦境,一切荒诞的想象都会在这里发生。

"我会在黄昏之乡休息两天,然后返程。希望有一天能在黎明之乡见到你们,我相信会有那一天的。"夕阳下,苏和修长挺拔的身影被无限拉长,留下一个令人难以忘怀的背影。

在苏和的帮助下三个人在黄昏之乡安顿了下来,虽然他们抽到的住所分散在落日岛不同的地方,但是鉴于整个落日岛并不大,所以要来往还是很方便的。

齐乐人从交易所那里抽到的房屋位于落日岛的西岸,和苏和暂时落脚的旅舍距离很近,所以他是最后被苏和领着认路的。临别前苏和友好地向他道了晚安,留下齐乐人一个人站在造型像是霍比特人的房子前。

齐乐人站在屋前沉思了一会儿,用钥匙打开了属于自己的家。

这个屋子的前任主人应当是个相当懒散的人,这可以从屋子里面一团糟的环境中得知,因为腹诽一个死者有些不厚道,齐乐人还是控制住了自己，强撑着因为疲惫而昏昏沉沉的大脑，将卧室收拾了出来。

卧室窗台上的花早已枯死了，床铺上已经积了一层厚厚的灰，齐乐人将铺盖卷起来往地上一丢，激起了满屋子的灰尘，呛得他一阵咳嗽。

在壁橱里找到了还算干净的一床铺被，眼皮直打架的齐乐人已经顾不上那么多，接近二十四小时没有充足睡眠的他迅速地洗了个澡，然后整个人倒在床上，几乎立刻陷入了睡眠中。

这一觉睡得十分香甜，沉到连梦境都没有来打扰。等到齐乐人醒来时，窗外依旧是厚重的晚霞，他一时间有些搞不清自己身在何方，他呆呆地在床上躺了好一会儿，这才想起这里已经不是他的家了。

他身在一个危机四伏的世界里，度过的每一分钟都是在燃烧自己的生命。

他下意识地看了看自己的剩余时间：九天七小时二十八分。

一觉好眠的愉悦心情一下子落回了谷底，齐乐人抓了抓头发，不情不愿地坐了起来，开始整理思路。

交易所的工作人员很敬业，虽然他们三个人根本买不起任何一张卡片，但还是热情地为他们提供了服务。他告诉他们，这里所有的房屋都是按照需要分配的，每个新人都可以随机分到一个落脚之处，直到他死后才会被收走，转给下一个新人。如果自己对房屋有特殊的需求，也可以通过交易等方式换取。

不只是房屋，任何食物、武器、技能卡、物品卡都可以互相交易。只是这种交易是被严格控制的，如果是以"交易"为名抢夺别人的东西，是一定会被处罚的，这种交易也不可能成立。

就像昨晚苏和请他们吃饭，他用以付账的东西不是金钱，而是时间，齐乐人记得他一共是支付了六小时十七分钟，签名后直接支付，因为餐厅是合法运营，所以交易成立。像飞艇上的那两个劫匪，用"契约"交易他人的生存天数，显然属于无法成立的交易，但是他们凭着恶魔契约，竟然能够非法得到其他玩家的生存天数，这无疑是十分危险的。

齐乐人翻出一本屋主留下的笔记本，坐在床上将自己之前玩过的那款游戏剧情记录了下来。

大背景一模一样，他在玩游戏的时候很快就找到了一条疑似主线的道路，前往二十二年前被攻陷的圣城教廷，然后在那里得到了第一个也是最后一个失败的结局。但是在那之前，他还是进行了不少支线任务的。

如果说这个噩梦世界和游戏里一模一样，说不定这些支线任务也可以被触发。昨天苏和才跟他们讲过这里的"任务"的确包含了噩梦世界的任务和需要前往其他副本的任务这两大类，而噩梦游戏里的任务是直接可以改变世界进程的——传说三年前三位魔王再次打开人间界的通道，这其中就有玩家的影子——一些玩家将这个世界里发生的一切当作一场游戏，尝试加入反派阵营，帮助恶魔占领人间界。

目前齐乐人还不敢肖想那么远的事情，他的当务之急是赶紧接个简单的任务多赚取一些生存天数，好在这个世界中生存下来，然后再慢慢图谋离开的事情。

潦草地将自己玩过的剧情记录下来后，齐乐人收起纸和笔，再一次躺在了床上深思了起来。

昨晚他们问过苏和，为什么他们会被这个游戏选中，它的挑选标准究竟是什么。

问出这个问题的时候，齐乐人的内心十分忐忑，他担心是因为自己玩过那款游戏，所以才会进入到这里，甚至连累吕医生、薛盈盈以及其他人一起被卷入游戏，他因此一直隐隐地怀着一种愧疚的心情。

"又是一个难以回答的问题啊。"苏和笑着摇头，"其实我们也不清楚到底为什么自己会被选中，可是从目前进入游戏的玩家来看，绝大部分都是年轻有潜力、接受能力强的,而且是一批批进入。也就是说,在特定的时间,某个地点会成为新手村,就像你们待过的那个医院一样。当时在医院里的一部分人会被选中,进入到成为新手村的里世界医院,从此成为在噩梦世界轮回的玩家。从目前来看,学校、医院、车站、商场,这种人流量大的地方特别容易成为'新手村'。"

"那我们的身体呢?是一起进入游戏了,还是说留在了外面?进入到这里的只是一串数据?"吕医生作为医生,对这个问题更加关注。

苏和再一次摇头:"抱歉,我也不清楚这个问题。以后你们会见识到各种各样奇异的技能,有的甚至能翻天覆地、起死回生,等你见证过那样的奇迹,你自然会有判断,至于是对是错,对在这里挣扎求生的人来说,有意义吗?"

那一晚的谈话让三个新人对自己的处境有了更深的了解,那种无处不在的压力笼罩在每个人的头顶。

齐乐人仍旧不清楚,他是不是唯一一个玩过《噩梦游戏》的玩家,他不敢肯定,更不敢贸然去求证,哪怕是他信任的苏和,他也不敢透露分毫,再说,苏和马上就要走了……

虽然相处的时间很短暂,但是苏和已经给他留下了深刻的印象。他的神秘,他的从容,他的睿智,一切都是建立在他的强大实力上。这样一个人愿意为他一次相救,还是对方根本不需要的相救而留下来帮助他们引导他们,他已经十分感激了,根本不好意思要求更多。

就像苏和说的,他们一定会再次相见的。

希望那一天,他已经成为一个和他一样强大的人。

留给齐乐人感慨的时间并不多,很快他就振作了起来,将家里打扫了一遍,虽然并不怎么擅长家务,但是最近几年独居生活已经让他养成了一套速成打扫法。

好不容易将家里整理了出来，齐乐人的肚子已经饿得咕咕叫了，厨房里倒是还有一些前任屋主留下来的食物——已经霉变到了看一眼都觉得会中毒的地步。

齐乐人只好出去觅食，顺便去任务所转转，看看有没有什么合适他这种新手接的任务，要是奖励丰厚一点就更好了。

走出家门，暮色中的落日岛依旧风景如画，齐乐人呼吸着这里夹杂着海风和机油气味的空气，嗡鸣的机器声是这里文明的象征，也是人类生存下去的力量。

而他，也会在这里活下去！

"咕噜噜……"空空荡荡的肚子发出了抗议声，对壮志满怀的齐乐人造成了心灵上的打击，他无奈地摸了摸扁扁的肚皮：肚子好饿啊，还是先吃点什么吧。

2

暮色深深，齐乐人行走在落日岛的大街小巷中，据说这里除了少量NPC外，大部分都是玩家，和黄昏之乡的其他部分正好相反。主干道上弥漫着食物诱人的香气，齐乐人甚至闻到了红烧肉的味道，引得他唾液分泌明显加快。

最后本着节省的心态，他控制住自己，只在路边买了份便宜大碗的炒饭，就着一碗汤美美地填饱了肚子。结账的时候他在自己的账单上签下了名字，然后就收到系统提示："您已消费生存天数二十分钟，剩余生存时间九天四小时七分，如对交易有异议，请去审判所下属的交易所申诉。"

齐乐人的心里又咯噔了一下，迫在眉睫的生存问题真是让人寝食难安。

离开主干道后,齐乐人缓缓向吕医生家走去,他打算问问吕医生未来有什么打算,如果可以的话,他还是希望能和这个幸运的同伴一起下副本的,感觉自己好像多了一条命。

远离主干道的小巷错综复杂,齐乐人不敢走陌生的路,于是沿着昨天苏和带他们走过的路线再走了一次,他这方面的记忆力还算不错,走过一次基本就不会忘记。

落日岛正中的大钟楼再一次响起了钟声,浑厚悠远的钟声在暮色中荡开,让这个黄昏之乡染上了些许的忧愁。每一分每一秒,人们都在走向死亡。

齐乐人无声地叹了口气,驻足看向钟楼,此时此刻,和他一样为生存忧心的人,恐怕很多很多。在这个危机四伏、朝不保夕的世界里,他们甚至连离开的方法都没有,他们也同样没有勇气用死亡去验证自己是否会因此回到现实,只能在这里挣扎着生存下去。

暮色之中,齐乐人眼见一只黑色的大鸟从远处飞过,停在了他的身边。

借着有些昏暗的光线,齐乐人觉得,这只鸟不像是海鸥,反而像是鹰。这里也有鹰吗?齐乐人一边怀疑,一边认真地盯着那只鸟看。

那只鸟在围墙上站定,突然仰起脖子,深沉道:"人类,和我签订契约成为被选中的人吧!"

齐乐人脸色大变,惊疑不定地看着那只鸟,这鸟会说话!这真的是鸟吗?!还是说他遇上了什么隐藏任务?

"什么契约?"齐乐人尽量让自己表现得镇定冷静,至少看起来不能像是一骗就上当的人。

大鸟锐利的眼睛深沉地看着他,一人一鸟四目相对,就在齐乐人以为这只鸟就要和他对视到地老天荒之时,它突然发出了古怪的笑声:"呵呵,骗你的。"

这一刻,一股杀意涌现在了齐乐人的心头——他要把这只傻鸟烤了吃!

齐乐人摸出了那袋"讨人喜欢的口粮",抓了一把扔在了地上,看起来普通的口粮散发出诱人的香味,哪怕是已经吃饱喝足了的齐乐人都有种趴在地上舔一口的冲动。

那只怪鸟一拍翅膀就飞了下来,几口就将丢在地上的口粮吃了个干净,然后嘎嘎怪叫着向齐乐人索要。

这鸟到底怎么回事?到底是不是任务NPC啊?齐乐人纠结着要不要再抓一把给它,可是口粮总共也就三十份,刚才已经用掉了一份,他有些犹豫。

就在这时,远处传来了一声响亮的口哨声,那只怪鸟迟疑了一下,再次拍着翅膀飞了起来,一边频频回头看他,一边向着口哨声传来的方向飞去。

莫非这只鸟的主人才是关键NPC?齐乐人把口粮塞回包裹,快步追了上去,错综复杂的小径让他的追踪很不顺利,很快他就跟丢了那只鸟。

绕过一个巷口的时候,齐乐人猛地停下了脚步:不远处的小巷深处,被夕阳照亮的地方,血腥味扑面而来,熏得他后退了几步。

齐乐人的内心再次交战了起来,他疑心凶手会去而复返,自己最好装作什么都没看见,立刻转身离开。可是逃避就有用了吗?另一个声音嘲讽着他:如果逃避就可以平安无事地活下去,那为什么还有人会铤而走险?

就当是险中求富贵吧!齐乐人下定了决心,在巷口等待了一会儿,确定没有人回来这里,这才割了袖子蒙住了脸以防被人看见真面目,小心翼翼地上前去检查。

这些人明显分成两拨。其中一拨人有五个,都是男性,穿着不惹眼的服装,但是都带了武器,身上的致命伤都干脆利落,看起来作案的是个高手。另一拨是两个年轻女性,长相十分相似,应当是一对姐妹,这两个人都没有武器，身上的伤口也十分凌乱，像是在不断地躲避后仍然没有逃过一劫。

他怀疑这五个男人解决这对姐妹后，却被另一个不知名的人解决了——他看见地上还有几个残留的模糊脚印，向小巷深处蔓延。

这几个男人身上除了武器和食物没有带其他东西，西方人的长相，看起来应该是NPC。齐乐人捶了捶蹲麻了的脚，又俯身检查起了这对惨遭不幸的姐妹。

其中一个女孩子的手背上还有看起来像是某种彩绘的图腾，齐乐人的手指在上面不经意地碰触了一下，然后意外发生了——彩绘的图腾竟然灼烧一般出现在了他的手上！而系统提示也瞬间出现！

"玩家齐乐人，触发特殊任务：献祭女巫。任务将于七天后在玛卡村正式开始，请在任务开始前抵达玛卡村，抵达任务地点后将暂停生存时间直至任务结束。逾期未到达视为任务失败，扣除生存天数一百天。"

真的有任务？齐乐人用右手捂住了左手上的彩绘图腾，面色凝重了起来。他现在根本没有多余的时间浪费了，还不知道那个玛卡村究竟在什么鬼地方！

齐乐人抓紧时间搜索了一下两个遇害女性身上的遗物，遗憾的是这两个人身上竟然没有分毫的任务线索！这不合常理！她们两个人甚至连装食物和水的行李都没有带，简直像是……已经被人搜过一遍了！

齐乐人皱着眉，看了一眼另一个手上没有图腾的女性，忽然想到如果杀死那几个男性的凶手和他一样接到了这个任务呢？所以那人将这两个人身上的东西，连同任务线索一起全部带走了？

可是这样一来，他要面临的局面就更加危险了。这个任务不是团体任务，因为他没有得到任何可以组队的提示，但是这个任务很可能有其他玩家参与其中，他可不觉得到时候他们会是队友，搞不好这是个有对抗性质的任务。

齐乐人越想越头疼，干脆站起身，蹭乱了自己在地上留下的血脚印，这才从巷口离开。

还是去找苏和问问他的意见吧，至少得弄清楚该怎么去任务地点。

就在他离开不久后，审判所的人就来到了现场，如果齐乐人还在这里，他大概可以认出带队前来的正是那位在飞艇上有一面之缘的阿尔。

"遇害的七人都是NPC，不过伤口有明显差别，男性死者身上的伤口都是刀伤，下手果断干脆，几乎是一击毙命，但是从伤口的方向来看，作案者用的应该是双刀，现场没有作案凶器。女性身上伤口凌乱，从伤口判断应该是几位男性死者所携带的武器。案发现场有两个人来过，一人从巷尾离开，留下了完整足迹，另一人从巷口离开，将足迹销毁。"同行的审判所执行官报告阿尔。

阿尔的脚步在齐乐人的脚印前停了下来。齐乐人临走前蹭乱的足印，让人难以据此判断他的身高体重和行走姿势，阿尔只在上面扫了一眼。

"要追查下去吗？"同行的执行官问道。

"算了，NPC的破事，懒得管，审判所的事情已经够多了。"阿尔懒洋洋地说道，一副消极怠工的样子，可是说出来的话却让同行的人大吃一惊，"直接去问问'凶手'就行了。"

"你知道凶手是谁？这个足迹和伤口还没经过对比呢！"另一个执行官大吃一惊。

阿尔冷笑了一声，指了指角落里不易发现的一摊血迹中黏着的羽毛："养鸟，双刀，身手好，我可不信黄昏之乡还有第二个这样的人。"

另一个执行官恍然大悟："您说的莫非是……"

阿尔："就是那一位——永无乡教廷派来的特使。"

因为路上发生了点意外，齐乐人打消了去找吕医生的念头，转而向苏和落脚的旅店快步走去，很快就到达了那里。

幸运的是苏和在，吕医生也在，他正兴高采烈地跟苏和展示自己捡来的物品卡——此处有免费 Wi-Fi，这是一个神奇的道具，人们经常对它产生亲切感，会自然地聚拢在它周围。当然，只要它正常运作，没人在意它从哪里来，人们会自动忽略来源，并且会很轻易地忘记这个道具的持有人，开始专注于自己的事（手）情（机）。一旦持有人走开一段距离，人们会忍不住寻找他。只要装备着它，周围的 NPC 和玩家都会对你抱有一定的好感。剩余使用时间八十八个小时。

"我走在路上看到墙角有这么一张卡，就捡起来了，不知道是谁掉的。"吕医生将物品卡从齐乐人手里抢了回来，高兴地往卡槽里一插。

齐乐人情不自禁地往吕医生身边靠了一步，忘记了自己想要和他说的话，转而对苏和说起了自己的事情。

苏和耐心地听他说完，思忖片刻后说道："这很明显是个发生在噩梦世界的任务，从任务名称来看，我怀疑这和恶魔信仰有关系。"

"啊？恶魔？"吕医生抖了抖，有点怜悯地看了齐乐人一眼。

但是很遗憾，大概是因为物品卡的功能，两个人都没怎么注意他。

"献祭女巫，听起来应该是向恶魔献祭，来获得庇护或者力量。既然你说很可能不止你一个人接到任务，那么这大概是一个面向多个玩家的任务，你们之间很可能会爆发冲突，这对还是新人的你来说很不利。"苏和说。

"我知道……"齐乐人苦笑道，"就算打不过，只要 SL 大法不冷却，我还是有一拼之力的。上次在新手村解决凶手的事情给了我一点启发，只要我狠得下心用同归于尽的办法，对手猝不及防的情况下应该很难逃脱。"

苏和赞赏地点了点头："你能很快发现自己技能卡的妙用，这很好。很多人觉得自己得到的技能卡并没有用，其实只是使用方法不当。我给你一点启发，你的SL大法要完善起来，至少还需要搭配一张预兆或者感应类技能卡，能够提前给你危险警示。要充分发挥它的效能，你可以从两个方向入手，一个是像你说的，同归于尽的打法；另一个是爆发类技能，类似于燃烧生命提升战斗力，也就是薛盈盈的那一类技能。因为你不需要考虑使用爆发技能的后果，所以这类技能非常合适你。但是考虑到任务里取得的技能卡有一定随机性，所以还是建议你多攒些生存天数，然后去交易所兑换。"

齐乐人呆呆地听着，半晌才喃喃道："原来还可以这样……"

苏和微笑道："还不止这些。我曾经听说有人持有一张复活卡，但是需要支付自己的生命为代价，才能复活另一个刚死之人。所以虽然功能很神奇，但是却没有多少实用性，最后以一个很低的价格被人买走了。你有没有想过，你的SL技能搭配上这类代价沉重的卡片，会有什么样的效果？"

这下连吕医生都张大了嘴："我的天，原来这还是个神技能啊！原来齐乐人才是那个开挂[①]的……"

不，苏和才是，齐乐人心道。

"关于涉及任务的地点玛卡村，我建议你去寻找一下相关的资料，可能会有一些线索，而这些线索，关键时刻也许能救你一命。"苏和不紧不慢地传授着自己的经验。

"资料要到哪里去找？"齐乐人认真地问道。

"黄昏之乡是有图书馆的，支付时间可以浏览资料，另外玩家之中

[①] 使用外挂的意思。

也有类似的情报交易所,你可以去问问陈百七,她的生意里应该有这一项。"苏和说道。

"贵吗……"作为一个贫穷的新人,他比较在意这个。

苏和笑笑道:"她是个喜欢做长线生意的生意人,如果看好你的潜力的话,她应当是不介意你赊账的。"

被忽略很久的吕医生嘀咕道:"赊账?她也不怕欠债的死了追不回来?"

"她会从活着的欠债人那里挣回来的。"苏和说。

"哎呀,你终于注意到我了!从刚才开始你们两个就无视了我的存在。"吕医生惊讶道,"这个Wi-Fi卡还挺管用啊。"

苏和微微一笑,平静道:"它的确会降低你的存在感,但是对五感敏锐的人来说,这种程度并没有什么用。"

吕医生抽出卡槽里的技能卡,叹了口气:"哎,总还是件好东西吧。"

等到吕医生取出了技能卡,他在齐乐人的感觉中才变得鲜活了起来。

"说起来……我还不知道吕医生的全名是什么呢。"苏和突然道。

齐乐人慢了一拍才意识到吕医生其实不是他的名字,之前在新手村他完全忽略了这个问题!

"啊……名字这种东西,一点都不重要,呵呵,忘记它吧。"吕医生表情尴尬地摆了摆手,试图将这个问题忽悠过去。

齐乐人和苏和对视了一眼,然后不作声地凝视着吕医生。

一秒、两秒、三秒……十秒钟过去了,吕医生投降道:"我说我说,你们别这样看着我!但你们要保证不许笑!"

"我保证不笑。"齐乐人板着脸说。

"我尽量。"苏和对吕医生眨了眨眼。

"好吧,我叫吕仓曙……"吕医生的声音放得很轻,要是不屏气凝神还真听不清楚他说了什么。

齐乐人:"噗——"

苏和:"呵……咳咳。"

"你们笑了,骗子。"吕医生幽怨地看着他们,表情十分委屈。

"不好意思啊,但真的……噗。"齐乐人又忍俊不禁了,干脆放弃了辩解,笑个痛快。

"是仓库的仓,曙光的曙。"吕医生又强调了一遍,"不是那个仓鼠!"

可不论他怎么解释,齐乐人和苏和还是一脸很懂的笑容,看得吕医生越发牙痒痒:"我警告你们,不许叫那个名字!要尊敬地叫我吕医生知道吗!我可是以后要开医馆当神医的人,不要得罪神医知道吗!"

"这想法倒是不错。"苏和赞赏道。

"那是,我读这么多年书考取执业医生资格证不是为了当炮灰的!"吕医生气势满满地说道。

"好好干。"苏和拍了拍吕医生的左肩。

"看好你哦。"齐乐人拍了拍吕医生的右肩。

两个人一左一右将吕医生夹在中间,完美体现了两边高中间低的身高差,可把吕医生郁闷得不轻。

"诅咒你们没有软妹①子……"吕医生嘀嘀咕咕地念叨着。

"我比较喜欢漂亮能打的御姐。"齐乐人语重心长地劝导吕医生,"软妹配仓鼠是没有前途的,建议你改变一下审美。"

吕医生一脸抓狂。

"原来乐人喜欢这类啊。"苏和恍然道。

齐乐人用力点头。大概因为从小审美受到了母亲的影响,他非常欣赏独立有事业心的女性,对柔弱的软妹子虽然会照顾但是没什么特别的感觉,他又顺口问道:"你呢?"

---

① 指那些具备目光柔和、嗓音轻柔、腰身柔软、性格温柔等外部特征,体贴且大多反应有些迟钝的年轻女性。

"我比较喜欢可爱的男孩子。"苏和一脸认真地语出惊人。

身为合法正太的吕医生唰地一下躲到齐乐人身后去了,齐乐人看苏和的表情都不对了。

"当然是骗你们的。"苏和笑眯眯地说。

齐乐人听从了苏和的建议,他决定去找陈百七了解一下关于玛卡村的资料,虽然他会为此付出一些生存天数,但是他觉得这应当是值得的。

当他找到陈百七的时候,她没有在自己经营的商铺中,而是在落日岛的海岸边,趴在堤坝上眺望着海平线上的夕阳。一直和她在一起的小女孩蹲在沙滩上捡贝壳,高高举起一只漂亮的海螺向陈百七挥舞。

夕阳之中,陈百七细长而冷漠的眉眼被金红色的光芒浸染,竟好似超脱于市侩,变得温暖而柔软,让人恍然意识到,其实她也不过是个年轻的女人。

"没想到,你是你们几人中最先来找我的。"陈百七头也不回地说道。

这话让齐乐人摸不着头脑,他站在陈百七身边,和她一样趴在堤坝上,眺望着海平线:"为什么不能是我?"

陈百七无声地笑了笑,给齐乐人递了根烟,齐乐人摇摇头,表示自己不抽,陈百七也不勉强,给自己点上烟,叼在嘴边。

"我以为,那位苏先生应当会来问我一些事情。"陈百七淡淡道。

"为什么?"齐乐人不想让自己在她面前表现得太蠢,但是他实在很想知道原因。

烟雾从陈百七的口中吐出,连同她略带嘲讽意味的笑容一起:"你不会以为,一个来自黎明之乡的玩家,会莫名其妙地带着三个菜鸟,只因为他心地地善良吧?所以在飞艇上我猜测,他应当只是顺路想来一趟黄昏之乡,可是从黎明之乡来黄昏之乡太远了,如果带着你们这几个新人的话，他脱离副本的时候可以选择跟你们一起直接降落在这里，省了不少时间。不过现在看来，好像不是我想的那么回事。"

齐乐人哑口无言。

陈百七换了个姿势，背靠着堤坝，手肘自然地撑在两边，逆光之中她嘴角的烟头随着来自海上的风忽明忽暗，她问道："你们那个新手村，应当是出了什么意外吧？"

"……是的。"齐乐人已经意识到，眼前的这个女人很聪明，也很敏锐。他早该想到的，能在噩梦世界里做出一番事业的人，无论男女老少，都不会是普通的人。

"我听说进入黎明之乡的玩家会有特殊权限，能够接到系统指派的特别任务，例如清理一些副本中的漏洞。比起我们这些普通玩家，他们更像是管理员。"陈百七弹了弹烟灰，继续说道，"你们的这个新手村，出来的人太少了，按照常理，一个普通新手村要么团灭，要么有一大半人能够活着出来，但你们竟然只有三个新人存活到了最后，还有一个来自黎明之乡的玩家，那肯定是新手村出了问题。"

"的确，我们新手村中有个玩家，是个连环杀人案的凶手，导致我们活下来的人不多。如果不是苏和的话，我们也许会团灭。"齐乐人没有隐瞒她的意思，坦诚说道。

"玩家？那并不算漏洞。"陈百七眉头一蹙。

"是的，所以苏和在调查清楚后，原本是打算假死离开的，但那时候我救了他一命……当然，其实我算是破坏了他离开的打算。"齐乐人说。

陈百七哦了一声，看着齐乐人的眼神有些意味深长，齐乐人被她看得有些发毛："有什么不对吗？"

陈百七笑了笑，又抽了一口烟："苏先生应该很喜欢你。"

因为半个小时前齐乐人才刚听过苏和说喜欢男孩子的那句玩笑，现在整个人都不好了,可是很快他意识到陈百七说的应该只是普通的喜欢。

"以苏先生的举动,我只能理解为他对你们中的某个人产生了兴趣,应当是你吧?虽然我不清楚你是怎么'救了'他,不过假如我是苏先生的话,大概也会对你这样的新人有兴趣吧。身为一个资深者,处心积虑解决别人的时候远多于互相帮助的时候,我很久没有被陌生人救了,苏先生的话,只怕机会更少。"陈百七看着齐乐人的眼神似笑非笑,让人汗毛倒竖。

齐乐人的脑中自发地飘过一串陈百七语气的弹幕:很好,你已经成功地引起了我的注意。

不,这种御姐类型的他不要!

"好了,不逗你了,说说你的来意吧,你总不是想单纯和我约会看夕阳吧?虽然和小鲜肉看夕阳感觉还不错,不过我可不会因此少收你报酬。"陈百七踩灭了烟头,偏过头看着齐乐人,似笑非笑地说道。

不不不不,他只喜欢美艳高冷的御姐,对陈百七这口敬谢不敏。

"的确有事情要麻烦您,关于一个叫玛卡村的地方……"齐乐人谨慎地掐去了任务的来历和具体内容,只是将地名和自己的疑问说了出来,重点想要了解一下玛卡村这个地方的历史。

"玛卡村……我有点印象。"陈百七抱着手臂沉思了一会儿,突然问道,"你的生存天数花了多少?这决定了我能告诉你多少。"

"不多……"齐乐人纠结地说,一阵肉疼。

"算了,算你便宜点吧,给我三天,我把能告诉你的内容全部告诉你。"陈百七利索地抽出一张空白契约书,然后生成内容,让齐乐人签字。

齐乐人在一阵心痛中签上了自己的大名。

陈百七卷起契约书,对自己只多了三天生存时间不甚满意,不过她还是尽职尽责地履行了承诺:"玛卡村距离黄昏之乡不算太远,之前也有玩家路过那里,那个村庄有一个传统——向恶魔献祭。"

齐乐人频频点头,陈百七说的和苏和的猜测一样,这个任务的背景应该是向恶魔献祭来获取庇护或者力量。

"这个传统来自二十多年前第一次恶魔入侵,玛卡村和邻近几个村庄一起投靠了恶魔,他们不断献祭来换取恶魔的保护。为此他们每三年便找来十三个少女将她们赶入一片大森林中,直到她们中的一个被恶魔选中,成为侍奉恶魔的女巫。"

陈百七说着,上下打量了齐乐人一眼,最后视线停留在了他左手的彩绘图腾上:"你来的几分钟前审判所的人才来找我打听过一些事情,说是附近发现了两个少女NPC被害,凶手同样是NPC,但离奇的是这群凶手也被杀了,作案人不知所终。时间对得上,人物、年龄和性别也吻合,再加上你手上突然出现的图腾,啧啧,让我猜猜看,你刚刚应该是看见了什么不该看见的东西吧。"

齐乐人瞳孔一缩,心跳如雷,他没想到自己一个简单的问题竟然被陈百七抽丝剥茧地挖出了这么多内容,甚至还揭穿了他目击者的身份!她是要向审判所告发吗?

"不过以你的实力,恐怕还做不到那种程度,再说凶手是谁审判所已经有定论了,只是那家伙行踪成谜,所以才来找我问问,没想到你这个小家伙竟然自投罗网来了。"陈百七饶有趣味地看着他,"我没兴趣事无巨细地告诉审判所,再说我已经收了你的时间,这点职业道德我还是有的。"

齐乐人松了口气,感激地看了她一眼。虽然被审判所知道他是个目击者也许并不会怎么样,但是麻烦事还是能少则少。

"你见到他了吗?"陈百七挑起细长的眉,问道。

齐乐人摇了摇头。

"真可惜,那可是个冷美人啊。"陈百七笑笑说。

凶手是那只会说话的黑鸟的主人吗?齐乐人是这么怀疑的,刚好案发地传来一声口哨,那只鹰就飞走了,他追到那里的时候没有见到那个人,但从时间上来看,应该是这样没错。

"哦,还有一件事……"陈百七看到沙滩上捡贝壳的小女孩终于玩累了,攥着满手的贝壳向她跑来,她说道,"如果他也和你一样接到了同样的任务,无论如何也不要与他为敌,你没有胜算的。"

"我知道,我会小心她的。"齐乐人沉重道。

他已经从陈百七的描述中勾勒出一个冰山御姐的形象了,献祭女巫的任务里,他应该会遇见她。

陈百七说,那是个冷美人呢。

"姐姐,你看我捡到的!"小女孩已经灵活地爬过了水泥堤坝,向陈百七展示自己的收获。

陈百七宠溺地摸了摸她的脑袋:"真厉害。"

齐乐人定睛一看,小女孩手里的不过是一些再普通不过的贝壳罢了,只有一只小海螺看起来还算漂亮。

"玛卡村的资料我会整理出来给你送去,最后再送你一个忠告。"陈百七掸着妹妹裙子上的沙子,一边头也不抬地对齐乐人说。

"请说。"

"带点鸟食。"陈百七笑眯眯地说完,带着妹妹离开了。

鸟食?齐乐人愣愣地看着两个人走远的身影,半晌回不过神来。

第三章

密林女巫

1

"玩家齐乐人，开始任务：献祭女巫。"

"任务背景：偏僻的玛卡村和附近几个村落有个可怕的传统，每隔三年他们向恶魔献祭，被赶入森林深处的十三个少女必须打开四座封印之塔，然后献祭的地宫才会开启，在那里其中一人将成为侍奉恶魔的女巫。"

"因为任务特殊性，男性玩家在任务期间将以女性身体行动，任务结束后自行恢复。"

"献祭女巫任务第一步：解开四方之塔上的封印。目前已解锁的四方之塔0/4。"

"数据同步倒计时，十、九、八、七、六、五、四、三、二、一，同步完成。"

齐乐人半梦半醒的时候，感觉身体在有节奏地晃动着，耳边传来马蹄声和女性压低了的交谈声，他猛地睁开眼，发现自己坐在一辆马车上。

脑中浮现出系统的提示，在看到其中一段时他下意识地低下头看，发现自己一马平川的胸前有了两团绝对不该出现在这里的东西！

这游戏设计师什么心态！

他觉得自己以后玩游戏建立角色的时候再也不会为了看妹子而选女性主角了，心理阴影太大，他承受不来啊。

"你没事吧？"坐在他对面的人问道。

齐乐人面无表情地抬起脸，在看到那人是有着东方面孔的女性时迟疑了一瞬，视线向她的腰间飘去，她和他一样穿着一身白色祭祀服，没有腰带，不清楚是选择了隐藏还是干脆没有，很难确定眼前的人到底是玩家还是 NPC。

但齐乐人在黄昏之乡里发现了一个规律，这个游戏里的 NPC 无一例外都是西方人的长相，但是玩家全都是熟悉的东方面孔，目前没有见过外国的玩家被卷入这个世界。

所以眼前这个人……

"你好，我叫叶侠，侠客的侠……和你一样。"名叫叶侠的年轻女性有一张英气勃勃的脸，她拍了拍自己的腰间，毫不避讳自己玩家的身份。

不过这名字，不会也是个男人吧。齐乐人忍不住开始多想，可是看叶侠一脸自然的样子，好像又不是那么回事。

齐乐人又看了看同车的另外两位女性，这两个人一个像混血，有一双漂亮的绿眼睛，她安静地蜷缩在马车角落不说话；另一个典型的金发碧眼，年纪很小，眼巴巴地看着他们两个人："你们见到我的姐姐了吗？"

"你姐姐是谁？"叶侠问道。

"我姐姐叫艾莎，我叫艾丽，待会儿你们要是见到她的话，能拜托你们把她带到我这里吗？她身体不好，要是一个人的话会很辛苦的。"艾丽面带乞求之色。

她的话刚说完，齐乐人就收到了系统的提示：

"玩家齐乐人，触发支线任务：寻找艾莎。在献祭女巫任务结束前帮助艾丽和艾莎姐妹相见，任务成功奖励生存天数十天，随机抽奖一次，任务失败无惩罚。"

他看了叶侠一眼，叶侠也正看着他，她显然也接到了同样的任务："看来我们可以考虑暂时合作。"

"正有此意。"齐乐人话一出口就被自己的声音惊住了，这软萌的萝莉音是闹哪样！

"长得这么可爱，就不要一本正经地板着脸说话了。"叶侠莞尔一笑，对齐乐人眨眨眼。

好像被御姐调戏了。齐乐人怔怔了一下，对自己被"定性"为可爱的长相十分不满。虽然比不过苏和但他也是个颜值能哄得食堂阿姨多添半勺菜的帅哥啊，怎么可能一性转就是萝莉脸！

"齐乐人，我的名字。"齐乐人报了自己的大名，有点庆幸这个名字听起来比较中性，此时此刻他不想暴露自己的真实性别。

"你呢？"叶侠对一直没有说话，蜷缩在马车角落的少女发问。

少女愣了愣，绿得像是翡翠一样的眼睛里流露出一丝不安："我……我叫安娜。"说完，她又低下头一声不吭了。

安娜明显比艾丽心事重，对即将发生的事情充满了恐惧。艾丽年纪小，还有些不知事，傻乎乎地跟叶侠说着村子里的传说："邻村的姐姐三年前被选中了，现在轮到我和姐姐了，可姐姐很害怕，她说她不想去，但是不去的话会被关起来呢。前几天有几个姐姐结伴逃走了，村长派了好多人去追她们，不知道现在怎么样……"

结伴逃走？齐乐人看了看自己的左手背，虽然因为性转的关系手小了一号，但是手背上的图腾还在，这个图腾应该是来自那几个逃走的少女。

"你知道有几个人逃走了吗？"齐乐人灵机一动，问起了艾丽。

艾丽掰着手指数了数："一、二、三、四、五……六个，有六个大姐姐逃走了。"

那应该是有六个玩家了，齐乐人心想。

"我好想我姐姐……"艾丽沮丧地噘着嘴，一脸忧郁。

叶侠摸了摸她的头发："别怕，我们会找到你姐姐的。"

艾丽软乎乎的小脸上露出了一个灿烂的笑容："嗯！"

御姐和萝莉有点萌……不，现在不是想这个的时候，专注剧情，专注剧情！齐乐人再三对自己强调，强迫自己专注于现在的环境，他开口问道："我们现在是要去哪里？"

"去恶魔森林，村长说要打开四座封印的塔，然后才能去地宫见恶魔大人。"艾丽托着脸，叹了口气，"可是我还是好想回家呀。"

艾丽说的和系统给的提示差不多，齐乐人闭着眼，在心里盘算了起来。这个任务看来要先在森林中找到四座塔，然后以某种方式解除封印，再进入地宫中，成为女巫。

而他现在以女性的身体行动，力量和速度肯定有所下降，虽然他离开黄昏之乡前用剩余不多的生存点数购买了一些可能会用到的东西，但是也不知道究竟能不能派上用场，唯一的好消息是苏和临走前将那把"饱吸血液的匕首"送给了他……

齐乐人回想起在玛卡村外向他告别的苏和，他看起来依旧从容不迫、温文尔雅："这次任务对你来说恐怕很危险，我没办法帮助你，希望这件东西能助你一臂之力吧。"

说着，苏和将那把华丽的匕首递到了齐乐人手中。

"先别急着说拒绝的话，请等我说完。"苏和微微一笑，继续道，"虽然这话听起来像是炫耀，但我身上并不缺这类武器，它对我来说也只是个锦上添花的东西，但对你来说却是雪中送炭。你的SL技能和这把匕首很配，说不定很快就可以升级派上大用场。最重要的是……"

"我希望能和你再见面。"苏和的声音放得很轻，逸散在微风中，温柔得让人以为是一种错觉，"所以一定要活下去啊，乐人，等那时候再一起冒险吧。我已经有些迫不及待了。"

马车突然停下了，车外传来狗吠声，听起来十分凶恶，马车的大门被人粗暴地拉开，车里的四人被赶了下来。

黄昏之乡外的世界遵循着日升月落的规律，此时已经是黄昏时分，夕阳下的树林看起来幽深黑暗，让人不想踏入。

几个手持武器的村民正窃窃私语，齐乐人屏气听着，他们似乎在讨论另外两驾马车有没有到达目的地。

"好了，时间到了。"一个老者从村民中走了出来，身后几个村民牵着四条饥肠辘辘的狗，时不时冲她们吠叫，吓得艾丽和安娜连连往另外两个人身后躲。

"虽然很残忍，但是我们也没有办法……如果不能让那位大人满意的话，我们所有人都得死。开始吧。"老者皱纹满面的脸上满是虚伪的怜悯，他说着一挥手，身后的村民立刻松开了狗绳，四条恶犬狂叫着向四人跑来。

艾丽尖叫了一声，提起裙子就往森林里跑。齐乐人也拔腿就跑，身上繁复的祭祀服妨碍了他的逃跑，生平第一次穿裙子的他明显比另外三个人慢了一拍，差点被狗追到。

四人被无情地赶入了森林中，很快就在亡命的逃跑中失散了。

密林中满地湿滑泥泞，到处都是林木伸出地面的根系，齐乐人穿着一身"看起来很美跑起来很坑"的祭祀服，几次差点跌倒在地。身后的恶狗越来越近，他几乎觉得它已经快要咬到他了！

不行，这样下去绝对会被咬死！要在这里读档吗？不，没有意义啊，根本甩不掉这条狗！

还有什么办法……

对了，口粮！

齐乐人掏出讨人喜欢的口粮，抓了一把使劲往身后一丢，回头的一瞬间他看到在地上一跃而起向他扑来的恶犬在半空中以一个搞笑的姿势扭转了身体,果断放弃了他,头也不回地直扑口粮掉落的地方。

这也太好用了!齐乐人迟疑了一下,是现在当机立断杀狗呢,还是赶紧跑路呢。

算了,先跑吧,万一杀狗未遂反遭狗咬就不妙了,要是狗再追上来,大不了再消耗一份口粮。权衡利弊后齐乐人放弃了冒险的打算,果断跑入了森林中。

幸运的是那条狗没有追上来,齐乐人没跑多久就气喘吁吁地累瘫了,变成女孩子的身体后他的体力明显比以前差了,加上糟糕的地面情况,他实在是没能坚持多久就靠在树下直喘气了。

齐乐人从包裹里取出水,猛灌了几口,冰凉的水沿着下巴一直洒落在胸前,他低头看了一眼自己的前胸,做了一会儿心理建设。

肯定不能穿着这样的衣服到处跑了,太妨碍行动了。齐乐人刚想换一身自己带来的运动装,结果发现任务期间这身祭祀服竟然是锁定无法更换的!

这任务的恶意太大了……让男玩家心好累。

眼看裙子是没法换了,齐乐人拿着苏和友情赠送的匕首割起了衣服,好歹把碍事的长裙割成了短裙,虽然光着两条大腿有点凉飕飕的,但是总比绊一跤好。

搞定了衣服,齐乐人拿出事先备好的指南针确定了一下方向,然后向森林的北边走去。

这时他是真心感谢起了陈百七,虽然她一口就要走了他三分之一的剩余生存天数,但是她的确尽心尽力地帮了他。在齐乐人和她见面的第二天,他就收到了陈百七让她妹妹送来的玛卡村的详细资料,里面甚至还夹了一份玛卡村附近的地图!

这张地图很潦草，看起来应该是某个玩家或者NPC路过时手绘的，但是地图上标出了森林中的两座塔，一座注释为沼泽之塔，另一座注释为洞穴之塔。齐乐人估算了一下自己的位置应该在玛卡村距离森林最近的那个入口，只要他找到这附近的河流，沿着河流往下游走，就可以找到离他最近的沼泽之塔。

可惜地图上没有更详细的资料了，即便如此齐乐人也已经心满意足。

前方不远处传来了潺潺的水声，齐乐人加快速度来到了河边，蹲下身擦了一把脸。河水倒映出他的模样，柔软的棕黑色长发披散在肩上，五官和他原本的样子有七八分相似，但是柔化了许多，就连年纪看起来都小了几岁，眼尾微微下垂，自带楚楚可怜的气质——这完全是张软妹的脸！要是路上遇见他可能还会多看两眼，但是长在自己脸上就让人很不愉快了。

冷静，冷静，只是在这个副本而已，等离开这里又是一条好汉！

经过一番自我调节，齐乐人勉强接受了自己此时的模样，专心研究起了下一步该怎么办。

天已经快黑了，在森林里赶夜路显然是不明智的，他最好找个地方过一晚，等到天亮了再行动。虽然齐乐人没什么野外生存经验，但好歹也知道应该生一堆火避免野兽袭击，于是他苦着脸找树枝去了。

本以为找来了树枝就可以顺利点燃，结果树枝本身含有水分，他点了半天熏得满脸是烟，好不容易才用他带的产自黄昏之乡的打火机生起了火。如果真要钻木取火，那他肯定要疯掉了。

天黑了下来，齐乐人靠在树下，就着自带的水吃起了干面包，面包硬邦邦的，口感能让人打十万个差评，但是胜在便宜、耐储藏，他带了足够吃半个月的量，毕竟这个任务什么时候能结束，他现在也不清楚。

幸好任务期间生存天数不会流逝，不然他没多久就要死了。

齐乐人看着自己所剩无几的生存天数，再一次忧心忡忡了起来。如果不能在这个任务里拿到令人满意的天数，他就得铤而走险短时间内再接一个任务了。苏和当初就跟他们说过不建议这么做，他建议他们在有相对宽裕的时间后专门训练一下基本的格斗技巧，毕竟有没有经过训练对一个人来说可有不小的差别。

点燃的火堆发出燃烧时噼噼啪啪的清脆声响，齐乐人裹在毯子里眯起了眼，这种环境让人提心吊胆，没法休息好，但是如果一夜不睡第二天他一准得崩溃，更别说还要想办法去开启四座封印的塔了。最好还是找个人合作一下，至少可以轮流守夜。目前来看，他们的任务还没有出现不可避免的冲突，可惜他和马车上的三个人失散了……

满怀心事的齐乐人在半梦半醒中颠簸，耳边突然传来鸟类扑棱翅膀的声音，他猛地从睡梦中醒来，正巧看见一道黑影在篝火前落下。

那是一只黑色的鸟，看起来……分外眼熟。

齐乐人和黑鸟面面相觑了一会儿，终于想了起来，这不是那只"骗子鸟"吗！在黄昏之乡的小巷里吃了他一份口粮的那只！

它现在出现，岂不是意味着……

齐乐人浑身一震，他可不会忘记当初这只鸟被一声口哨引走，他追了过去，结果发现了凶案现场。凶手极有可能就是这只鸟的主人，陈百七也提起过她，说那是个冷美人。

长得像鹰的大鸟发出古怪的叫声，酝酿了一下后高喊道："狼来了，狼来了！"

齐乐人几乎从毯子里跳了出来，警惕地张望四周，影影绰绰的树影里，一片风平浪静。

这只小骗子又骗了他一次！

齐乐人怒不可遏，简直想要手撕黑鸟来一锅炖鸟汤，可惜这鸟警惕得很，还不等齐乐人上前就扑棱着翅膀飞上了树枝，歪着头嘲讽地嘎嘎怪笑，气得齐乐人在树下跳脚。

这鸟消停了一会儿，齐乐人左等右等也没见鸟的主人出现，于是又回到了自己的座位上，苦着脸啃干粮，结果这只恬不知耻的大黑鸟又扯着嗓子喊了起来："狼来了，狼来了！"

"呵呵，你以为我会信吗，你这个骗子！"齐乐人抱着手臂怒视它，黑鸟歪了歪头"卖萌"，不吭声了。

齐乐人还在冷笑，冷不丁地，眼睛就瞥到了树丛间绿油油的一双眼睛……

还真有狼啊！齐乐人连滚带爬地从篝火里抽出了一根树枝充作火把，丝毫不敢离开篝火附近，他记得狼是不敢靠近火的，只要他不离开这里，应当就是安全的。

第一只狼踏出了阴暗的丛林，满是凶意地向他走来。

齐乐人咽了咽口水，心跳怦怦加快。

第二只狼紧跟其后，从另一个方向靠近了齐乐人，然后是第三只，第四只……

齐乐人的手里已经捏着一把口粮了，现在他无比庆幸自己竟然抽到了这个道具，否则在这个到处充满了饥饿野兽的森林里，他怀疑自己活不了多久。

狰狞的饿狼淌着口水，微微沉下了腰身，喉咙里发出贪婪的低吼，浑身都是逼人的凶戾之气。

齐乐人下意识地后退了一步，而就是这一步激起了饥饿野兽的凶性，那只饿狼竟然不顾火焰的威胁，穷凶极恶地向他扑来！齐乐人迅速扔出了手里的口粮，连带着火把也一起扔向野狼，而就在此时，耳边传来尖利的呼啸声，有什么锋利的东西擦着他的耳边飞过，扑在空中的饿狼发出一声垂死的哀鸣，重重地摔在了地上。

站在树上看好戏的黑鸟挥舞着翅膀叼走了落在地上的口粮，嘎嘎怪叫着吃了下去。

齐乐人定定地看着已经不再动弹的饿狼，它的头上赫然是一支银光璀璨的箭矢，在黑夜中折射出锋利的光芒。

还不等齐乐人在一片黑暗中找到来人的身影，几支利箭接连破空，将踏入火光范围内的饿狼全部射死。每一箭都是正中脑壳，力道大得射穿颅骨，一箭致命。剩下的饿狼掉头就跑，迅速消失在了丛林中。

周围风平浪静，就连风吹树梢的声音都消失了，只剩下篝火燃烧的噼啪声。

可是齐乐人知道，那个人并没有离开。他甚至觉得，有一支箭矢正对准了他的后脑勺，只要他稍稍露出令人不快的举动，那支箭就会毫不犹豫地射穿他的后脑。

这一刻，齐乐人的心跳竟然比看到饿狼时还要快，因为他知道自己此时面对的是和他一样的玩家，实力远胜于他，要射杀他和射杀一头狼没有什么区别，而他甚至连对方藏在哪里都不知道。

绝对的实力差距带来的压迫感让他出了一身冷汗。他必须说点什么，至少得让对方放弃射杀他这个可能成为任务竞争对手的打算。

他以一个不会激怒对方的慢动作举起手，声音微颤地说："你好？谢谢你刚才救了我。"

"你认识陈百七对吗？她跟我说起过你，说你应该也接到了和我一样的任务……我没有恶意，如果不嫌弃的话，我们可以合作。"齐乐人绞尽脑汁找话题。听陈百七的语气，她和这个黑鸟的主人应该是认识的，只是不知道是敌是友，事到如今他也只能赌上一把。

身后传来轻微的声响，齐乐人直觉那应该是收起武器的声音。很快他听到身后的树枝传来细微的晃动声,有个人灵巧地在树上跑动,很快从他头顶一跃而下。

借着微弱的火光,齐乐人看清了眼前的来人,只是一眼,他就明白为什么陈百七会说她是个冷美人了。

那人穿着和他一样的祭祀服,袖子和裙摆已经全部裁掉,轻飘飘的衣服被扎紧成了紧身的短装,头发也被束了起来,露出一张艳若桃李却又冷若冰霜的脸,冷艳如同覆盖在霜雪下的红玫瑰。

好漂亮的女孩子!

齐乐人傻愣愣地看了她半天,心跳疯狂加速,冥冥之中仿佛有什么意识在指引着他,将所有的光芒都投射在了眼前的女孩子的身上——是她,就是她!

他半晌才从这种灵魂冲击感中回过神来。他恍然意识到在他胸口涌动的澎湃热情,应当叫作一见钟情。

长腿、高冷、御姐!明明是艳丽的长相,可是又因为冷漠凛然的气质显得十足冷艳,简直是他心目中的完美女神!

他必须给女神留个深刻的印象。

可是要怎么做?

齐乐人满脑子都是各种呐喊:"你快说句话啊!""可我要说什么?""不管说什么,你得让人记住你啊!""万一我说错话了怎么办?""你倒是说啊!"

齐乐人按捺住躁动的内心,努力对女神露出了个腼腆的笑容,张嘴就开始犯傻:"女神你好,我叫齐乐人。"

大概是他的错觉,齐乐人觉得他女神的眼角似乎抽搐了一下。

齐乐人上前一步,继续道:"女神,你叫什么名字?"

这一下好像触动了什么危险的开关,她猛地抽出挂在腰间的短刀,抬手向齐乐人掷来。齐乐人惊呆了，他说错了什么吗？为什么要杀他？

他还没存档不能让女神杀个痛快啊！生死一瞬间，齐乐人的脑内活动显然已经不太正常了，可是意料之中的疼痛却没有到来，短刀径直插在他的脚边，齐乐人低下头去，原来是一条头型三角色彩斑斓的蛇。

原来是为了救他……齐乐人心情复杂地偷看了女神一眼，她幽深的眼睛在篝火照射下，泛着微微发蓝的色泽，大概是齐乐人偷看得太明显，她冷冷地扫了他一眼。

她的眼睛竟然是蓝色的？

齐乐人赶紧低头捡短刀，插在蛇头上的短刀比他料想得要沉得多，是那种会让大部分女性觉得不趁手的沉重，刀锋上还有血槽，看上去寒光凛凛，杀气逼人，无疑是一把凶器。

"给你。"齐乐人两根手指捏着刀刃的部位，把刀柄朝向她。他的女神接过短刀，插回了刀鞘中。这时齐乐人才注意到，她身上带了两把短刀，都没有收在包裹里，而是挂在大腿外侧。

大概是嫌装在包裹里的话出刀太慢吧，齐乐人心想。

女神没走，反而在篝火旁坐了下来，从包裹里拿出自带的肉干在火上烤了起来，加热过的肉干散发出诱人的香味，齐乐人顿时觉得自己胃里的干粮很是多余。

"咳咳……"齐乐人干咳了两声，试图吸引女神的注意，等到女神转过了视线，他又扭扭地闭嘴了。

万一说错话惹人讨厌了怎么办？二十五年没追过妹子的他顿感一阵焦虑。

黑鸟从树上飞了下来，停在女神的肩膀上向她讨食，被喂了一块肉干后有点嫌弃地怪叫了两声，又飞到了齐乐人面前，乌溜溜的眼睛里满是期待。

齐乐人又是一番内心挣扎,喂,还是不喂?

黑鸟见他犹豫再三也没再投喂,冷不丁地在他手臂上啄了一口,愤愤地回到主人身边去了。

齐乐人十分尴尬地偷觑了一眼,女神面无表情地咬了一口肉干,一脸拒人于千里之外的表情。

这可有点糟糕啊,对方明显不想说话啊!可是她既然没有走,应该是愿意和他暂时相处的意思吧?

齐乐人纠结了好一会儿,终于酝酿起了一股勇气,再一次对着一见钟情的心上人说道:"我……我叫齐乐人,你叫什么名字?"

女神放下肉干,宛如蓝宝石的眼睛直勾勾地看着他,被篝火照亮的半张脸完美得不似人类,当她看着他的时候,那双漂亮的眼睛里没有任何情绪。

那是一种接近神性的淡漠,就好像她的冷漠并非出于个人好恶,而是一种一视同仁的不在乎。或许对她而言,齐乐人和路边的石头与野花并没有分别。

但假若真的没有分别,她又何必救他?

齐乐人咽了咽口水,他开始怀疑对面的人是玩家还是NPC?

她的眼睛是蓝色的,看脸的话,似乎是个混血儿?也可能是少数民族?齐乐人一时间不敢妄加猜测。

女神直直地看了他半晌,看得齐乐人的心都高高吊了起来,屏住呼吸和她对视,结果她却冷淡地转过脸,继续吃起了肉干。

黑鸟突然嘎嘎了两声,仰着脖子说道:"她是个哑巴,她是个哑巴!"

"我以我的'鸟格'保证我从来不说谎话!"大黑鸟一本正经地胡说八道。

齐乐人也摸不清这鸟到底有没有智能,但从它两次骗他的行为来看,这鸟的"鸟品"有点问题，真不知道他女神到底是怎么看上它的。

一定是因为人美心善被这只坏鸟"碰瓷"赖上了吧？

唔……这倒是一个接近她的好思路，齐乐人心想。

遗憾的是女神没有纠正这只鸟的话，她沉默地看了齐乐人一会儿，在篝火里添了点柴，靠在树干上闭起了眼。

这是要休息了吗？齐乐人顿时有了种被信任的感觉，虽然内心深处有个微弱的声音在嘲讽他弱得让人根本提不起警惕心，但是不论如何，齐乐人还是自行肩负起了守夜的任务，努力保持清醒。

时间一分一秒地过去，寂静的丛林中只有不知名的鸟类发出的怪叫声，还有篝火燃烧的声音。齐乐人趁着女神睡着的时候肆无忌惮地看了起来，越看越觉得自己被激活了颜控的隐藏属性，他女神怎么能这么好看！

夜晚的丛林有些冷，齐乐人轻手轻脚地捡起了之前自己落在地上的毯子，想给光着胳膊和大腿的女神盖上，结果还没走出两步就正对上了她睁开的眼睛——非常警惕，仿佛靠近她的不是一个试图讨好她的人，而是一只居心叵测的恶魔。

晃动的火光在她蓝色的瞳仁中跳动着，好像在燃烧一样，那么美，那么疏远。

在看清了来人之后，她才放松了下来，按在刀柄上的手放下了。

"晚上很冷，你盖上吧。"齐乐人故作镇静地把毯子递了过去。

幸好女神没有拒绝他的好意，抱着毯子继续闭上了眼。

齐乐人暗暗给自己叫好，这种发挥男友力的场合他没有出现失误！完美！

兴奋的情绪没有持续多久，齐乐人又困了，脑袋一点一点地看着篝火，火焰越来越远，越来越远，终于消失在了他的眼前，他睡着了。

这一觉睡得很沉,被鸟鸣声叫醒的时候齐乐人还在发蒙,半晌才弄清自己身在何方。

他一股脑儿从地上爬了起来,昨晚盖在女神身上的毯子已经回到了他自己身上,不远处的篝火也已经燃尽了。朦胧的黎明天光中,他看向昨晚女神休息的地方,那里早已空无一人。

昨晚的一切好像一场短暂的美梦,齐乐人不觉怅然若失。

要是能知道她的名字就好了,他惆怅地心想。

黎明时分的树林飘着一层薄薄的雾气,齐乐人收拾好了自己的东西,在溪边洗了把脸,准备继续向沼泽之塔出发。洗脸的时候他难免又对自己此时软妹的脸蛋感到一阵忧愁,回想起昨晚他就是用这张脸认识了他的女神,顿时更忧郁了。

平心而论,这张脸还是很有吸引力的,毕竟他妈妈息影前在圈内也是出了名的演技派女演员——虽然嫁给了青梅竹马的普通圈外人这点让很多影迷感到不解——但是遗传了爸爸的下垂眼后,这张脸看起来就十分软萌了。

莫非他女神就是看在这张软萌脸的分上救了他一命?他已经沦落到要靠脸抱妹子大腿吃软饭了吗?他也想展现一些男子汉气概啊!

不想那么多了,还是想想怎么完成这个任务,多赚点生存天数吧。

振作了一下精神,齐乐人继续向沼泽之塔的方向走去。

清晨的林间空气微冷,一阵冷风吹来,齐乐人的脖子上就起了一片鸡皮疙瘩,一种微妙的被窥伺着的感觉让他有点心神不宁。齐乐人几次突然停下来环顾四周,周围一片风平浪静,只有林间的鸟儿发出清脆的鸣叫声,幽深的树林显得越发清幽。

应该只是他疑神疑鬼了吧,齐乐人心想。

他就这么一路走，脚下的道路越来越泥泞，空气也越发清冷，到正午时分，齐乐人已经来到了一片开阔地前，眼前再没有密密麻麻的林木，而是一片又一片的低矮灌木和浅水域。可是奇怪的是，还有一种形状诡异的树木生长在这里，它们的根系完全暴露在空气中，潺潺的水流从根系间淌过。

这里就是沼泽吗？

齐乐人深吸了一口这里略显污浊的空气，鼻腔里充斥着一种腐烂的味道。

要走沼泽地吗？齐乐人看着脚下覆盖着柔软植被的土地，有些不敢落脚，万一踩进了沼泽里再也爬不上来……这死法简直是一生最大的黑历史。

枯瘦的乌鸦停在枯木上，叫声喑哑，齐乐人折了一根树枝探路，沿着长着高大树木根系的地方走，虽然走得艰难了一些，但是至少不会陷进泥潭里。

随着他越走越深，头顶的光线也变得昏暗了起来，四周弥漫着一层雾气，腐烂的味道越来越重，熏得人有些晕眩。齐乐人走得越发谨慎，越是深入沼泽，他越是不安，好像随时都会有意外发生。

前方的景象终于变了，齐乐人扶着一棵枯树，艰难地沿着裸露在地表的树根爬了上去，视线穿过白色的雾气，他隐约看见在沼泽的深处，有一座黑色的高塔！

就是那里了！

齐乐人兴奋地向目的地进发，很快就来到了这座塔前。

这座神秘的封印之塔通体漆黑，四方形的塔身足有七八米高，两个人合抱那么粗，底座好像是大理石一类的石材，却在昏暗的光线中散发出阴冷又诡异的微光，照亮了上面有着某种宗教意味的图腾。齐乐人低头看自己的左手背，手背上的图腾和封印之塔上的图腾有几分相似。

齐乐人一边想着，一边向封印之塔伸出了手。

当指尖碰触到塔身的时候，一串信息在他脑中浮现出来：

"玩家齐乐人，找到沼泽之塔，封印状态：未解除。解除封印之塔上的封印，需要向它献上一位少女，随后封印解除，解除封印者将随机获得一次抽奖机会。"

齐乐人一凛，系统给予的提示看似寻常，可是却包含了某种令人不安的恶意。这座森林里有四座封印之塔，如果要全部开启那么至少得献上四位少女……而这还只是开始，进入到地宫后的情况只会更严峻。

齐乐人后退了一步，沉思了起来。

他的 SL 技能对这种情况有什么帮助吗？如果他先行存档，然后再在封印之塔下读档，封印之塔会认为他"献上了一位少女"吗？可他记得如果他死了，他的尸体会立刻消失回到十秒内存档时的位置，这样的话，他的献祭也许就不能被系统承认了。

要不要试试看？齐乐人犹豫了一下。

"真是看不下去了啊，如果我是你，现在就不会大大咧咧地在这里傻站着。"身后传来了一个清脆的女声。

齐乐人仓促地后退了几步，手里握着匕首看向来人。

不知何时站在他身后的女孩子摊了摊手，表示自己没有恶意："你的警惕心也太差了，要是我想杀你，这一路上动手的机会也太多了。"

身后的女孩子穿着和他一样的祭祀服，扎着双马尾，长得很是可爱，只是脸上那种奇怪的表情莫名让人觉得……有点猥琐。

果然，这个一路尾随他的少女冲他眨了眨眼，用调戏的语气问道："小可爱，你叫什么名字？"

从没见过这么猥琐的美少女！齐乐人心跳一滞，没好气地说："我为什么要告诉你？"

可爱少女大惊失色，连连后退道："什么，你竟然能拒绝回答我的问题？！"

他为什么一定要回答？齐乐人莫名其妙。

可爱少女捂着胸口道："没有女人能拒绝回答我的提问，真相只有一个，你，一定不是女人！"

此人多半有病，他还是不要和她交流了。

"我不是开玩笑，你应该是男玩家没错吧。"可爱少女语气笃定地上下打量了他一会儿，"不用怀疑，我很确定我的技能卡①正插在卡槽里，你刚才能拒绝回答我的问题，只可能是你不符合技能卡的对象条件，所以你是……"

说着，她歪了歪头，认真打量了齐乐人一会儿。

齐乐人终于有点明白了，眼前这个少女身上应该有某种能让女性玩家对她的提问实话实说的技能，可惜……呵呵，他是男的。

"刚才我跟了你一路啦，虽然你这个人笨手笨脚的，不过勉强还派得上用场，要不要暂时和我合作？对了，我叫陆佑欣，性别女，喜欢和漂亮的女孩子交朋友，嘿嘿嘿，女孩子是最棒的！"陆佑欣对他伸出手，齐乐人注意到她手背上有和他一样的图腾。

"齐乐人……"说真的，他还挺不乐意和这个一看就不正经的家伙合作的。

"你找塔的一路上完全没有犹豫，因为你知道封印之塔的具体位置，对吗？"陆佑欣勾了勾嘴角问道，刚才那种玩世不恭的神情从她脸上褪去，留下的是属于一个老玩家的敏锐和犀利。

"知道一些，但是不多。"齐乐人含糊地说，有些不敢正视陆佑欣的眼睛。

---

① 美女约吗技能卡，持有者可以向性别为女且初次见面的玩家或者NPC搭讪并提出一个问题，对方会100%诚实地回答。

陆佑欣神秘地笑了笑："安心吧，就算你只知道这座塔的位置，我也不会因为你没有利用价值杀掉你的。"

这人也太直接了，齐乐人有点无语。

陆佑欣上前碰触了一下封印之塔，同样的信息出现在了她脑海中，她站在塔前思索了一会儿，回头对齐乐人嫣然一笑："看来我们还需要一位少女。"

这种隐含了翻脸意味的话语让齐乐人神经紧绷了起来，随时都准备存档一搏。

"不过我不喜欢和同类自相残杀，我们去找个NPC吧。"陆佑欣言笑晏晏道。

NPC……吗？

齐乐人回想起在马车上遇到的安娜和艾丽，虽然她们是NPC，但是看起来和玩家并没有什么区别。

齐乐人觉得自己还没有做好心理准备。

"有人来了！"陆佑欣一把抓过齐乐人的手腕，连拖带拽地将他拉到了树后，暴露在地面上的庞大根系和低矮灌木将两个人遮挡住了，避免两个人和来人正面对上。

昏暗的光线中，一个身材妖娆的长发女子扛着一具尸体，从远处向这里走来……

2

藏身在灌木后的齐乐人屏住了呼吸，身边的陆佑欣却在一旁对来人评头论足："这妹子身材热辣！再看看这脸蛋，千娇百媚！极品美人啊。"

齐乐人顿时一阵无力，这陆佑欣好歹也是个老玩家了，半点没有高端玩家的气质。

"你小声点。"齐乐人压低了声音提醒她。

"没事没事,我有分寸。"陆佑欣乐呵呵地说。

被陆佑欣称为美人的女人在封印之塔前停了下来,哪怕穿着同样的祭祀服,她身上也丝毫不是那种圣洁纯净的气质,反倒像是游走在黑暗中的美人蛇。

几只飞虫在她身边嗡嗡作响,她抬起一只如玉的手,让那飞虫在她指尖停了下来。

"小宝贝儿怎么如此躁动不安?"她呢喃着,"是因为有讨厌的味道吗?"

齐乐人的神经一下子绷紧了,这个女人能操控虫子的话,那他们的处境就危险了!

"去吧,把她找出来。"蛇蝎美人的指尖轻轻一弹,飞虫绕着她的手盘旋了几圈,恋恋不舍。

只能拼死一搏了。齐乐人深吸了一口气,一手捏着离开黄昏之乡前在交易所换来的微缩炸弹,随时准备存档。

"别担心,她发现不了的。"陆佑欣按住了他的手,自信满满地说。

齐乐人瞥了她一眼,她指了指自己腰上的卡槽,笑而不语。

虫子嗡嗡地飞向和两个人藏身处截然相反的方向,最后在一片枯树下徘徊不去。阴影之中骤然亮起一道冷光,虫子随即从空中坠下。

美人咦了一声,幽幽地看向那片树荫道:"竟然是你?"

话音未落,树影之中浮现出一个人影:"我也没想到,我们两个会在这里遇上。"

是叶侠!

美人啧了一声:"鬼鬼祟祟躲在树影里,莫非是想偷袭?你什么时候也学会这种'下三烂'的手段了？"

叶侠冷笑一声："对付你这样的人，什么样的手段都不为过。"

"哟，那敢情好，新仇旧恨一起算了吧！"美人嫣然一笑，手臂一挥，祭祀服中涌出上百只飞虫，如同一片黑色云雾一般向叶侠袭去！

叶侠冷笑一声，长刀出鞘！寒光凛凛之中舞动的刀刃在虚空中划过耀眼的光芒，劲风刮来，汹涌袭来的飞虫好像撞上了一层看不见的屏障，瞬间冻结成纷纷扬扬的雪花。

"你可别忘了，我本来就克制你的能力，这一次我可不会让你逃走了。"叶侠微微一哂，躬身如离弦之箭一般冲向蛇蝎美人。

美人轻盈地跃上了枯树，居高临下道："那你也不能忘了，士别三日当刮目相待。"

话音刚落，她按在树枝上的手散发出淡淡荧光，根系裸露的树木一接触这道微光就好像被激活了一般，竟然活了过来！

是的，活了过来。

那棵高大的树木，如同一个沉睡的巨人一般从沼泽中苏醒，错综复杂的根系接连不断地伸出地面，拖出脏污的淤泥，而扭曲的树干就像是手臂一样，狂乱地舞动着，向叶侠挥去！

"哇，精彩。"陆佑欣连声叫好，兴致勃勃地跟紧张的齐乐人扯淡了起来，"这美人真带劲，能操纵虫子还能操纵树人，绝对是丛林作战的高手啊，这新来的危险了！"

"你小声点！"齐乐人不得不再次提醒她，他怀疑陆佑欣是有什么遮蔽身形和声音的技能，否则照她这个嚷嚷法，那两个人听不见才有鬼。

"安啦，知不知道什么叫'叫天天不应'[①]？只要不离开一定范围，你叫破喉咙也不会有人听到的。"陆佑欣冲他努努嘴，可爱的脸上露出一个邪魅狂狷的笑容，让人不忍直视。

[①] 叫天天不应技能卡，使用该技能后，以持有者为中心半径三米内的动静不会传出去。所以哪怕你在公放广场舞神曲，外面的人也觉得你安静如鸡。

陆佑欣还得意扬扬地道："一个偷窥大师怎么可以没有个把绝佳的隐藏手段呢，这简直是对我的侮辱！"

齐乐人假装专注打斗，没有听见她的自吹自擂。

此时情势陡转，原本因为能力克制而稳占上风的叶侠被树人逼入了险境，她的武器对付这种身形巨大又坚硬的怪物难以为继，而冰冻的力量对于一棵树来说也没有太大的用处，她只能凭借自身的敏捷闪避着抽来的树枝，可是饶是如此也险象环生，支撑不了多久了。

齐乐人不觉为她捏了一把汗，虽然他们并不熟悉，但是毕竟同坐过一辆马车，他对这个英气又直爽的玩家印象不错，自然不希望她死在这里。

"你们认识？"陆佑欣突然问道。

"在马车上见过。"齐乐人没有瞒她。

"哦，她叫什么名字？"陆佑欣又问。

齐乐人奇怪地看了她一眼："叶侠。"

陆佑欣摸了摸下巴："名字不错，人也不错，就她了。"

"你想做什么？"齐乐人不解地问道。

陆佑欣露齿一笑："去帮忙啊，我怎么舍得见美人落难呢。"

"你不是喜欢另一个吗？为什么帮叶侠？"齐乐人可没忘记刚才她在他耳边喋喋不休。

陆佑欣正色道："你真的想知道原因？"

齐乐人被她严肃的神情感染，不知不觉也认真了起来，他点了点头。

"因为她这里……身材更好！"陆佑欣指了指自己的胸口，一本正经地说。

这一刻，齐乐人的内心是崩溃的，他眼睁睁地看着陆佑欣大义凛然地说完了这一番话，然后从灌木中飞奔而出，高喊着："叶侠，我来帮你！"

蓝白色的火焰从她脚下蹿出，像一道浪潮涌向正在缠斗的两人，瞬间席卷了狂乱的树人，树上的蛇蝎美人大惊失色，四周都是火焰，她竟无处可退！千钧一发之际，她当机立断地从树上跃下，裹着一层披风从火中滚出，浑然不顾烧伤的危险。

逃离火海之后的蛇蝎美人恨恨地看了两个人一眼："原来还有帮手，真是小看你了。"

说完，她毫不犹豫地逃走了。

"别去追，当心陷阱。"叶侠拦住了想要上前斩草除根的陆佑欣。

陆佑欣握住她的手，深情款款地说道："既然美人儿你都这么说了，那我就不追她。"

叶侠呆愣当场，那茫然无措的眼神令齐乐人不好意思再躲下去，上前打圆场："叶侠，我们又见面了。"

"原来是你。"叶侠释然一笑，感激地对齐乐人和陆佑欣道，"这次真是谢谢你们了，要不是你们，我现在恐怕也得落荒而逃，那可就太难看了。"

"逃跑的姿势没有好不好看之分，只有好不好用之分，哪怕一路驴打滚，只要能逃走就是好姿势。"陆佑欣正色道。

叶侠忍俊不禁："你可真有趣。"

陆佑欣眼睛一亮，兴奋地对齐乐人说："美人儿说我很有趣！"

齐乐人在一旁默默转过了脸，他现在假装和她不认识还来得及吗？

在齐乐人的告知下，叶侠很快明白了封印之塔的规则，她看了一眼地上的尸体——这应该是参加这次任务的一个NPC。

叶侠叹了口气，蹲下身替她合上了眼睛："无论看多少次，这些NPC和玩家都没什么两样啊。"

"美人儿你还真是心地善良呢，我喜欢。"陆佑欣在一旁连声称赞。

齐乐人尴尬地假装看风景，光站在陆佑欣身边就让他感到一阵羞耻。

叶侠笑得有些勉强："曾经有人对我说过，只有强者的怜悯才能叫作善良，而弱者的怜悯，充其量不过是兔死狐悲，物伤其类的担忧而已。"

这话让齐乐人颇有感触，他不禁多看了一眼死去的NPC。

"好了，不说这个了。为了表示感谢，这座塔就由你们两个决定谁来解开吧，有个抽奖机会也不错，说不定能拿到什么好东西。"叶侠对两个人说。

齐乐人很谦让地说："我没帮上什么忙，还是让陆佑欣来吧。"

他以为陆佑欣好歹会推让一下，结果她竟然连连点头道："那我就不客气了。"

说着，她将尸体放在封印之塔下，然后将手贴在了塔身上，她手背上繁复的图腾浮现出淡淡的荧光，像是雾气一般散开，无数细小的颗粒涌入塔身之中。塔顶突然涌出一道幽蓝色的光束，直直射入云霄之中。光柱和云层接触的一瞬间，涟漪一般的光芒一圈一圈地扩散开去，整片森林都能看见这道耀眼的光柱，久久停驻在空中，而地上的NPC已经消失不见了。

"这光线太显眼了。"齐乐人皱眉道。

"安啦，等他们赶到这里我们早就走了。"陆佑欣抽回了手，塔身上浮现出一个悬空的宝箱，她的手指在锁扣上一按，宝箱开启，一张卡片落入她的手中。她看了一眼，有点惊讶地挑了挑眉，嘀咕道："这玩意儿，啧，还不如给我只鸽子好使。"

她的声音很轻，如果不是因为齐乐人站得离她很近，此时恐怕听不清她在说什么。

陆佑欣把卡片收进了包裹，没有把它激活的意思。

宝箱竟然没有自行消失，陆佑欣又往里面看了一眼，竟然又掏出了一张纸片："地图？"

齐乐人瞥了一眼，这地图看起来不像是森林地图，反倒像是……

"这个应该是打开四座封印之塔后才会开启的地宫地图。"陆佑欣晃了晃手上的图纸，笑眯眯地问叶侠，"美人儿，我看这地图还蛮要紧的，要不要给你复制一份？"

"不用了。"叶侠话一出口就愣住了，仿佛不知道为什么自己会拒绝。

陆佑欣啧啧了两声："看来美人儿你不太信任我啊。"

叶侠蹙着英气眉，神色凝重地看着陆佑欣。

"别紧张，只是个无伤大雅的小技能罢了。不论遇到什么样的美眉，我提出的第一个问题她们都会如实回答。"陆佑欣笑着摊了摊手，一脸得意。

原来如此，怪不得刚才她见他拒绝回答问题时会这么惊讶，齐乐人心想。

"既然你们都不想要地图，那我就不客气咯。"陆佑欣笑眯眯地说道。

等等，他还没说不要啊！在陆佑欣眼里男人就没有人权吗！

大概是齐乐人的眼神太幽怨，陆佑欣上下打量了他一眼，不太情愿地问："你想复制吗？"

"给我看一眼就好。"齐乐人对自己记地图的能力还是挺自信的。

陆佑欣也没有拒绝，齐乐人接过地图后认真看了半分钟，将地图还了回去。

这个地宫的结构，比他想象的要复杂，可惜地图只描绘出了四分之一的部分，剩下的四分之三应该是在另外三座封印之塔那里，他知道洞穴之塔的位置，那么接下来……

"也差不多该离开这里了，要一起吗？"陆佑欣热情地邀请叶侠，完全无视了齐乐人。

"不了,谢谢。"叶侠礼貌地婉拒了邀请,向两个人告别,然后独自踏上了离开的路。

齐乐人经过一番内心挣扎,决定还是自己单干,他实在不能接受长时间和陆佑欣相处,遭到嫌弃的陆佑欣无所谓地耸了耸肩:"那你路上当心,这次我可不会把你当美少女一路尾行保护了哦。"

这种保护他不要,谢谢。

离开沼泽之塔后,齐乐人向南方走去,从陈百七给他的地图来看,洞穴之塔就在森林的南部,如果顺利的话天黑前就可以到达那里。

一个人在陌生的森林里赶路可不是件容易的事情,齐乐人已经有些后悔拒绝陆佑欣的跟随了。虽然那人看起来十分不靠谱,但齐乐人觉得她应该是个能力出众、有所依仗的人,所以才能这么肆无忌惮地展露出自己的个性吧。

这一次那种被人偷偷盯着的感觉没有再出现,看来陆佑欣是真的没有再跟踪他了。他怀疑她可能是去跟踪叶侠了,毕竟人家是个货真价实的美女。

午后的阳光有些过分热情,齐乐人用袖子擦了擦额头上的汗,不到一天的时间,他身上这身祭祀服已经被糟蹋得看不出原样了,毕竟地上滚过,树上爬过,沼泽里蹚过,它现在看起来和抹布也相去不远了。可恨的是因为系统的强制装备要求,他还没法脱下来洗一洗,只好忍着一身脏乱。于是在看到溪流后他兴奋难耐地跑了过去,掬起水洗了把脸。

清凉的溪水带去了皮肤上的热度,齐乐人洗完脸还觉得不过瘾,干脆跳进了溪水里擦了擦身子。虽然不能脱衣服,但是穿着衣服在凉水里泡一会儿也是很惬意的。

溪水不算深，但是很清澈，齐乐人看见水下有拇指大小的鱼类游来游去，十分可爱。透过溪水，他还看见自己的双脚，完全是女孩子那种秀气娇小的脚型，一看就让他十分郁闷。

上游的溪水上似乎漂浮着什么东西，齐乐人还以为自己眼花，揉了揉眼睛再仔细一看，的确有什么东西漂了过来，等到距离近了他才看清，原来是一块残破的布料。

齐乐人面色凝重地捞起布料，这布料和他身上的祭祀服一模一样！

他赶紧从水里出来——一时不慎还磕到了膝盖——也不管自己浑身湿漉漉的，抖开漂来的布料展平，布料上沾满了血迹，被溪水浸泡后变成一大片一大片的浅红。

这条溪水的上游发生了什么？齐乐人看向布料漂来的方向，那里可正是他要去的方向啊！

头顶传来嘎嘎的怪叫声，齐乐人猛地抬起头，正对上树上那只熟悉的大黑鸟，这不是他女神的鸟吗？莫非女神也在这里？

齐乐人赶紧抬头四下张望，还不等他仔细寻找，一件衣服从天而降，将他整个人罩住了，黑暗之中他听见有人在他身边轻盈落下的声音，他一把扯掉盖在头上的衣服，然后正对上一张冷艳到让人无法直视的脸。

果然是她！

但她为什么要给他衣服？

齐乐人冷不丁地对上这么一张脸，顿时被闪得头晕目眩、脸上发烫，连话都说不利索了，结结巴巴地"你"了半天，憋出一个"你好"。

女神高冷地看了他一眼，黑鸟落回了她的肩上，歪着头对齐乐人卖萌："好吃的，好吃的！"

齐乐人大感窘迫，他这口粮可是拿来救命的，用来讨好一只鸟……咳咳，也不是不行，毕竟是女神的鸟嘛。

齐乐人掏出了一把口粮放在手心上，任由黑鸟急不可待地啄食。女神没有制止，也没有出声，静静地看着齐乐人。这么近的距离下，她那双嵌在两排浓密睫毛间的蓝色眼眸美得像是纯净的蓝宝石。

除了眼睛，她的其他五官轮廓还是很柔和的，他的女神果然是混血吗？齐乐人心想。

黑鸟啄食完毕，心满意足地在齐乐人的手心里蹭了蹭，呼啦一声就飞上了树枝。女神的视线瞥向被丢在地上的祭祀服碎片，齐乐人赶紧解释说："刚才我在河里看到这个顺流漂了下来……看起来和我们穿的衣服用料是一样的。"

齐乐人说着，还扯开了刚才从天而降将他盖了一身的衣服，揪起自己湿乎乎的祭祀服做对比，结果才刚露出锁骨，女神二话不说按住了他的手，硬是把罩在他外面的那件衣服给裹了回去，捂得严严实实。

齐乐人有点发蒙。女神这是干吗？

树上的黑鸟嘎嘎了两声，吐了句人话："伤风败俗。"

啥？发生了什么？他只是露了个领子啊！就算衣服湿了很贴身，可是他俩都是女的有什么问题？哦不，他是男的，差点忘了。

莫非女神已经洞悉了他的真实性别？齐乐人不由一惊，有些胆战心惊地看着女神，却发现女神早已移开了视线，看着地上的衣服出神，可是仔细一看，齐乐人惊悚地发现她的耳垂有些发红。

所以他女神其实是害羞了吗？！

为了验证这一点，他还故意撩起外衣，用手将裁短的裙摆一掀，露出肤色白嫩的大腿说："刚才上岸的时候膝盖擦到地上的石头了……"

女神的视线在他略有瘀青和血痕的膝盖上一扫而过，然后以惊人的速度将齐乐人的祭祀服裙摆拉了回去，并在他傻眼的时刻将什么凉凉的东西塞进了他手里，飞一般地消失在了溪对岸。

齐乐人目瞪口呆地看着三四米宽的水面，他女神就这么轻松跳了过去，转眼不见人影。

"呵呵。"树上的黑鸟怪笑了一声，像是在嘲讽他勾引未遂，笑完还一拍翅膀飞过了溪面，留下一句嘲讽，"傻了吧，爷会飞！"

这一刻，齐乐人内心是崩溃的。

女神你等等，我真的不是那个意思！我不是硬要你看大腿！我只是想看你害羞啊！

然而女神走得太快就像龙卷风，齐乐人只能湿淋淋地站在溪边，身上穿着女神赠送的外套，手里拿着女神友情赠送的伤药膏，无语问天。

女神走了，任务还得继续。齐乐人坐下给自己涂了点药膏，女神留下的药膏看起来十分高级，涂在膝盖上立刻就清凉消肿了，齐乐人没舍得多用，准备留着以后说不定派得上用场。再把女神裹在他身上的外套拿下来，齐乐人左看右看，怎么看怎么觉得这件衣袖上臂部分有银色十字架装饰的衣服像男装，而且是制服一类的男装。

等等，莫非女神有男朋友了！

齐乐人脸色大变，不，他不能接受啊！

感到一阵心塞的齐乐人，拎着女神友情赠送的外套，越看越不顺眼，哼，这么黑不溜秋的外套没有半点品味可言，女神的男朋友品味也不怎么样嘛，哪里配得上这么高冷酷炫的女神。

不不不，也许只是女神喜欢穿男装呢，像她这高岭之花的御姐，喜欢穿男装根本不奇怪嘛！

这么一想，齐乐人勉为其难地重新穿上外套，继续向河流上游出发，终于在黄昏时分来到了河流上游。

上游的森林变得稀疏，地势也高，空气中弥漫着一股古怪的味道，令人心神不宁。

齐乐人一路沿着溪流往上走，眼前的视野变得开阔，他拿着地图再次核对了一下自己的位置，距离洞穴之塔已经不远了。

忽然，齐乐人看见溪边的石块上有一抹褐色的血迹，他面色凝重地上去查看了一番，还用手指抹了一把，这血迹看起来还是新鲜的，不像是很久以前留下的。再仔细看四周，还有其他洒落的血迹，以及染血的布料纤维。

齐乐人咽了咽口水，看来水里漂来的那件血衣就是从这里来的了。

齐乐人环顾了一下四周，到处都是稀疏的树林，地面长着青草，需要很仔细寻找才能发现滴落在地上的血迹。他沿着血迹一路往树林中走去，沿途的树上还有树皮剥落的痕迹，有的树枝甚至断裂了，好像被什么东西粗暴撞断了一般。

这不像是野兽能做到的，齐乐人在心里下了判断。

但如果不是野兽的话，到底是什么人……不，什么东西，才会造成这样的惨状呢？

四周的树林一片死寂，连鸟鸣声也在不知不觉中消失了，空气里弥漫着一股难闻的味道，就连天色也暗了下来。齐乐人突然有种莫名的直觉。

危险，前面很危险！

齐乐人简直想要拔腿就跑，但是洞穴之塔就在前面，凭借他所拥有的东西，自保应当是没问题的。不能再逃避了，与其碌碌无为地躲在角落里自以为安全地等死，不如拼上一把，也许还能险中求富贵！

齐乐人继续往前走，终于，他走到了山坡的最高处，然后向下看去——不到几百米的距离外是一片砂石铺就的空地，隐约可见一个巨大的洞窟，而洞窟外到处堆着半人高的石头，垒成高高低低的围墙，石头墙中，一个三米多高的巨人正用粗长的木棍搅拌着一个巨大的坩埚！

而坍塌旁,依稀可以看见血迹,还有几只饿狼。

一阵狂风从身后的树林中袭来,饿狼警醒地抬起头,顺着风里陌生的气味,看向站在上风处的齐乐人,喉咙里发出一声威胁的吼叫,迅速变成了蓄势追击的姿势。

巨人听到了饿狼的声音,沿着它的视线看去……

站在山坡上的齐乐人猛地对上了巨人那双铜铃般大的眼睛,巨人兴奋地吼叫了一声,举起坍塌中那根巨大的木棍,迈动着粗壮的双腿向他跑来!野狼像是听见了进攻的号角,齐声狼嚎着,追在巨人的身后向他袭来!

这是要命啊!

齐乐人此刻终于明白为什么河上会漂来这么一件血衣了,可是到了这时明白再多也是无用,他拔腿就跑,一边狂奔一边脑中飞快地运转。

怎么办?这几乎是必死的绝境!

不,还不到那时候!他拥有的技能和物品足够摆脱这个绝境了!

SL技能卡、口粮、武器匕首,还有黄昏之乡买来的微缩炸弹!

地图的洞穴之塔一定就在巨人营地旁边的洞窟里,他必须进去才能到达洞穴之塔!但是他必须甩掉……不,解决这几只饿狼和巨人!

巨人奔跑时撞断了拦路的树枝,用木棍粗暴地将一路上的障碍都清除,他每踏一步在地上,都发出沉闷的巨响,掀起一阵旋风。女孩子的身体在这时候难免拖累了速度,有几次木棍几乎是擦着他的后背落下的,每一下都捶得大地震颤,巨人就像是远古巨兽一样,在这片森林里横行。

都到了这种时候了,没有什么好犹豫的了!再迟疑就是死!

齐乐人不再迟疑,狠下心来面对接下来可能不止一次的死亡。

三把口粮扔出,追来的三只野狼想也不想地掉头争抢,而巨人丝毫不为所动,号叫着挥起巨棍砸向齐乐人,齐乐人就地一滚,几乎是擦着巨棍才没有惨死当场。

存档完毕！

来了！齐乐人捏着微缩炸弹，掉转头冲向巨人，这一刻他几乎什么都看不见了，他只知道自己不能失败，不能死在这里，哪怕赌上一切也要活下去！

巨人被他突然调头的行动弄得迟疑了一瞬，这才举起巨棍向他砸来，可是齐乐人跑动灵活，瞬间已经撞上了巨人肌肉虬结的大腿，引爆了手上的微缩炸弹。

一声巨响，以巨人为圆心，三米范围内都被炸成了一片焦黑的死地，爆炸的一瞬间齐乐人就已经失去了意识，醒来时他站在存档的地方，被冲击波带倒在地。

系统一闪，出现了一条提示：

"玩家齐乐人，SL大法技能卡满足升级条件，升级完毕。升级后持有者可以在身体所在位置设置一个存档点，存档后三十秒内死亡或遭受致命伤害，则身体自动回到设置存档点时的位置和状态，并立刻触发第二次使用，超过三十秒存档点自动失效。一个存档点可以连续使用三次，冷却时间一小时。本次使用以升级后的技能为准。"

这种关键时刻技能竟然升级了？！

齐乐人一阵狂喜，可是喜悦之情还没持续几秒，他就看见争食完毕的野狼再一次冲了上来，距离他不过十几米的距离。

三十秒，足够了，这一次他不会再逃跑了，一劳永逸地解决后患吧！

第一只野狼狰狞地扑了上来，一口咬中齐乐人的胳膊，一阵剧痛传来，齐乐人手腕一软，匕首差点掉地，拼着一口狠劲一下扎进了饿狼的后腰。野狼发出一声哀号，凶性大发地连连撕咬了起来，齐乐人护着脖子不顾两败俱伤和它硬拼，最后一抹脖子读档。

再一次回到存档点，刚才咬中他的狼已经半死不活地躺在了地上，另外两只蠢蠢欲动，却又因为他刚才爆发出来的战斗力畏葸不前。它们能耽搁，齐乐人却不能，他大喝一声，上前追赶，两只狼转身就跑，转眼消失在了林间。

齐乐人这才一屁股坐在地上，两次读档后他浑身的体力都被抽干了，真要再来一次，他怕自己拼不出刚才的那股狠劲。

不过总算还是赢了，还省下了一枚对付野狼的微缩炸弹，他总共也就买得起三个，实在舍不得多用。

齐乐人抹了把脸，拖着虚软的腿站了起来，向刚才爆炸的地方走去，巨人已经变得一片焦黑，空中还漂浮着一个宝箱，就像在新手村一样。看来它这种小BOSS级别的怪物，系统是有特别奖励的。

手指按在宝箱的锁扣上，宝箱自动开启，是一张卡片，齐乐人拿出一看，顿时大喜过望。

下雨收衣服——非绑定技能卡，被动技能。每逢天气阴沉的时候，主妇们总会忧心忡忡地看着天空，揣测什么时候会下雨，来不来得及收衣服。使用该技能期间，玩家会感应到山雨欲来的危险氛围——当然，不一定灵验，二十四小时内最多感应到三次危机。目前剩余感应次数3/3。

正是苏和说过的感应类技能！他最迫切需要的那种！

不过……

齐乐人对着自己腰带上的两个卡槽犯起了愁，他的一个卡位给了SL大法，另一个给了饱吸血液的匕首这张物品卡——它必须插在卡槽里才能使用。

但不幸的是一旦取出了正在冷却期的SL大法，它的冷却时间就会停止走动直到再次被装备，所以他还必须把它装备在卡槽里，只能先把匕首这张物品卡取出来换上新技能了。至于武器，先用普通匕首凑合一下吧。

将"下雨收衣"的技能装备后，齐乐人第一时间就觉得自己的直觉变得敏锐了。不，应该说，他现在就觉得十分危险！

那种好像只身站在一片空旷的黑夜中，伸手不见五指，但是莫名地，人却感觉到有什么东西正在身后窥伺着自己。那种满怀恶意的眼神，蠢蠢欲动……

"下雨收衣服"目前剩余感应次数2/3。

它来了。

齐乐人猛地转过身，稀疏的灌木丛中，两双幽绿发亮的眼睛，正凝视着他。

那两匹狼竟然回来了！

齐乐人惊骇之中，突然意识到自己的SL技能还在冷却期。

怎么办？是跑还是……

等等，他有口粮啊。齐乐人松了口气，抓了两把口粮随时准备好丢出去，这种时候他也顾不上心疼消耗品了，总归是生命安全第一。

还不等他掷出口粮，头顶嗖嗖飞过两支银光璀璨的箭矢，灌木后传来两声沉闷的倒地声，然后就再无声息。

齐乐人回头看去，隐约看见了隐匿在枝叶后的祭祀服，一只大黑鸟就飞了过来，热情洋溢地站在他肩膀上求投喂："好吃的，好吃的。"

齐乐人肉疼了一下，抓了一把口粮喂它，大黑鸟欢喜地啄走，脖子一仰就吞下了肚。

好歹还省下了一口呢，齐乐人苦中作乐地想着，心情顿时好了许多。

"那个……我还不知道你的名字呢。"齐乐人鼓起勇气喊道。

她都救了他两次了，至少告诉他名字吧。

可惜他女神异常无情地转身就走，他只看见远处的树梢轻轻晃动了两下，她就已经消失在了远方。大黑鸟倒是亲昵地啄了啄他的耳朵，拍拍翅膀飞走了。

　　心仪的御姐竟如此高冷，有点心塞的齐乐人检讨了一下自己的审美情趣，看女神离开的方向，说不定也是去洞穴之塔，等进了洞穴说不定还能遇上呢，至少离开副本前问到她的名字吧，他可不想回去后问陈百七。不过女神真的不能说话吗？莫非那只大黑鸟说的是真的？他真是没听见女神说过哪怕一个字。

　　果然是天妒红颜吗？齐乐人真情实感地怜爱了一下女神，然后思绪一路飘远到黄昏之乡有没有地方可以学手语。为了女神，他一定可以学会手语的！

　　不，先别想这些了，还是快去洞穴之塔吧。

　　齐乐人振作了一下精神，先去检查了一下两匹狼的尸体，果然，狼头上各被一支银色的箭矢射穿，他伸手一拔——失败了。齐乐人难以置信地看着自己蹭红了的手掌心，搓了搓手继续努力，结果再一次以失败告终。

　　痛定思痛的齐乐人用衣角裹着手掌心增加摩擦力，用脚踩着狼头使劲拔箭，结果手一滑，这惯性太大他一屁股坐在了地上。他懊恼地捶了捶地面，终于体会到软妹们拧不开矿泉水瓶时的感受了。

　　他女神的臂力实在惊人啊，她那张弓绝对不是一般人能拉开的吧！

　　最后齐乐人委委屈屈地用匕首撬出了箭矢，弄得浑身血淋淋的，看起来分外凄惨。他干脆回到溪边洗了一下银箭，再把自己一身擦伤都抹上了药膏——感谢女神之前丢给他的药膏，还挺好用。

　　处理好一切后，齐乐人又吃了点东西垫垫肚子，这才在一片暮色中走向巨人营地那里的洞窟。

　　洞穴之塔，应当就在那里了。

巨人的营地里，那口沸腾着绿褐色液体的坩埚还在冒着气泡，齐乐人在好奇心的驱使下上前看了一眼，立刻被熏得眼前一黑。

站在洞窟外，齐乐人往里面看了几眼，里面一片阴暗中，隐约好像有水面反射的光线，大概因为洞窟地势很低，所以有不少下雨后的积水淤积在了里面。

那种被窥伺着的感觉又来了。

装备"下雨收衣"技能后，齐乐人原本就敏锐的直觉变得更加灵敏。他看了一眼系统提示，技能卡上目前剩余感应次数显示的是2/3，少了的那一次是刚才感觉到野狼靠近的时候扣掉的，现在没有再扣下去，那么现在应该是没有死亡的危险了？

会是陆佑欣吗？不，好像和那时候有点不同……

如果现在走进去的话，里面一片黑暗，说不定会被偷袭，还不如在外面等SL大法的冷却时间过去，这样还安全一些。

下定决心的齐乐人干脆在洞口坐了下来，一边吃东西一边恢复体力，等到夜幕降临，技能冷却结束后，他才小心地走进了地下洞窟之中。

洞窟比他之前想象的还要巨大，齐乐人点亮了黄昏之乡买来的照明灯，地下岩洞终于变得明亮了起来。脚腕深的积水折射着光线，让这个昏暗的洞窟变得更加幽深。

总觉得会有什么危险的东西从里面跑出来啊，齐乐人不禁心想。

面对这种未知的危险环境，他难免有些不安，不过想到女神也在里面，他又觉得安心了许多……不，他已经沦落到要抱妹子的大腿了吗！而且已经抱了好几次！出息呢！

空旷的地下岩洞大得无边无际，齐乐人已经蹚过了浅水区，站在了干燥的陆地上。周围到处都是溶洞石笋，光线昏暗，难以辨别方位。他继续往前走，感觉整个洞窟在无限向下延伸。

这个洞窟到底有多深？洞穴之塔又究竟藏在哪里？

无穷无尽的黑暗之中，只有他一个人点着灯行走，黑暗的角落里，那些影影绰绰的东西注视着他。

咔嚓一声脆响，齐乐人低下头，原来是他踩断了一截森白的骨头，因为时间久远，风化的骨骸已经疏松脆弱，一脚就轻易踩断了。

这是动物的骨骸，还是……

齐乐人提起灯，努力照得更远一些。

借着照明灯的光亮，他眯着眼往更深处的黑暗看去，然后睁大了眼——

前方，那无垠的黑暗之中，他隐约看见了层层叠叠的白骨堆砌在地下洞窟之中。齐乐人哆嗦了一下，他忍不住裹紧了那件不属于他的外套，下意识地去摸苏和送的匕首，却又想起卡槽位置不够，刚才就已经把匕首的物品卡放回包裹了，现在他只能拿着普通的匕首凑合一下了。

往里走得越深，白骨就越多，齐乐人甚至看见足有他手臂那么粗那么长的獠牙，他难以想象这是什么动物的牙齿……也是，这里毕竟是异世界，说不定就有这种可怕的未知生物存活，例如洞外的那个巨人。

虽然有了心理准备，但是当齐乐人看到一大片疑似巨龙的骨骸时，还是被震惊了。

龙骨足足有十几米那么长，光是一个龙的颅骨就已经比他整个人都要大了，更别说两片嶙峋的龙翼，他甚至可以想象它生前是何等威风凛凛。可是此刻，它那森森的白骨却被半掩在沙土下。

把齐乐人从幻想中唤醒的，是那个窥伺着的视线，他不动声色，假装被龙骨吸引，侧着身检查，然后用眼睛的余光看向他来时的入口——果然，一抹白色的影子在钟乳石后一闪而过，有人一路尾随着他，然后悄悄藏在那里。

齐乐人知道有一个敌我不明的人悄悄跟随着他，也许她是善意的，也可能是恶意的。

他绝对不能大意，必须想办法先发制人。齐乐人略一思索，冷静地假装没有发现，继续向前走。

前方有几条岔路，蜿蜒曲折，齐乐人挑了一条走了进去，然后在经过一个拐角处时熄灭了照明灯，静静等待尾随者跟来。

四周一片黑暗，只有岩壁上散发着微弱荧光的苔藓带来的些许光亮。寂静之中就只剩下他自己放低了的呼吸声，还有潮湿的洞顶上的滴水声，滴滴答答。

一个放轻了的脚步声向这里靠近，来人走得很慢，很谨慎，微弱的光线给她带来了一点困难。齐乐人听见她被地上的石子绊得趔趄了一下，看来她并没有什么夜视的能力。

这样的话……齐乐人心中一动，想到了一个更稳妥的办法。

他一手握着匕首，另一手握着照明灯的开关，当脚步声就在他身边响起的那一刻，他猛地打开了开关，将照明灯扔到了她走来的那个转角处——

一片突兀刺目的光线中，来人低呼了一声，猝不及防地被齐乐人按倒在地，冰冷锋利的匕首抵上了她的喉咙。

这时齐乐人眯着的眼睛才睁开来，然后惊愕地看着地上的少女："安娜？"

跟着他的人竟然是和他一辆马车的NPC安娜。

安娜这才从强光造成的短暂目盲中恢复过来，惊恐地哭了起来："你也要害我吗……我不想死，呜呜呜，我只想回家……"

"为什么偷偷跟着我？"齐乐人皱眉道。

"我……我害怕……我不想死……可我不知道去哪里……"安娜哭得很凄惨，看起来已经吓坏了，绿翡翠一样的眼睛里湿漉漉的，都是泪水。

"艾丽呢？"齐乐人又问。

"我不知道……我们逃跑的时候跑散了……"安娜瑟缩着。

齐乐人终于放下了心，收回匕首，说道："里面不安全，你还是去外面吧，森林很大，并不容易遇上别人。"

"我知道了，我马上就走。"安娜哆哆嗦嗦地从地上爬了起来，向洞外走去。

看着安娜离去的背影，齐乐人蓦然觉得就这样让安娜一个人离开，会出什么意外。

"等等，我送你出去吧，这里很黑的。"齐乐人说着，捡起了地上的照明灯，跟上了安娜的脚步，决定看着她离开这里。

安娜惨白的脸上露出了一个感激的笑容："谢谢你，你真好……"

两个人并肩走出了蜿蜒的洞内小径，回到了巨大的白骨堆中。四周依旧寂静无声，齐乐人找了个话头和安娜聊了起来："你是怎么被选中的？"

安娜一听到伤心事，眼泪又吧嗒吧嗒地掉了下来："我也不知道……有天图腾就出现在了我的手上，我被带去关了起来……后来有人逃走了，我不敢逃跑，就……就来到了这里。"

艾丽的确说过，有六个人逃走了，其中有两个应该就是他和女神手背上图腾的来源了。

"每三年一次献祭，附近几个村子里有那么多年轻女性吗？"齐乐人问道。

安娜愣了一下："也有一些从别的地方绑来的……你不就是这样的吗？"

从设定来说，他们这六个玩家应该算是被绑来参加献祭的没错。

齐乐人含糊地嗯了一声，正打算继续提问，系统突然提示他"下雨收衣服"目前剩余感应次数1/3。

不好!

电光石火的一瞬间,齐乐人爆发出惊人的反应能力,丢开照明灯就地一滚,一股锐风几乎擦着他的身体刮过。

在骨骼残骸上滚得浑身刺痛的齐乐人艰难地撑起身体,磕破了的额头上流下了鲜红的血,滑入了他的眼眶中。

手持长刀的安娜惋惜地叹了口气,语气森然地说道:"哎呀,你比我想的要警惕得多嘛。"

凭空出现的长刀终于让齐乐人知道了安娜身上的违和感来自何处,原来从一开始,这个玩家就刻意利用了自己长得像混血的外貌特征,假装NPC!

被丢在一旁的照明灯散发着光线,从下而上地照亮了安娜的脸,让她原本温柔姣好的面容变得古怪,就连怯弱的声音都变得阴冷戏谑,带着一点夸张的戏剧腔:"躲得真快,我可是用这一招干掉了不少笨蛋呢。"

"你也是玩家?"齐乐人一边和她搭话,一边脑中飞快地运转,该如何摆脱这个困境。

这对他来说并不是绝境,他庆幸自己在进入洞窟前耐心地等待技能冷却完毕,否则现在恐怕就真是难逃一劫了。

"嗯哼,不然呢?我的演技不错吧?"安娜嬉笑着向前迈出一步,踩碎了地上凌乱的白骨,"我喜欢这个地方,完全是我的主场,所以让你暂时逃过一劫也没有关系,正好可以让你看一出完美的演出,感谢我吧,让你在死亡降临前得以看见这不可思议的一切。"

说着,安娜的手指虚按在了腰带的卡槽上,下一刻,四周的空气骤然冷却,跌倒在地上的齐乐人难以置信地抽回手掌,短短一瞬间他就觉得自己贴在地上的掌心像是被冻伤了一样。耳边响起窸窸窣窣的声音,令人不安的躁动中，满地的白骨咔嚓咔嚓地重组成了一具具骨架。

"起来吧，一起来跳一曲死亡之舞吧。"安娜毫不掩饰自己的表演欲，一手提起裙摆对虚空屈了屈膝，随着她手上的长刀举起，匍匐在地上的白骨们接二连三地站了起来！

"首先，邀请看客入座。"安娜笑容满面地将长刀指向齐乐人，齐乐人脚边的白骨以惊人的速度组成了一把座椅，将他的双脚锁定在了座椅上，他心中一沉，刚刚竟然慢了一拍。可是现在他反而不着急存档了，他倒要看看这个沉浸在表演中的安娜到底想做什么。

"让我来向观众介绍，这里有好多稀有的嘉宾，比如，这只早已灭绝的剑齿虎。"安娜笑盈盈地一挥刀，一头骨架组成的猛兽大步向齐乐人走来，头骨中燃烧着一团蓝色的火焰，驱动着它如同生前一般行动。它的两只前爪搭上了白骨座椅，那恐怖的长獠牙狰狞地抵在齐乐人喉咙边，像是随时要一口咬下。

齐乐人强作镇定，不动声色地看着安娜。他并不是不害怕，只是因为心中有所依仗，所以他才能这么冷静地面对，大不了就像对付那个巨人一样，来个两败俱伤。

安娜挑了挑眉："看来我们的客人并不满意你，那么来见识一下下一位嘉宾，同样已经灭绝千万年的远古巨蟒！"

随着她的声音在洞窟内荡起一阵回音，更多的骨骼碰撞声响起，照明灯能照亮的范围之外，一团蓝色的火焰亮了起来，某种巨大的生物被唤醒，在砂石和骨骼堆积成的地面上缓缓游动着，向齐乐人靠近。

"可我最中意的，还是它。"安娜抚摸着沉睡在洞窟中的龙骨，深情地用手指描摹着它羽翼上的骨骼，"可惜……要唤醒它，需要付出代价呢……可怜的小妹妹，你愿意帮我这个忙吗？"

骨架组成的巨蟒绞紧了白骨座椅上的齐乐人，那嶙峋的骨骼勒得他浑身都痛。

"这里多好玩啊……这么多不可思议的东西，我真喜欢。"

"那么再见了，祝你一路顺风。"安娜冲他笑，提起裙摆向他屈膝告别。

原本已经准备存档一搏的齐乐人冷不丁地看见了洞窟深处的通道口一闪而过的寒芒，不禁停下了动作。下一秒，一支银色的箭矢从身后洞穿了安娜的胸口，笑容凝固在了她的脸上，她难以置信地睁大了眼，然后缓缓地倒在了地上。

跌倒在地的安娜捂着胸口，她看着满手的猩红，喉咙里发出快要气绝的呼吸声："不……这……"

她已经没有回头去看凶手的力气，只能死死盯着齐乐人，那只染血的手虚虚地按在了腰带上："跟我……一起……"

一口血从她嘴里喷出，她一头栽倒在了地上，再无生气。

一片脆响中，白骨们纷纷零碎地掉落在地。齐乐人一屁股坐在了地上，白骨座椅已经沦为了碎片，扎得他差点惨叫出声。

洞穴深处传来脚步声，齐乐人抬头看见，一个高挑的人影踏着满地的白骨从黑暗中走来，周身环绕着凛然的气势，宛如撕裂黑暗的一束光，照在这片宛如地狱一般的洞窟中。

是她，不会错的！

3

齐乐人从地上爬起，迎了上去，激动地说："女神！女神谢谢你救了我！"

来人脚步一顿，被照明灯照亮的脸上流露出一丝不自然的神色，不等齐乐人趁热打铁地搭讪，女神肩上的黑鸟发出一声尖锐的叫声："敌袭，敌袭！"

齐乐人愣愣地看着它，这鸟连女神都骗？女神怎么还不炖了它？

女神一听黑鸟的话，挂在大腿外侧的双刀瞬间出鞘，几乎是同一时间，齐乐人收到系统的提示："下雨收衣服目前剩余感应次数 0/3，冷却倒计时 23:59:59。"

竟然真的有死亡威胁？！

四周突然亮起蒙蒙微光，不是先前那种幽绿色，而是蓝色。光亮从脚下的大地里升起，火焰喷出地面，以惊人的速度将两个人包围，形成了一个圆形的复杂魔法阵！

地动山摇间，洞穴的入口被无数坠落的石块封堵，根本无法离开。齐乐人的手腕被人一把握紧，女神二话不说带着他狂奔向洞穴更深处，齐乐人被拽得一个趔趄，差点被拖倒在地，身后传来一声吼叫声，震动了整个洞窟！

齐乐人一边跑一边回过头——一头燃烧着蓝色火焰的骨龙在安娜临死前的召唤下苏醒了，那曾经统领万物的巨兽重返人间！而随着它的复活，其余白骨同样被赋予了另一次生命，向着他们走来。

齐乐人被拉着逃进了岩石通道之中，他本以为这样就安全了，可是复活的骨龙竟然挥舞着白骨组成的龙翼，疯狂地向通道中撞来——轰隆一声，大地震颤，岩石从头顶滚落，两个人险险避过石雨。灾难还没有结束，骨龙落在甬道前，腹腔中燃烧的灵魂之火像是一条蓝色的光束沿着颈椎的骨骼往上蹿升，最后凝聚在骨龙的口腔中。它高高仰起脖子，呼啸着将火焰喷向岩壁——轰隆一声，岩体被龙息击成碎片。

碎石纷纷落下，齐乐人以为自己必死无疑，谁料眼前竟然是一处地下峡谷。他被硬拉着往下一跳，扑通一声坠入沁凉的地下湖中。无数石块一起坠入湖中，被水流消减了冲击力，两个人越沉越深，避开了漫天坠落的石块。

一片黑暗冰冷之中，世界宛如极寒的地狱，只有拉着他的那只手是温暖的，沉默地给予着他坚持下去的力量。齐乐人在水下睁开眼，水底的水草散发着荧光，他隐约看见他被人拉着，在水下缓缓游弋。女神的头发已经散了，像一条人鱼一样，在一片如梦似幻的光影之中将他从地狱带向人间。

齐乐人是猝不及防中跳入水中的，虽然在水底的时间不长，可是他在四周的水压中已经感到强烈的窒息感了。一串气泡从他嘴里溢了出去，他的大脑开始变得混沌，他茫然地看着水底散发着荧光的水草，一切都梦幻而虚无，就好像身在一个迷离的梦中。

有人拉着他的手带着他往上游，可是他却连游泳的力气都在窒息中消散了……

好难受……

窒息溺水的痛苦让齐乐人挣扎了起来，被拉着的手臂痉挛了几下，前面的人终于发现了他的不对劲，可这时齐乐人已经快没有意识了。

眼睛还能看见眼前的景象，可是大脑却已经无法分析处理一切了，他怔怔地看着她回转身来，黑发在水中散开着，半遮着她的脸。很近，也很美。

他错觉这一刻她蓝色的眼睛里溢满了深深的担忧，又或许，这只是他濒死时产生的的错觉。

听力已经开始迟钝，他恍惚地觉得自己好像漂浮在星海之中。星辰的冷光穿过寂静的宇宙来到他的眼中，每一眼看到的光芒，都是亿万年前星辰的残像，在这种无声又伟大的时空之中，一切都是安静的,缓慢的，令人内心平静。

世界在毁灭，永远无法获得重生。

死亡的阴影朝他袭来。只是这一次，不再是他用拼死一搏的勇气和 SL 大法去面对，而是用自己脆弱的肉身去面对。

他无法逃离死亡，除非……

痛苦的窒息中，他的脑海中无端浮现出了一片寒风萧瑟的冰原，树木土地都被无情冻结。他仿佛是一颗深埋在厚厚冻土下的种子，注定无法发芽，只能在寒冷中无声无息地冻结窒息。

直到有一阵春风吹来。

那柔软的、温暖的风，从域外而来，新鲜的空气中充满了春天与苏醒的力量，柔柔地吹醒了快要窒息的种子。

这一口温暖湿润的空气，让种子从死亡的深渊中挣扎了出来，情不自禁地想要发芽——它要看一看这个美好的世界，那里一定不再是万物萧瑟的模样。

因为春风是那么温柔啊……

活下来也许会痛苦，但唯有活着，种子才能见到春天。

水面越来越近，终于，两个人一头冲出了水面，游到岸边。女神体力惊人，这么一番折腾后轻松用手撑住地面上了岸。齐乐人趴在岸边直喘气，看着女神的眼神越发敬仰。

齐乐人拉住女神的手费力地爬上了岸，这才长长出了口气。

等等，他刚才是不是……齐乐人突然回忆起在水下时的遭遇，一时间难以置信。难道是他窒息时产生的幻觉？

齐乐人偷偷瞄了一眼女神，四周光线太暗，荧光苔藓带来的亮度不足以让他看清，他心里惴惴的，几次想要感谢，却又不知道怎么开口，最后只是摸了摸自己苍白打颤的嘴唇。

这次要不是女神出手，他估计就真危险了。就算有 SL 技能反杀安娜成功，安娜死前召唤骨龙也足够弄死他十次八次，这种生物可不是他拿口粮可以忽悠过去的，要是被压死在石头下，那可是读档几次都没法挽救的死局啊。

幸好女神当机立断拉着他冲进洞窟深处跳下了地下湖，她比他早进来一个多小时，应该已经摸清里面的地形了吧。可这种置之死地而后生的果决也不是一般人能有的。

地底的温度比地面更低，加上已经入夜了，刚出水的齐乐人被一阵冷风吹得连连哆嗦，之前穿在身上的外套在逃亡落水中已经不知道被冲到了哪里。他抱着手臂企图靠发抖取暖，立刻又被女神裹了件外套。

——女神你到底多喜欢这种外套？竟然还是同款的！

齐乐人在心里呐喊着……没骨气地披在了肩上。

果然暖和多了。

他没系扣子，敞着穿外套，外套下湿漉漉的祭祀服滴着水，贴在了冷冷的皮肤上，地底的冷风一吹，腹部有点冷，他不禁摸了摸肚子。

女神见他这么穿衣服，不禁皱了皱眉。

她突然把他拉住了，盯着他的脸，眼睛一眨不眨，视线也毫不偏移，仿佛再往下看一点都会触犯禁忌，这种严肃的样子弄得齐乐人都不好意思看她了，干脆低头看自己的脚。

但是她非要帮他把衣扣从上到下全部扣好，连最上面喉咙边的扣子都不放过，堪称严严实实，一丝不苟。

齐乐人茫然不解，她是怕他冷吗？

她好温柔啊，齐乐人被感动到了，决定更努力一点。

于是，齐乐人美滋滋地谋划起了该怎么借此机会和女神多多相处培养感情，君不见多少小说电视剧里男女主角都是在这种危机四伏的环境里擦出爱的火花的,他和女神一定也可以!

头顶传来一阵怪叫声,一只大黑鸟从上面飞了下来,停在了女神伸出的手臂上,亲昵地蹭了蹭女神的脸。

——走开啊你这只鸟!

齐乐人怒视大黑鸟,结果人家压根儿不理睬它,叽叽咕咕地对女神说话:"来了一大群,骨头架子,咔嚓咔嚓。"

女神皱了皱眉,点头示意齐乐人跟上,两个人往洞窟更深处走去。

洞窟的甬道四通八达,如同一个迷宫一般,饶是地图记忆力很不错的齐乐人也被绕晕了。好不容易来到一处被荧光苔藓照得明亮的地方,他赶紧上前半步往女神的嘴唇上看去——果真被咬出了一个口子。

他的心跳一下子快了一拍,原来在水下并不是他的错觉?

不,别瞎想了,刚才那只是人工呼吸。

齐乐人快憋死了,几次偷看女神想要搭话,可是女神一直神色严肃不苟言笑,实在高冷得让人难以接近,可是就算如此,那张艳丽大方的侧脸也够吸引他的视线了。

齐乐人在心里给自己打气,刚准备开口,女神突然停下脚步拦住了他,做了个噤声的手势。

齐乐人屏住呼吸,侧耳倾听四周的动静。

咔嚓,咔嚓,咔嚓……细微古怪的脚步声传来,伴随着像是什么零件撞击的声音,齐乐人脑中迅速浮现出了一具行走的骨头架子,正向他们走来。

果然,前方的通道中亮起了蓝色的幽光,很快,一具手持生锈武器的骷髅士兵出现在了甬道拐角处,它发现了两个人的存在,快步向这里走来!

五米,四米,三米……骷髅士兵越来越近,齐乐人紧张得心脏都快痉挛了。唰啦一声,女神的双刀出鞘,黑鸟飞离了她的肩膀,她整个人如同离弦之箭一般冲了上去。

好快!几乎是一眨眼的时间她就已经冲到了骷髅士兵面前,唰唰两刀,火焰熄灭在甬道中,四周重新恢复了昏暗,整个过程也就三四秒的时间,快得不可思议。

齐乐人咽了咽口水,忍不住啪啪啪地给女神鼓掌,女神回头看了他一眼,黑鸟重新落回了她的肩上,恐吓地说:"小声点!你这是作死你知道吗?"

齐乐人赶紧停手,颇为怨念地瞪了黑鸟一眼,他已经沦落到抱妹子大腿还被一只大黑鸟教做人了……惨,实在是惨。

这么一打岔,齐乐人酝酿好的话又全部吞了回去,只好闷闷地当女神的小跟班。

现在他的预感技能进入了冷却期,暂时是派不上用场了,他只能硬着头皮跟着女神往里走。

洞窟深处地形十分复杂,糟糕的是骷髅士兵也越来越多,还有许多骷髅野兽,两个人几次绕路都没能躲开。不过好在女神是个实力过硬的战斗狂人。

齐乐人默默给这种"不要尻就是干"的精神点了个赞,简单粗暴,他喜欢。

"这不科学啊……那骨龙没有召唤时间吗?它不死小怪越来越多了。"齐乐人嘀咕了一声。

说着,前面又出现了一波骷髅架子。女神意味深长地看了他一眼,提刀收拾了骨架,然后退了回来。

因为频繁起飞降落不便,大黑鸟干脆选了齐乐人的肩膀当落脚处,对着他的脑袋轻轻一啄:"闭嘴,不要说话!你这个乌鸦嘴!"

他竟被一只黑鸟嘲讽乌鸦嘴！齐乐人嘴角一抽，刚要反驳一下这种污蔑，前方豁然开朗——

巨大的地下空洞中，一条骨龙正从天而降，看到出现的两个人，它昂起燃烧着灵魂火焰的头颅，发出了一声龙吟。

这一刻，齐乐人第一次真心实意地悔恨着：我再也不乱说话了……

这一次的逃亡比上次更加狼狈，通道足够宽敞，骨龙速度惊人地追入了石窟通道之中，身躯山岳一般巨大，每一步都带来地面的震颤。幸好灵魂火焰的强度似乎还没有恢复，它暂时没有喷出龙息。

齐乐人是被女神拉着跑的，好几次他都觉得两条腿快得已经腾空，还没落地就已经被牵着跑出了几米远。可就算是这种非人的速度，骨龙依旧越追越紧。

"我们分开跑吧！"气喘吁吁的齐乐人喊道。

女神没有说话，拉着他的手跑过了一条岔路口，两个人已经遁入了洞窟迷宫中最复杂的一段通道里，数个"田"字型的甬道交叠在一起，蜿蜒曲折，如果直奔出口反而会被一眼看见，两个人干脆在迷宫甬道中绕圈，短暂地甩脱了骨龙，得以稍稍喘息。

"我是说真的，我有办法可以复活……"齐乐人一边说着，一边压低了声音咳嗽，刚才跑得太快，他现在连呼吸都是痛的，又不敢大声咳嗽，憋得眼睛都红了，"咳咳……待会儿我先往地下湖跑，引走他，你晚一步再出去，直接跳湖从暗流里走，或者干脆换一条路躲到更里面的地方去。这个召唤魔法不可能是永久的，你等稳妥了之后再回这里解开洞穴之塔的封印，安娜的身体还在上面。这是最大可能让我们两个人都活下去的办法了，再这么逃下去我们迟早会被追上，那时候就只有死路一条了！"

那双冷冽的蓝眼睛紧盯着他，然后她坚定地摇了摇头。

"不，你听我说！"齐乐人拉着她的手臂，信心满满地说，"你刚才在洞外救我的时候，应该已经看到我的技能了吧，现在技能冷却早就过了，我可以用它脱身。你已经救了我好几次，这一次轮到我来帮你了……"

身侧的甬道里已经传来了骨龙沉重的脚步声，齐乐人也不知道是怎么鼓起了勇气，他努力对女神露出一个灿烂的笑容："总之谢谢你，下一次见面的时候，告诉我你的名字吧！"

说完，他义无反顾地冲向骨龙即将出现的方向。

骨龙被他这只贸然出现的小虫吸引，吼叫着追上了他，齐乐人马不停蹄地向地下湖的方向跑去，一头冲出了洞窟的甬道。

眼前空旷一片，地下湖就在几十米外，只要再给他十几秒钟，他就可以跳入湖中，可是身后的蓝光忽然变得耀眼刺目，那滚动的蓝色火焰从头顶倾泻下来，如同蓝色岩浆一般倾盆落下。

存档，现在就存档！立刻！

几乎是存档完毕的那一刻，灵魂火焰将他吞没在一片火海之中，脆弱的肉体瞬间灰飞烟灭。

这一次的过程太过漫长，齐乐人读档的瞬间依旧身在蓝色火海之中。

直到第二次读档，火焰才熄灭，可是四周已经是一片焦土，齐乐人蒙了一秒，这才拔腿狂奔，直冲地下湖。

骨龙显然没有明白为什么这只小虫子竟然从龙息之中幸存了下来，它迟疑了片刻，这才大步冲向他，这短暂的迟疑给了齐乐人逃生的机会，他一头扎进水中。

冰冷的地下水没过了他的头顶，骨龙终于没有再追来，而是在岸边徘徊游荡。齐乐人屏住气往下沉。连续读档的后遗症使他四肢酸软，精神疲倦,甚至不敢回想刚才的过程。

太可怕了,如果再来一次,他不确定自己还能不能鼓起勇气拼死一搏。

女神应该没事了吧,齐乐人沉在水底想着,只要她能活下来,他就觉得自己的冒险是有意义的。肺里的氧气已经快耗尽了,他慢慢上浮,想要换口气。

头顶的世界在昏暗的光线中显得光怪陆离。就在他悄悄浮出水面,深吸一口气准备继续下沉时,他的视线定格在了远处的岩壁上,目瞪口呆地看着不知何时出现在那里的女神。

岩壁上方的一个洞穴处,女神正将手中的长弓利箭对准趴伏在地下湖边的骨龙。在她身后,一个巨大的六翼天使的幻影浮现了出来,金色的光晕笼罩了她的身影,让她浑身都流转着圣洁的光芒。

破空声传来,散发着暗金色流光的箭矢在黑暗中划过一个璀璨的弧度,骨龙似乎略有觉察地昂起头颅,而箭矢却已经命中了它腹腔中燃烧着的灵魂火焰。

湛蓝的火焰瞬间被冻绝,一层霜气以肉眼可见的速度将它包裹,以骨龙为中心,冰霜在地面上迅速蔓延开来,连地下湖也温度骤降,漂起了一层薄薄的寒冰。

漫天的霜花爆裂开来,将巨大的骨龙化为无数包裹着冰霜的白骨,碎了一地。

这一幕太梦幻太唯美,齐乐人被这种超越了现实的力量深深震撼着。

明明这么黑这么远,齐乐人的视线却与崖壁上的那个人碰撞在了一起,他已经冻得说不出话来,却努力露出了一个僵硬的笑容,下一秒女神连同炽天使的幻影消失在了岩壁的洞窟之中,齐乐人不免有些失落。

大概是漂起了碎冰的地下湖太冷,他努力了几次都没能爬上岸,身体都冻僵了,手还在布满了冰碴和碎石的地上刮出了一手的血痕,却因为寒冷没有半点痛觉。

可是再这样待下去迟早会冻死的,他必须上岸。

于是齐乐人往手上呵了点气,搓了搓满是伤痕的手心,用力撑起虚弱的身体上岸,但是抬脚的时候重心不稳,扑通一声又滚回了水里。

耳边传来什么沉闷的入水声,齐乐人努力睁开疲惫的眼睛,模糊的微光中,他看到有人向他游来,依旧是那张明丽的脸庞。

齐乐人对她笑,想要告诉她,他没事。

能帮到她,哪怕只是一点点,他也很高兴了。就算明知道她比他强得多,可是想要保护一个人的心情,从来不会因为这些而改变。

这个世界上,不止有强大的人会去保护弱小的人,弱小的人也会去保护强大的人。不是能不能做到,而是想要去做,只是这样的愿望而已。

也许会有人嘲笑这是不自量力,可这种不自量力,本就是人类最可贵的地方。

他天真地相信着人类灵魂中一切美好的情感,他也相信自己也会因此而变得勇敢。

再一次回到了岸上,齐乐人瘫坐在地上,一边咳嗽一边发抖,不知不觉中他竟然已经喝下了好多冰水,胃鼓胀着,让他浑身发冷。救他上岸的女神还拉着他的手腕,拽起他的手看他的伤,因为泡在水里而发白的伤口从指尖蔓延到掌心,都是在挣扎上岸的时候被地上的砂石剐蹭的。

"不疼的,真的……咳咳……"齐乐人一边打着寒噤一边说着。一阵冷风灌入肺里,他咳嗽了起来,撕心裂肺的咳嗽反而给反复读档后疲倦至极的身体注入了活力。

他还想对女神表白一下她那一箭的精彩,身体却突然被抱住了。

女神的衣服同样湿冷,可是皮肤却是温暖的,她单膝跪在地上,紧紧地抱住了他。

这个拥抱是如此温暖有力,和父母的拥抱截然不同,齐乐人感受到的不仅仅是关爱,还有一种截然不同的感情——她在为他后怕,怕到拥抱着他的手臂都在轻颤着。

为什么会后怕?

齐乐人久久回不过神来,他也不知道自己心目中的女神在想什么。只是任由一种美好的、宛如梦幻一般的憧憬在心头涌动着,他心潮澎湃,仿佛那颗曾经被深埋在冻土下的种子,已经在春风中开出了洁白的花。

这种感觉,好像这一瞬间,因为这个拥抱,他已经拥有了全世界。

被抱住的齐乐人激动得话都说不出来了,哆嗦了半天才鼓起勇气拍了拍女神的背。

女神松开了他,担忧地看了看他的脸色。

齐乐人被女神漂亮的蓝眼睛迷住了,发现倒映在她眼睛中的自己,脸色惨白浑身湿透地打着冷战,活像只无辜落水后不知所措的倒霉鹌鹑。

大概是他的样子实在太凄惨了,女神打横抱起了他,大步向洞穴深处走去。

被御姐公主抱的齐乐人:太丢脸了。

被骨龙追杀时觉得怎么也跑不到尽头的甬道,回去时却变得很短,没多久女神的脚步就停住了。因为深感丢脸而一手捂眼装睡的齐乐人从指缝里偷看了一眼,正好撞上女神的视线。

女神眨了一下眼睛,从来都漠然的蓝眼睛里多了一丝从未有过的好奇,似乎在思考他这个"掩耳盗铃"动作的意义,这让她多了一分人性化的气息。

齐乐人顿了顿,默默把指缝合上了,脸颊一阵阵地发烫。

感觉更丢脸了。

但是……女神好奇的样子好可爱啊……

简直像是在观察人类的小动物,不,或许是观察小动物的人类,虽然不理解,但是会因为那些不理解的行为而觉得好奇,想要弄懂。

齐乐人也不禁好奇了起来。

女神从前到底过着什么样的生活?他直觉不会很正常。她被教育得像是一具被赋予了使命的完美人偶,强大、冷静、漠然,但会主动帮助别人,像极了遵守阿西莫夫三定律的机器人。

直到这么多次生死攸关之间救与被救的经历之后,她才对他展露出了一丝丝不同的态度。

我对女神来说是不同的!这个认知让齐乐人倍感骄傲。

两个人来到了洞窟深处的石窟中,齐乐人被放了下来,裹着厚厚的外套哆嗦,还冻得站不起来。女神熟练地从包裹里拿出了干柴生火,周围终于温暖了起来,齐乐人松了口气,挪到了火边,伸出手在火焰上方取暖。

女神在他身边坐了下来,拉过了他的手给他上药。

因为挣扎上岸而满是擦伤的手还是冰的,可是女神的手却很温暖。她皱着眉,小心地用酒精给他清理伤口。酒精一碰到伤处,齐乐人就嗷地惨叫了一声,触电似的想抽回手,可是女神却异常强硬地握住了他的手腕,冷酷地把碎砂石挑了出来,疼得齐乐人眼泪汪汪,拼着一口气才忍住没掉眼泪。

太疼了,疼得齐乐人眼眶通红,鼻尖也红红的,像是被抹了淡红的胭脂,泪珠要掉不掉地挂在睫毛之间,碎碎的宛如被雨水浸透了的羽毛。

生活在现实世界的时候,他几乎没吃过这样的苦头,但是自从被卷入这个世界,他就一直在受罪。

莫名的委屈感在心头萦绕着,齐乐人缩着手,怏怏地蜷缩着膝盖,把自己藏在制服外套下，像一只被淋湿了雨的流浪小狗，默默忍着痛，舔舐着自己的伤口。

大概是这个忍痛的表情实在是太可怜了，女神迟疑了一下，僵硬地摸了摸他的头以示鼓励，像是在摸某种毛茸茸的小动物，被齐乐人莫名其妙地看了一眼后，又赶紧收回了手，继续给他清理伤口。

两只手都清理好了伤口，涂好了药包上了纱布，就连躲避安娜的偷袭而撞破的额头都被细心涂了药，齐乐人摸了摸头上的纱布片，毫不吝啬地夸奖道："女神你包得真好！"

女神被火光照亮的脸旁微微发红，依旧没有说话。

齐乐人却忍不住想多了，女神清理伤口这么熟练，一定经常受伤，吃过很多苦，他越想越心疼。

女神的大黑鸟也回来了，它似乎有自行寻找主人的能力，竟然飞过了这么复杂的甬道，回到了女神身边。看到齐乐人凄凄惨惨地裹着纱布的样子，它难得没嘲讽他，歪着脖子瞅了瞅他，停到齐乐人肩上蹭了蹭他的脸。

得到蹭脸待遇的齐乐人受宠若惊，这简直比女神抱了他还惊悚呢！

幸好这鸟没有对他卖萌太久就回到女神身边去了，齐乐人竟然松了口气，被这只鸟亲昵对待比被它嘲讽还不适应，他果然是受虐惯了吗……

篝火燃烧着，齐乐人觉得暖和了许多，接过女神递过来的热水喝了一口，驱散了胃里冰冷的寒气，满足地叹了口气。女神拿出一块毛巾，坐在他身后帮他擦起了湿漉漉的头发，齐乐人捧着水，乖乖坐着，心里不住感慨女神真是个看似冷漠内心温柔的女孩子啊，真好。

这会儿，齐乐人脑中到处都是各种奇奇怪怪的念头，一会儿想着女神今年多大，一会儿想着女神为什么一直不说话……对了，还不知道女神的名字呢。

"你答应告诉我你的名字的！"齐乐人突然开口道。

身后的人停下了帮他擦头发的动作，沉默了一会儿，然后又继续温柔地擦着头发里的水。

齐乐人不免有些忐忑，惴惴地坐在那里，不知道该怎么圆场，干脆假装自己没说过那句话。

头发被细心地擦干，又被梳子从发顶一直梳到发尾，还有点潮湿的头发被打理得整整齐齐，披散在肩上。女神收起毛巾和梳子，在他身边坐了下来，抓起他包着绷带的手，在他的手腕上写下了自己的名字——宁舟。

"宁舟……"齐乐人喃喃了一声女神的名字，露出了一个灿烂的笑容，"我叫齐乐人，之前我说过的吧。"

宁舟点点头，明艳却不苟言笑的脸上竟然也浮现出了一丝淡淡的笑意。

女神太萌啦！腿长人靓还能打的高岭之花御姐竟然内在是个害羞的女孩子！这种设定让人根本把持不住啊！

内心奔腾的齐乐人觉得自己浑身充满了力量，再单挑一次骨龙都不怕了！

见女神头发衣服还是湿的，齐乐人不好意思地问道："我帮你擦擦头发吧？"

宁舟摇了摇头，拉起他的手，在他手腕上写道：睡一会儿。

齐乐人裹着厚外套，点了点头。连续读档后他的精神的确已经透支了，加上一个多小时前他还这么连续读档过一次，撑到现在已经是强弩之末，等他躺到地上后疲惫感就接连涌了上来，让人睁不开眼，他干脆卷着包裹里取出来的毯子躺下了。

明明还在危险的环境中，但是他却安心地睡着了，这一次没有纷乱紧张的梦境来打扰他的睡梦，他沉沉地坠入无声的世界中。

半梦半醒之间，他因为觉得冷蜷缩成了一团，有人帮他掖盖在身上的毛毯，又帮他盖了一件衣服。

一觉睡醒，齐乐人一头从地上坐了起来，茫然环顾四周。

盖在身上的毛毯和衣服滑了下来，齐乐人抓了抓头发，终于想起自己身在何方了。

宁舟的黑鸟扑棱着翅膀飞到了他的身边，乌溜溜的眼睛盯着他看。

"女神人呢？"齐乐人左看右看也没找到女神，不由紧张了起来，但是看她的鸟还留在这里，应该不是离开了的意思。

"收拾，收尸。"黑鸟竟然真的听懂了他的话，虽然声音怪腔怪调，但是却也回答了他的问题。

"你听得懂人话？！"齐乐人惊呆了，他一直以为这鸟应该就只是会学舌而已。

大黑鸟愤怒地啄了他的腿表示自己的不满，看来是真听得懂。

一人一鸟大眼瞪小眼之际，宁舟已经回来了，还把安娜的尸体也一起带了回来。齐乐人本着研究精神看了看安娜的腰——果然，腰带随着玩家的死亡而消失了。在黄昏之乡的时候苏和就对他讲过，如果一个玩家死亡，他身上所持有的所有系统物品都会消失，就连腰带也会不见。所以想通过杀死别的玩家来抢夺技能卡是很困难的，除非死前就逼迫对方交出，但是这样一来他所拿到的东西就是非法物品，想要交易出去是很困难的，而且容易被审判所追查到。

见齐乐人已经醒了，她面无表情地点了点头，然后示意他跟上。

齐乐人赶紧起来，把身上盖着的外套还给了女神，紧跟了上去。

这个洞窟比齐乐人想象的还要深，两个人又往里走了好一会儿，这才来到了封印之塔前。

和沼泽之塔看起来十分相似的高塔矗立在巨大的地下洞窟中，齐乐人碰了碰塔身，果然出现了和沼泽之塔一样的提示。

宁舟看了他一眼，将安娜的尸体放在了地上，示意齐乐人去解除封印。

"我？不不不，你去吧。"齐乐人哪里好意思占女神的便宜，连连摇头拒绝。宁舟没说话，静静地看着他，看了很久，依旧没有动。

被女神直勾勾地盯着，齐乐人只好低头看自己的脚尖，解释道："毕竟你救了我这么多次，还是你来吧。"

宁舟抓起他的手，在他手腕上写道：听话。

女神要他听话！齐乐人半张着嘴，反思自己哪里不听话了，这不是谦让着吗？！

好吧，听话……

齐乐人本来就心痒痒地想解封，这下理由充足了。他兴冲冲地准备把安娜放到封印之塔前，结果腿一软差点摔倒。安娜还挺沉的……

软妹的身体太不给力，齐乐人已经深有体会了，他搓了搓手准备蓄力再上，但女神已经看不下去了，干脆一把提起安娜丢在了封印之塔前，用眼神催促他快点。

齐乐人也不含糊，把包着绷带的手往塔身上一贴。覆盖在绷带下的图腾闪烁着微光，无数微粒从图腾飞向封印之塔，像是光环一样环绕在洞穴之塔四周，片刻之后，塔顶凝聚起一束幽蓝色的光束，穿过塔顶的石壁，直冲云霄。

解开封印，到了开箱时间，齐乐人的手指在悬浮的宝箱锁扣上一点，宝箱开启。

初级格斗术——非绑定技能卡，装备后可以使用初级格斗技能。

齐乐人看着手上的技能卡，有点无语，这简介好敷衍啊！而且他的卡槽根本不够用，他又该头疼到底拿出哪一张卡片了。

再往宝箱里一摸，果然还有一张地图，和沼泽之塔的那张地图一样，都是局部地图。齐乐人甚至短暂地忘记了女神的存在，专心致志地看了一会儿，拿出本子和笔将记忆里陆佑欣的那张地图画了下来。

"女神你看！我之前在沼泽之塔见过另一张地图，两张地图可以拼起来，应该是接下来我们要去的地方吧。"齐乐人说着，把本子交给了宁舟。

宁舟看了一眼，对他点点头。

齐乐人被女神的眼神鼓舞着，信心满满地拍着胸脯道："我认路很准的，女神别担心，等到时候打开了地宫，我就帮你带路，妥妥的！"

女神的鸟突然怪腔怪调地冒出一句狗腿的台词："小的给您带路，妥妥儿的！"

宁舟看着自家的鸟，又看了看羞愤欲绝的齐乐人，一脸莫名其妙。

齐乐人的内心灌满了黑泥：天凉了，把这鸟下锅煮了吧。

离开洞窟时天已经蒙蒙亮了，齐乐人反省了一下自己这一觉到底是睡了多久，再看看女神，她气色还不错，应该也休息过了吧。

黎明之中，三道蓝色的光柱冲上天际。齐乐人回头一看，距离他们最近的应当就是刚刚才升起的洞穴之塔的光束，这光竟然穿过了地层，也不知道究竟是什么力量。

"看来已经有三座塔解封了啊，现在东边的塔还没有解开封印，我们去那里看看吧，说不定可以解开最后一座塔。"齐乐人对宁舟说道。

话音刚落，遥远的森林东方，第四道光束冲天而起。

黑鸟："呵呵。"

齐乐人："……"

脸好疼。

不过这次终于可以和女神组队了，也是不小的进步啊。

系统提示很快就出现了："献祭女巫第一步：解开四方之塔上的封印。目前已解锁的四方之塔4/4。开启第二步：献祭地宫。"

"任务背景：在恶魔的地宫中有数不清的灵魂游荡，其中有七个是已经死去的女巫候选人，她们即将在恶魔力量的帮助下从深渊中苏醒……完成献祭后，所有存活玩家均被视为完成任务。"

"传送倒计时，十、九、八、七、六、五、四、三、二、一，传送完成。"

齐乐人只看见脚下升起一道光柱，他错愕地看向宁舟，发现她也被包裹在光束之中，眼前的画面迅速变换，令人头晕目眩。等一切静止下来时齐乐人发现自己站在一个昏暗的房间中，墙上的烛台燃烧着，给这个房间带来了一些微弱的光亮。

只有他一个人。

四周静悄悄的，齐乐人也没有急着出去找人，而是先把卡槽里的技能换了。

冷却中的"下雨收衣服"技能被放回了包裹，虽然这个技能救过他几次了，但是现在他没有时间去等待它冷却完毕了，还是优先用格斗技能和SL技能吧。装备好技能后，齐乐人思考了一下现在的处境。

系统给了他一点提示，但是却又说得暧昧不清。从他了解的情况来看，这个任务需要完成最终献祭，但是系统的提示却对此语焉不详，反而将七个死去的女巫候选人作为了一个重要提示，也就是说，他们需要先把这些女巫候选人解决，至于是智力解谜还是暴力破解有待进一步了解。

现在看来四座封印之塔都开启后，所有存活玩家都已经被传送到了献祭地宫里，而且是分散在各处。系统说有亡灵在地宫里游荡，却又说死去的女巫候选人们"即将"苏醒,也就是说,这几个应该是小BOSS类型的角色,而且还没有苏醒。

要完成最终献祭应该先需要唤醒才能解决她们吧,难道和封印之塔一样需要用人开启?不,不可能,应该不是用这种方法,否则几乎是全灭的结局,系统又何必特地说明"所有存活玩家均被视为完成任务"。

那么应该是触发某种条件来唤醒死去的女巫候选人了?具体是什么条件呢……

齐乐人越想越多,越想越乱,只好先搁置了这个问题,准备探索一番,然后再离开房间去找其他人。

幸运的是系统给予的提示没有立刻出现让他们针锋相对的要求,至少在解决死去的女巫候选人前,他们应该还是可以合作的,否则现在他不但得担心到处游荡的亡魂,还得担心来自玩家和NPC的威胁了。

齐乐人所在的房间看起来是个寝宫,只是地上床上都已经积了厚厚的一层灰,就连蜘蛛网上都缀满了灰尘。他检查了一下柜子等地方,没有任何东西。这里就像是一个废弃已久的寝殿,无人踏足。

看来将他传送到这里并没有什么特殊的意义,只是纯粹的巧合。

思索完毕后的齐乐人定了定心神,一手拿着匕首,打开了房间的门。

外面是一条走廊,每隔几米就有一个燃烧的烛台,也不知道这蜡烛究竟是什么材质,竟然能燃烧到现在。地面是大理石铺就的,远远看去倒映着一个接一个的烛台,好像一条水中路。

周围一片安静,有点冷,齐乐人裹紧了外套,研究了一下只有一半的地图,发现自己所在的位置应该并不在地图范围内,于是继续放轻脚步向前走去。

一片空旷中,齐乐人突然感觉到了什么,这种冥冥之中的感觉很微妙,难以形容,但是他就是觉得,有人在靠近。前方的拐角处,齐乐人停下了脚步，贴在落满了灰的墙壁上屏住呼吸，手中紧握着匕首。

走廊两边的烛台散发着昏黄的光，他静静听着自己的心跳声，等待着某种预感。

来了。

轻微的脚步声从拐角处传来，一个人影闪出，齐乐人不假思索地将人按在了墙上，用匕首抵着来人的喉咙。来人尖叫一声，颤抖着求饶："别……别杀我。"

齐乐人微微眯起了眼，被他压在墙上的少女有一头亚麻色的头发，五官轮廓深邃，应当是个NPC。但是有安娜的前车之鉴，他还是在来人的腰上摸了一把，确认她没有玩家的腰带后才低声道："你是谁？"

"我……我叫艾莎。"少女惊恐地回道。

"艾莎？你是不是有个妹妹？"齐乐人立刻想起在马车上时从艾丽那里接到的任务。

"对的对的，她叫艾丽，你看见她了吗？"艾莎又喜又怕，因为情绪激动而连声咳嗽了起来，脸色苍白。

齐乐人记得，艾丽是说过她姐姐身体不太好。他觉得艾莎应该没有恶意，于是松开了钳制她的手："我带你去找她，她之前拜托过我。"

"谢谢你！"艾莎激动地说。

有了一个临时同伴，齐乐人紧绷的心情稍微放松了一些，两个人一边低声交谈着，一边继续向前走："这么说来，你以前也不清楚献祭的事情了？"

艾莎点点头："爸爸妈妈都不告诉我，村里的人也不说这个，但是每三年总会有几个女孩子不知所终……这次和我一起被送来的伊莎贝尔应该知道一些，她的姐姐三年前就被送来了，之后就……再也没回去。"

这个话题对艾莎来说太沉重了，她难过地红了眼睛，喃喃道："不知道艾丽怎么样了，我好担心她……"

"放心吧，她那样的美少女一定会平安无事的。"一个声音从两人身后传来，齐乐人简直跳了起来，惊骇地看着不知何时出现在他们身后的陆佑欣。

陆佑欣对他露出一笑："哟，我们又见面了。"

"……"他一点都不想见到她。

"你见过艾丽吗？"艾莎立刻激动了起来。

"哦，之前在外面见过，你妹妹不错嘛。"陆佑欣咂了咂嘴，一脸赞赏地说道。

齐乐人觉得，这个"不错"似乎意味深长。

"你跟着我们多久了？"齐乐人问道。

"也没多久吧，大概你从房间里出来那会儿？我刚好在附近。"陆佑欣坦然道，丝毫没有跟踪别人的愧疚感。

"你追上叶侠了吗？"齐乐人又问，他实在是很好奇这件事。

陆佑欣撇撇嘴："革命尚未成功，同志还需努力。"

看来叶侠是逃过一劫了，齐乐人欣慰地想。

4

遇上陆佑欣后，齐乐人的运气似乎好了一点，至少他们一路都没有再遇到什么特别的事情了。艾莎虽然对陆佑欣的热情十分苦恼，但是她也看出不能得罪她，只好忍受。

这座地宫很大，齐乐人走了半天终于觉得地形有点熟悉了，回忆了一下地图，他转头对陆佑欣说："再往前走应该有个挺大的殿堂，差不多是在地宫的中心位置，要去看一下吗？"

陆佑欣正在对艾莎大献殷勤，吹嘘着自己如何在废弃都市的下水道里大战怪物的冒险故事，听到齐乐人的话，她随意道："行啊，那就去看看吧。"

说完她突然想起了什么，狐疑地看了他一眼："我给你看过的那张地图里，好像没有那个地方吧？你后来又解开了一座封印之塔？"

原来她还挺细心的，齐乐人解释道："嗯，运气不错，后来找到了另一座封印之塔。"

"呵呵，你果然知道封印之塔的位置，敢骗我你胆子很大嘛，看来已经活腻了。"陆佑欣皮笑肉不笑地说道。

"不过无所谓啦，重头戏在这里。啊，一想到和这么多妹子共处一室，心情有点小激动呢。"陆佑欣嘻嘻笑道，好像刚才语带威胁的人不是她。

陆佑欣的激动在进入殿堂后就变成了惊骇，偌大的地下殿宇中环绕着地下河，四处耸立着奇形怪状的人形巨像和棺椁，而在一层层的石阶上方，已经有几个人到达了。

齐乐人远远就看见了一个熟悉的身影，激动地上前："女……宁舟！"

女神正抱着手臂靠在一个巨像旁，对齐乐人点了点头，在看到陆佑欣的时候，她不由自主地皱眉。

陆佑欣突然一路狂奔到了宁舟面前，呆呆地看了他一会儿，见鬼似的问道："宁舟？"

齐乐人顿时咒骂一声，来了来了，这人不会缠上女神了吧？！

不等齐乐人出声，陆佑欣仿佛听到了天大的笑话，突然狂笑起来："哈哈哈，宁舟你……"

"滚。"一脸冷漠的宁舟突然开了口，低沉却柔媚的女声里满是杀气。

齐乐人目瞪口呆：女神说话了，女神竟然会说话！女神你声音真好听！欸，陆佑欣怎么真滚了？！

一股脑儿滚下了楼梯的陆佑欣以一个惨不忍睹的姿势稳住了身形，扶着腰龇牙咧嘴地从地上爬了起来："好好好我闭嘴，咱能不用那招吗？不然你喊一声脱，我岂不是要光着走了？哎哟，这招好啊，你这卡能卖我不？"

陆佑欣突然想到了什么绝妙的用法，兴致勃勃地问道。

宁舟冷冰冰地扫了她一眼，陆佑欣悻悻道："好了，知道了，我不惹你就是了。"

齐乐人还在女神竟然会说话而且似乎能言灵的震惊中，直到小萝莉艾丽激动地从台阶上跑下来，一头扑进姐姐艾莎的怀里："姐姐！你没事太好了！"

姐妹两个人在这危机四伏的地方重逢，都落了泪。

"玩家齐乐人，完成支线任务：寻找艾莎。"

"奖励生存天数十天，随机抽奖一次。"

齐乐人果断抽奖，这种危险的地方，能抽到什么东西都是好的。

这牙有毒——这是一颗神奇的假牙，装备后随便一咬，你就能立刻毒死自己。你说这东西并没有什么用？你完全可以把它装备到敌人的嘴里去呀！你说你做不到？呵呵，自己做不到还怪我咯？剩余使用次数：1/1。

"……"齐乐人只觉得喉头一甜，现在他终于知道为什么吕医生能随地捡到卡片了，实在是有的卡片根本没用！苦中作乐地想一想，好歹这颗假牙对他还是有用的吧，他简直不敢想别人抽到这种物品时是什么样崩溃的心情……

反正也不占用卡槽位，齐乐人干脆走到一旁把这玩意儿装上了，假牙自己黏在了牙龈上，看起来还挺牢固。装完后他忍不住用舌头舔了舔牙槽深处的这颗假牙，有种牙痒痒想咬一口的冲动……不，他要忍住。

等齐乐人偷偷将假牙安装完毕,一回头就看见女神默默看着他。

这……这场景好尴尬啊!女神看到了吗?!刚才他还扒开嘴硬是把假牙塞进去了,女神会不会以为他在偷偷剔牙?齐乐人没好意思若无其事地回到女神身边去,于是悄悄走到叶侠身边,她站在两尊巨像之间的石壁前安静沉思。

"你什么时候到这里的?"齐乐人问道。

叶侠正负手研究石壁上的图腾,听到齐乐人的问话后淡淡道:"比你们早一步,我来的时候宁舟和艾丽就已经到了。"

"你也认识宁舟吗?"齐乐人好奇地问道。

叶侠摇摇头。齐乐人失望了一下,他还以为能从叶侠这里打听一下女神的事迹呢。

话题进行不下去了,齐乐人悄悄观察了一会儿,现在已经到这个石殿的人一共有六个,艾丽艾莎姐妹、陆佑欣、叶侠、宁舟和他,不知道还有没有其他人到达了这里。

正思索着,石殿外出现了一个人影,步履轻盈、身段妖娆,一身祭祀服穿在她身上有种妖异的绚丽。看到她出现的那一刻,叶侠就从负手而立的随意状态变为蓄势待发,冷眼看着越走越近的那个人。

来人笑得妩媚:"倒是我来晚了。"

跟在她身后的还有个秀气的少女,看起来应当是一个NPC,一直站得远远的,似乎对他们十分害怕。

叶侠冷着脸,叫出了她的名字:"谢婉婉,你的胆子倒是长进了不少。"

谢婉婉呵呵一笑:"怎么?现在就要和我你死我活,还不到那种时候吧。"

齐乐人看着剑拔弩张的两个妹子,不知道该不该插嘴,倒是陆佑欣有恃无恐地打了岔:"我说你们也不用现在就吵,喏,新的任务条件出来了，先把眼前的问题解决再说吧。"

齐乐人顺着陆佑欣手指的方向看去，绘满了图腾的石壁上浮现出了红色的文字。

"活着的女巫聚集一堂，死去的女巫整装待发。"

这串红色的文字出现在石壁的最上方，而且居中，而在众人的注视下，石壁的左侧又缓缓浮现出另一行字："沉睡于锈铁之中，火焰焚烧我的身躯，鲜血滋养危险的植被，唤醒我的人，将被处以绞刑。"

来了。齐乐人心头一凛，思索起了这两句提示的意义。

第一句话应该是在他们人到齐后出现的，他们现在一共八个人。这和齐乐人预计的略有出入，因为就他的遭遇来说，前一步的难度就已经很大了。

看来真的是他的幸运值有点问题，齐乐人闷闷地想。

现在八个幸存者都已经到齐了，根据石壁的提示，死去的女巫候选人已经可以触发，而目前的第二句提示说的应该是其中一个女巫的所在地。

沉睡于锈铁之中？难道是一个铁质的棺材？火焰焚烧身躯，说的也许是她的死法。植被说的应该是她能操控植物杀死前去猎杀她的玩家。

这应该是个不好对付的家伙。

"要不，我们一起去找吧。"齐乐人提议道。

陆佑欣撇撇嘴，对他翻了个白眼。谢婉婉嗤笑了一声反问道："然后因为谁去送死和分赃不均的问题当场翻脸？自己的队友尚且不能完全信任，何况是一群心怀叵测的对手。有信心的人就自己去吧，省得到时候为了奖励撕破脸。"

说完，她耸了耸肩，沿着阶梯走出了石殿。

"这么辣，我喜欢！"陆佑欣摸着下巴看着谢婉婉的背影，正色道。

被陆佑欣这么一打岔，齐乐人反而不觉得尴尬了，小声问宁舟："你什么打算？"

宁舟静静地看着他，然后拉住了他的手，带着他向殿堂的大门走去。

被女神的主动弄得措手不及的齐乐人只觉得脸上一阵发烫，一时间怔住了，直到被拉着走了几步才清醒过来，女神这是要带他一起打怪的意思吗？

不过剩下几人怎么办？齐乐人回头一看，叶侠对他微笑着点了点头，而陆佑欣的表情，活像是大白天见了鬼，她直愣愣地看着手牵手离开的两个人，一脸天崩地裂世界末日到来的样子。

她为什么这么惊讶？

一定是羡慕嫉妒恨，齐乐人笃定地心想，陆佑欣和宁舟认识，但是宁舟根本就没有要带她升级打怪的意思，而是带了刚认识的他。

陆佑欣，认识的久有什么用？这叫白头如新，倾盖如故！接受这份差别待遇吧！齐乐人愉快地哼着歌，跟着宁舟走了，宛如一只斗赢了得意洋洋的小公鸡。

地宫之中一片死寂，齐乐人不知道剩下一半地图在谁手里，也不觉得这些人会拿出来共享，干脆提议先去自己有地图的部分搜索一下，看看能不能找到第一个女巫的所在地。

四周依旧是死寂的，陈旧的走廊过道里矗立着一座座白色的雕像，都是半人半兽形状。

齐乐人回忆了一下地宫的地图，对宁舟说："我记得地宫东南边有个庭院，那里说不定有植物，要不我们去那里看看吧。"

宁舟安静地点了点头，就连她肩上的大鸟也没讨食，歪着头看了看齐乐人。

错综复杂的地宫里，有些地方已经陈旧到塌陷了，只能绕路前行，两个人花了半个小时才终于绕路找到了地图中的庭院。站在入口处放眼望去，眼前一片绿意葱茏。

"要进去吗？"齐乐人迟疑了一瞬，问了问宁舟。

宁舟点点头，她的鸟倒是很积极地哼着奇怪的小调，仔细听好像是在说不入虎穴，焉得虎子。

眼看着宁舟已经走进了庭院，齐乐人也赶紧跟了上去。

铺满了青草的庭院幽深静谧，整个庭院都是凹陷的，像一个盆地。被鲜花和围栏装点着的美丽庭院里却到处都是铁质的雕像，这些雕像都是人形，或坐或站，有的甚至躺在地上，表情冷漠却安详。

齐乐人觉得十分不适，这些铁质的雕塑给他一种奇怪的感觉，他甚至怀疑第一个女巫就藏身在这些雕像里。

"总觉得有点不对劲。"齐乐人喃喃道。

宁舟皱着眉，拍了拍黑鸟的头，黑鸟在她手指上轻轻一啄，振翅飞走前去探路了。

"怎么了？"齐乐人轻声问道。

宁舟闭上眼，似乎在侧耳倾听着什么，半晌她摇了摇头，用口型说：走吧。

齐乐人总觉得好像听见了什么奇怪的声音，可是仔细去听的时候却又发现周围静悄悄的，只有他们两个人的脚步声。

"你的鸟怎么还不回来？"两个人在庭院里绕了一圈，并没有发现什么异常，周围的一切虽然看起来不太舒服，但是却没有突如其来的危险。

宁舟吹了声口哨，在原地等了一会儿，大黑鸟却依旧没有回来。

"我上树看看吧，站得高总能看得清楚些。"齐乐人指着旁边一棵高大的树木说道。

宁舟摇了摇头，自己攀住树枝就上去了，树木枝叶繁茂，等她上去后就被树叶挡住了身影。齐乐人等了一会儿突然觉得不对劲，在树下喊道："宁舟？宁舟！"

齐乐人二话不说上树，枝繁叶茂的树冠挡住了光线，让眼前变得阴暗了起来，树枝扎在人身上生疼，齐乐人不管不顾地攀到树顶，眼前竟然一片黑暗！

不，并不是纯然的黑暗，穿过了树顶之后，头顶竟然是无边无际的幽冷月夜——浩瀚的星空之下，一钩弯月高悬在头顶，散发着皎皎月光。放眼望去，一层浓密的雾气笼罩在大地上，将整个庭院包裹在云海迷雾之中。

这……这也太古怪了。

仿佛时间一下子变成了夜晚。

齐乐人手忙脚乱地爬下了树。凄清的月光照亮了庭院，四周弥漫着淡淡的雾气，在日光下都显得古怪的庭院，在月光下越发幽深。

齐乐人握着匕首，确认了SL技能卡和初级格斗术都装备在身上，深吸了一口气。

看来正戏要来了。

他向前走了几步，被月光照亮的庭院里依旧到处都是植物和雕像。齐乐人忽然觉得不对劲，猛地看向最近的那个雕像——原本静坐着的人形雕像不知何时竟然变了。

齐乐人不自觉看向其他的雕像，果不其然，原本在日光下看起来正常的人形雕塑，在月光下却展露出了另一番模样，无数受刑者的惨状被定格在了雕像上。

齐乐人裹紧了外套，活动了一下有些僵硬的四肢。此时他已经意识到自己应当已经不在"庭院"里了，或者说，这里才是真正的庭院。

刚才宁舟先一步上树，之后就失踪，应当也是来到了现在的庭院里，只是不知道他们是否还在同一个空间，如果想要离开这里回到正常的庭院……

齐乐人对着树沉思了起来，半晌后他决定试一试，再一次爬上树顶，眼前依旧是无边无际的黑夜，他失落地回到了树下。看来同样的办法不能让他离开这里，必须得破解这个庭院的谜题才行。

微风吹拂，透着寒意的雾气在月光下变幻着形状，齐乐人在庭院中前行，有几次他明明已经听到了窸窸窣窣的声音，好像是风吹树枝带来的摩擦声，可是停下脚步侧耳倾听的时候耳边却一片死寂，就连昆虫的叫声都不存在于这里。

是幻听了吗？齐乐人思索着，否定了自己的判断，这种不寻常的地方，任何细微的线索都可能是危险的暗示，这个声音应该是……

某种"被血液滋养的危险植被"？齐乐人一凛，认真观察起了周围的雕塑，寻找符合提示"被火焰焚烧"的那一个。

齐乐人在庭院中越走越深，四周雕塑人形千奇百怪，却偏偏没有被火焰焚烧的那一个。

不对，顺序错了！

齐乐人突然意识到了不对劲的地方，他已经在这个庭院中足足徘徊了半个小时，周围雕像的顺序却发生了变化！眼前被铁链绞紧了脖子，脚下还吊着沉重铁球的雕像，原本不在这个位置的！

这种突然的发现让齐乐人毛骨悚然。

冷静，冷静下来，只是位置发生了变化，这应该并不是危险，反倒是一种提示。

他已经在这里绕圈绕了半个小时了，原本路径简单的庭院在被月光和迷雾笼罩后却再也找不到出路,只能在这里反复徘徊。这个位置变化的雕像,难道会是破解的关键?

齐乐人深吸了一口气,随时准备存档,然后不紧不慢地向这个雕塑走去。

冷风吹散了浮云,月光幽然洒落,齐乐人终于看清被迷雾遮挡的雕像,那张痛苦扭曲的脸,是他自己!

一瞬间,寒意透心凉。

齐乐人震惊地后退了一步,本能地想逃跑,可是他突然意识到自己身在这个诡异的庭院中,如果仓皇逃窜反而容易落入猎手的陷阱中。

现在没有什么东西攻击他,只是不断地恐吓他,逼迫他自乱阵脚。

虽然他明白这只是一种心理攻势,但这个情况下,要冷静地将一切异常视作无物,这太超越一个人类的本能了。

齐乐人深吸了一口气,走向那座长着他的脸的雕像,甚至伸手碰触了一下,金属的冰冷从指尖一直凉到了脚底,但是并没有异常。可他就是觉得这座雕像是个突破口,于是他跨过了木栏杆,走进了放置雕像的草坪上,当他来到雕像背后时,眼前豁然开朗。

原本被树木遮蔽的草坪上,竟然有一条铺满了月光和树影的小径。

齐乐人心头的那只靴子终于落了地,他反而并不像刚才那样慌乱了,重振精神后就走向了那条月光小径。

微风吹拂,树影婆娑,脚踩着草坪发出细微的声响,就像是那时有时无的窸窣声。有好几次齐乐人都觉得自己已经看到有东西藏在灌木后,让灌木轻轻摇晃着,可是当照明灯照过去时,那片地方却无比正常,好似刚才的摇晃只是他的错觉。

可他知道不是。

在庭院里越走越深，周围的光线也越来越暗，抬头看时头顶早已不见月光，而是被乌云遮蔽的天幕。四周一片黑暗死寂，幸好手里的照明灯还在勤恳工作着，点亮了周围的世界。

小径的尽头，前方竟是一面石壁，突兀地挡住了前进的路。齐乐人愕然地停住了脚步，左右环顾，周围到处都是密密麻麻的树木，却不见有什么异常之处，他疑心石壁有古怪，却一时看不出异样。

这面爬满了藤蔓的石壁应当就是这个盆地庭院的最外围了，抬头看去这面笔直的石壁足有几十米高，根本没法攀上去。四周也没有什么明显异常的东西，更别说提示里的"锈铁"和"火焰"了。

窸窸窣窣的声音又来了，齐乐人立刻转身，手中的照明灯照向声音的方向，前方微微晃动的草地中好像有什么东西在游动，是蛇吗？

齐乐人握着匕首的手紧了紧，正犹豫要不要上前仔细查探之时，身后突然传来了微弱的呼救声："救救我……"

齐乐人看向声音传来的方向，竟然是石壁里！

"我好痛苦，好烫，我要死了……救救我……你为什么不救救我？"

四面八方，窸窸窣窣的声音变得更加清晰，更加靠近。石壁里又传来这种声音，齐乐人甚至不知道该往哪里躲，而就在这时，手里的照明灯突然发出一声清脆的咔嚓声，光亮忽明忽暗闪烁不定。

这种时候……该死！齐乐人干脆赌上一把，手中的匕首猛地挥向求救声传来的地方，试图扎入石壁中，刀刃碰触到岩体的触感是真实的，不像是幻觉，而同一时刻，手中的照明灯彻底坏了。

来了！

窸窸窣窣的声音已经近在耳边。齐乐人脚踝一疼，大叫一声，脚下有什么东西缠了上来，将他的身体倒吊了起来！那一瞬间他存档完毕，初级格斗术让他反应灵敏了一些，靠着腰部的力量，一刀割向缠在他脚上的东西。

那绳索一样的东西立刻就断了,可是身体坠落之际更多的"绳索"缠了上来,在腰上、手上、脚上。这些刺人的东西纠缠着他,他手忙脚乱地挣扎,却被它们越缠越紧,几近窒息。

只能读档了。齐乐人努力抬起握着匕首的手,可是这些东西缠绕得太紧,根本挣脱不开……耳边传来石壁打开的声音,齐乐人睁大双眼,看向黑暗中声音的方向,眼前突然有了光。

开启的石壁露出了镶嵌在石壁里的铁质棺椁。那厚重的铁板像窗子一样向两边开启,铁水一般散发着灼热光芒的液体倾泻了出来,照亮了周围的黑暗!

齐乐人瞪大了眼,此时他终于看清,缠绕在他身上的东西不是绳索,而是无数绿色的藤蔓!

流动的铁水浮现出了一个人形,散发着灼热的热度,隐约看得出是个少女的模样,她念叨着:"我没有伤害她……她欺骗了你们……我憎恨你们……好烫,为什么要把我关在这里……"

铁水化成的女巫喃喃着,赤红的双手紧握成拳,藤蔓勒住了齐乐人的四肢。一片晕眩中,齐乐人感觉到三十秒的时间已经快到了,来不及了!必须读档!

齐乐人用力咬碎了假牙里的毒囊,毒性瞬间发作,他只觉得眼前一黑,一头栽倒在刚刚被藤蔓拽住时的地方。跌落的一瞬间,他想了许多。怎么办?这种怪物真的是他能够抗衡的吗?

必须试一试,如果失败……齐乐人不敢再想下去,挣扎着从地上爬了起来,冲向铁水形成的人形,毅然引爆了微缩炸弹。

一声巨响,三米范围内发生了剧烈的爆炸,齐乐人头晕目眩地再次回到存档点,眼前已经是一片焦土,铁水汇聚成的女巫被冲击得四分五裂，周围到处都是灼热的铁水痕迹。而藤蔓则已经被爆炸摧毁，暂时看不到它们的痕迹了。

成功了吗？齐乐人拖着快要虚脱的身体站起来，四周的铁水突然动了起来，速度惊人地汇向一处！

齐乐人惊骇地后退了一步，他已经被连续读档抽干了力气，甚至没法逃跑，可是再待下去根本是死路一条啊！

再想一想，想一想，一定有什么办法……

真的是绝境吗？不会的，再从头理一遍。根据系统的提示，眼前的这个女巫应当是上一届献祭女巫的受害者，她被关在了铁棺中，棺中灌入铁水导致身体完全气化，所以不再有形体。

不，等一等，如果是铁水，为什么铁棺不会熔化？难道……

铁水以飞快的速度汇聚在了一起，已经出现了半个人形。无路可退的齐乐人决定赌上一把，他飞也似的冲向石壁，一头扎进铁棺之中，拉上了被女巫推开的铁制棺门。

一片黑暗，不久前包裹着铁水的铁棺不像他想象的那样有着烫伤皮肤的热度，相反它沉重而冰冷，散发着锈蚀金属特有的气息。

时间一分一秒地过去，擂鼓一般的心跳渐渐平缓了下来。等待的煎熬让人焦虑，可是齐乐人不敢贸然打开铁棺，他还在等。

等待铁水失去高温，凝固成一团死物，将那困囿于炽热之中饱受折磨的灵魂一起毁灭。

震耳欲聋的撞击声在铁棺外响起，逐渐归于死寂。

齐乐人在一片黑暗中，第一次感到了心情放松，狭窄的空间给了他难以言喻的安全感，这种黑暗相比于外面那无穷无尽的危险，反而让人心神安宁。

直到氧气不足，齐乐人才小心翼翼地拿着匕首推开了铁棺的大门。

当第一缕阳光穿过封闭的铁棺缝隙，来到齐乐人的眼前时，那种重见光明的感动让他久久不能平静。在日光下，庭院已经恢复了正常。只有地上那一摊摊凝固的铁水和漂浮在半空中金光闪闪的宝箱，让他意识到原来自己是经历了怎么样的考验。

以他目前的战斗力，根本不可能正面战胜那个女巫，只能靠这种投机取巧的办法来取胜。不过由此看来这个游戏也不是不给普通玩家活路，只要能找到那一线生机，要活下去也不是没有希望。

都这么出生入死了，但愿这个宝箱能开出点好东西吧。

齐乐人走上前去，打开了宝箱。

"卡槽+1"

齐乐人愣了愣，说不出是惊喜还是失望，不过目前他的卡槽的确已经不够用了，能增加一个卡槽也好，总算能把"下雨收衣服"的技能放进卡槽让它继续消耗冷却时间了。

复活的女巫再次死去之后，齐乐人总算能将这个先前笼罩在黑暗之中的地方看清楚了。这里应当是庭院边缘的一个角落，到处都是植被，此时的女巫像是一尊可笑的雕像伫立在那里，再无生气可言。

嗯？好像有什么东西在闪光？看起来分外璀璨。

齐乐人走上前去，用手指碰了碰那块结晶，它滚落在了地上，被齐乐人捡了起来。

结晶只有指甲盖那么大，奇怪的是这块玻璃似的结晶中竟然有两个对穿的小孔，好像曾经有人将它穿了线作为一个挂坠使用。

这结晶竟然在高温下也不会熔解吗？齐乐人好奇地看了一会儿结晶，弄不清楚它究竟是什么物质，干脆放进了包裹里，说不定以后能派上用场。

也是时候该离开这里了,也不知道宁舟怎么样了……

怀着对女神的担忧,齐乐人向来时的方向走去。

穿过树林间的小径,他又回到了之前满是雕塑的地方,在太阳下这些雕塑们早已恢复正常,丝毫不见月夜中的样子。齐乐人甚至在之前那个有着和他一样面孔的雕塑前站了一会儿,此时它早已不再是他的模样,而是另一个安静看着书,神情冷漠的男性的样子。

头顶传来一阵熟悉的怪叫声,齐乐人立刻抬头看去,宁舟的大黑鸟发现了他,立刻降落在了雕塑上,蹦蹦跳跳地来到了他的手臂上。

"你主人呢?她没事吧?"齐乐人急着问道。

正问着呢,宁舟就已经远远向他走来,冷淡的神情中似乎隐含着一丝担忧。

齐乐人赶紧报了平安:"我没事,那个女巫已经死了。和提示里说的一样,她应该是被关在了一个铁棺中,而且会操控周围的藤蔓攻击我,不过我运气不错……"

说着,齐乐人特别灿烂地对宁舟笑,很想在心仪的女神前展示一下自己的靠谱,可惜浑身的瘀青和擦伤看起来毫无说服力。

宁舟微微蹙着眉,湛蓝的眼睛里一闪而过某种让人看不懂的情绪。齐乐人正眉飞色舞地跟她说着话,猝不及防地就被摸了头,愣愣地就住了嘴。女神好像特别喜欢摸他的头?这是安慰的意思吗?

空气中似乎漂浮着与以往不同的气息,齐乐人张了张嘴,不知道该不该继续吹嘘下去,于是干脆问起了宁舟的情况:"你呢?上了树之后我就发现你不见了,后来你怎么样了?没遇到什么危险吧?"

宁舟的视线飘向了一边,抿着嘴没吱声。

齐乐人顿时急了,不等他追问,大黑鸟就凉凉地吐出了几个字:"她迷路了。"

"……"齐乐人呆呆地看着宁舟,什么,女神竟然是路痴?女神还脸红了,她转过身去了,女神是害羞了吗?

齐乐人眼看着宁舟已经走出了十几米远,这才追了上去,一边走一边状似无意地吐槽起了这里的地形复杂还鬼打墙,绕得他晕乎乎根本找不到正确的路,试图为女神的迷路开脱。然而女神似乎并不领情,全程低头看路,直到走到庭院外,回到了地宫之中,这才停下了脚步。

"怎么了?"齐乐人奇怪地问道。

宁舟从包裹里拿出了一盒药膏递给他,齐乐人赶紧婉拒了:"上次你已经给过我了,没事儿,我现在也不疼。"

见宁舟还是一脸不认同地看着他,齐乐人只好掏出药膏准备给自己擦伤和瘀青的地方涂一点。等他脱下外套露出手臂和锁骨时,宁舟干脆利落地转过身去了,倒是她的鸟,对着他摇头晃脑,大大咧咧地盯着他看。

齐乐人已经习惯了女神的害羞,一边给自己涂药一边在心里猜想女神以前到底生活在什么样的环境里,真是太可爱了。

等涂好了药,两个人往地宫中心的殿堂走去,这一路比来时更沉默,齐乐人偷偷看着宁舟的侧颜,莫名觉得她好像心情不佳。他直觉这应该和他有点关系,可是却不知道究竟是怎么回事。

难道女神是因为全程迷路没遇上 BOSS 而不高兴吗?

不过说来也奇怪,从日光下的庭院进入到月光下的庭院之后,他在庭院里绕了好一会儿都没有见到宁舟,难道那时候他们是被分隔在了不同的空间里?直到他们中的一人找到女巫并消灭她,才能让两个人都回到日光下的庭院?

就像在医院金鱼缸附近的那一次,他也是这样和吕医生他们失散了,最后甚至和苏和也失散了。

前方传来了轻微的脚步声,宁舟停下了脚步,拦住了齐乐人,前方拐角处闪出一个人影，看到两个人愣了一下，有些慌张地问道："你们遇到那个女巫了吗？"

是那个跟着谢婉婉一起进来的NPC，在殿堂的时候她一直不吭声，只和艾丽艾莎姐妹有些接触，似乎对其他人都充满了戒备。齐乐人甚至还不知道她的名字。不过他听艾莎说起过有个同村的少女叫伊莎贝尔，这次也被送来了。她还有个姐姐，三年前来过，从此一去不回，不知道是不是眼前这个NPC。

"嗯。"齐乐人点点头，如果眼前这个NPC就是艾莎口中的伊莎贝尔，那么他应该能猜到她的来意了。

她看起来似乎更紧张了，还带了一点焦虑地问道："那你看到她长什么样子了吗？是不是和我长得有点像？"

果然……

齐乐人叹息道："你是伊莎贝尔对吧？我听艾莎说起过你。我遇到的那个女巫已经看不出模样了，所以我并不知道她是不是你要找的人。"

"她……她变成什么样子了？"少女满是乞求之意地看着他，追问道。

齐乐人迟疑了，他犹豫要不要将他看到的一切告诉她。如果那个女巫真是她的姐姐，那真相也太残忍了，哦对了，有那个结晶。

齐乐人从包裹里找出了捡来的那块结晶，放在手心上："我捡到了这个，是你姐姐的东西吗？"

伊莎贝尔一把抢过结晶，颤抖着落下泪来："真的是她……真的……不……不会的……"

她情绪崩溃地号啕大哭了起来。

齐乐人无措地看着宁舟，却发现她比他更不安，从站姿到表情都是僵硬的，一脸不知所措。看来是没法指望内向还不轻易开口的女神去安慰一个痛失亲人的妹子了，齐乐人只好自己上，连声安慰了她一会儿，一边安慰一边还有点心慌意乱，毕竟他可是把人家亲姐姐又干掉了一次……

"我就知道……三年前我做了一个梦，梦见她被关在一个黑暗的地方，然后被烧死了……醒来后我发现，自己失去了一段记忆……"大哭之后，伊莎贝尔的情绪似乎稳定了一些，但还是神情木讷，絮絮叨叨地对齐乐人说起了三年前的事情。

"失去了记忆？"齐乐人敏锐地觉得自己好像触发了什么特殊的剧情，赶紧把问题重复了一遍。

"对，因为我有记日记的习惯，但是那天醒来后，我发现自己想不起日记里的事情。"伊莎贝尔呆呆地看着手里的结晶吊坠说道，"日记上写着，姐姐被送走那天，我很担心她，决心要偷偷跟去，但是等我醒来后我就只记得自己做了那个噩梦……那天我到底有没有偷偷跟去，我到底有没有见到她最后一面……我什么都不记得了……"

随着伊莎贝尔的陈述，系统提示突然跳了出来：

"玩家齐乐人，触发隐藏任务：尘封的过往。在献祭女巫任务完成前，帮助伊莎贝尔找回失去的记忆。任务成功则献祭女巫任务完成后奖励加成，失败无惩罚。"

齐乐人立刻看向宁舟，她也正好看着他，齐乐人立刻明白，看来他们两个人都接到了这个任务。

一个不是支线的隐藏任务。

这个任务显然比艾丽寻找姐姐的任务更难，从系统的提示看，这很可能是一个跟献祭女巫主线剧情有关系的隐藏剧情。他甚至觉得这很可能是玩出真结局的必要条件，伊莎贝尔失去的记忆里，一定有和这个任务有关的关键要素，他们得想办法让她找回那段记忆。

齐乐人思来想去不知道该如何入手，干脆和宁舟商量先带伊莎贝尔回殿堂去。宁舟没有意见，于是三个人很快回到了殿堂中。

一进入殿堂，齐乐人就看到艾丽和艾莎惶惶不安地看着石壁，陆佑欣、谢婉婉和叶侠都不在。

"怎么了？"齐乐人上前问道。

艾莎指着石壁说道："刚才石壁上突然出现了新的文字……"

5

齐乐人定睛一看，原本石壁上只有两行文字，一行在最上方居中的位置，告诉他们活着的女巫已经聚集，死去的女巫即将醒来。然后这行文字的下方，靠近左边的地方是关于第一个女巫的提示，那个女巫也就是齐乐人千辛万苦才干掉的一个女巫候选人。而此时，这行文字的右边和下方，各有一行新的文字。

右边的那一句像是解谜的线索："将我们全部杀死，祭坛就会出现。"

而下方的一句，却和上一个女巫候选人的提示语类似："我已苏醒，游荡四方，杀死我的人，将获得我的财富。"

齐乐人略一思索，觉得自己搞明白了这个任务的套路。

每杀死一个女巫，关于新女巫的提示就会出现在上一句提示的下方，同时还会出现一句和完成任务有关的解密提示。等他们将七个女巫全部杀死，总共会有七条线索，这七条线索可能是最终祭坛的位置或献祭方法。

"第二个女巫和上一个不太一样，她应该是个随机游走的BOSS。"齐乐人说道。

宁舟点点头。

因为技能冷却的关系,齐乐人并不想现在出去冒险,于是他询问了一下宁舟,宁舟看了看他身上的伤,也摇了摇头。

"等我技能冷却好了再去吧,再过半个小时就可以了。"齐乐人凑近宁舟耳边低声道,热乎乎的呼吸喷在耳朵上,宁舟唰地一下就跳出了两米远。

齐乐人看着脸上微红还要故作高冷的女神,觉得调戏女神真是太有乐趣了!

下次还要这么干!他暗暗对自己说。

"又出现了两句话!"伊莎贝尔的惊呼声让齐乐人清醒了过来,赶紧上去查看。

第二句女巫的提示后面,又出现了对应的解谜句子,应当是有人杀死了第二个女巫,齐乐人认真看了起来。

"我们曾经侍奉老魔王,但如今,我们侍奉的,是执掌欺诈的魔王。"

齐乐人恍然想起,前往黄昏之乡的飞艇上,好像有两个玩家和欺诈魔王签订了恶魔契约,能够掠夺别人的生存天数。权力、杀戮和欺诈,在噩梦游戏的背景里,这三个魔王取代了老魔王,统治了恶魔。原来这个任务里,最终胜出的女巫,是侍奉于欺诈魔王的吗?难道说在这个任务里完成最终献祭的玩家,会转入魔王的阵营之中?

因为一时间想不明白,齐乐人又轻声念出了第三个女巫的提示。

"你是否愿意牺牲,你可曾遭遇背叛,你可见过情爱在绝望中萌芽时的扭曲和美丽?那求而不得的爱欲之火,一直燃烧到我生命的尽头。"

话语镌刻在石壁上,流动着暗红色的光泽。齐乐人忽然想起在庭院时那个女巫的话语,她说:"我没有伤害她……她欺骗了你们……"

她……欺骗?

当时情况太紧张,齐乐人没有将女巫的话放在心上,可是现在回想起来，她究竟是为什么会这样死去？当齐乐人身处于这个任务时，他难以将这些细节视为普通的巧合了，他相信这里面一定有原因。

上一次献祭女巫的时候，这个地宫里究竟发生了什么？这和伊莎贝尔失去的记忆又有什么关系？一片扑朔迷离之中，齐乐人始终无法找到头绪。

殿堂外传来了脚步声，石阶上的众人看向大门口，陆佑欣正面无表情地向他们走来，原本还算整洁的祭祀服上沾了血迹。

陆佑欣看起来十分冷酷，右手不断地滴血，一时间看不出是不是她自己的。

"别担心。"陆佑欣见几个NPC连连后退，模样惊恐，她明快地笑了起来，"不是我的血。"

说着，她慢慢走到石壁前，手在第二条女巫的提示语上轻轻划过，喃喃地念出了声："'你是否愿意牺牲，你可曾遭遇背叛，你可见过情爱在绝望中萌芽时的扭曲和美丽？那求而不得的爱欲之火，一直燃烧到我生命的尽头'……这种绝望的感觉，真美啊。"

陆佑欣看着石壁上的文字微笑，直到……她被大黑鸟啄了一口。

"哎哟，你这鸟还挺凶！"陆佑欣捂着被啄的后脑勺痛呼了一声，怒气冲冲道。

宁舟吹了声口哨，把鸟唤了回去。这么一打岔，气氛倒是好上许多，那种被揪着心口的压迫感也散去了，齐乐人略一思索，还是问了出来："你没事吧？"

"我没事，好得很，路上还看到两个美人打架，上去日行一善，啧啧，我真是心地善良。"陆佑欣厚脸皮地自夸了一番，又在齐乐人和宁舟身上上下打量了一番，表情有点微妙，"介意我问问，你们是怎么认识的吗？"

糟了，陆佑欣知道他是男的啊！这种事情如果不是自己说出来而是被别人揭穿，很容易被女神当成别有用心啊！他还想先用女孩子这个身份的便利和女神做朋友，等出了副本再给女神一个惊喜啊！有了共患难的基础，到时候女神应该比较好接受他吧！

心情紧张的齐乐人自然没有发现宁舟的异样，他正忙着使劲给陆佑欣使眼色，恨不得把内心的呼喊送到陆佑欣脑中：求你了，千万别揭穿我啊！

"咳，我们在林子里见到的，宁舟救了我几次……"虽然其实齐乐人在黄昏之乡的时候就听陈百七说过宁舟了，不过那时陈百七没有告诉他宁舟的名字，只说了那是个冷美人，这个形容真是准确，果然高冷又貌美，女神！

陆佑欣眼皮狂跳，不用看就知道宁舟正用杀人似的眼神盯着她，让她闭上嘴滚远点。宁舟身上还装备着"闭口禅"这张技能卡，一旦开口积蓄的能量又得从头开始，大约是想着等任务结束后再想办法慢慢解释。

然而早已看破了一切的陆佑欣，只能报以呵呵一笑：是你们让我闭嘴的，那可就别怪我了。

陆佑欣很快就离开了，临走前表示自己要去寻找爱情。齐乐人等技能冷却完毕，也准备离开石殿继续寻找女巫。已经得知姐姐死讯的伊莎贝尔原本并不想去，但是齐乐人劝说她也许会找到失去的记忆，她犹豫了一会儿，勉强同意了。

艾丽艾莎姐妹害怕，并不愿离开石殿，齐乐人也没有勉强。他劝伊莎贝尔跟着他们，主要是出于保护的目的，这种重要的线索NPC万一死在了这里，这个隐藏任务就没法继续下去了。

离开石殿后，地宫中依旧一片死寂，齐乐人静静思考着关于伊莎贝尔和之前那个女巫的事情，突然耳边传来了一个尖厉的声音："快抓住她，她往那里跑了！"

齐乐人猛地停下脚步，周围一片寂静："你们听到声音了吗？"

宁舟摇了摇头，她肩上的大黑鸟也摇了摇头。伊莎贝尔奇怪道："有声音吗？我只听见了我们的脚步声。"

齐乐人皱了皱眉，他并不觉得这是幻听，但是只有他一个人听见吗？

"那是什么！"伊莎贝尔看到从远处飞快飘来的东西，大叫了一声示警。

宁舟短刀出鞘，飞奔上前将亡灵撕碎。齐乐人站在走廊上，耳边再次响起那个声音，带着一点气急败坏："她藏到哪里去了？"

声音是从墙里传来的？齐乐人看着老旧的墙体，疑惑地皱了皱眉："又来了，你听见了吗？"

伊莎贝尔茫然地摇了摇头，忽然间尖叫了起来："啊！"

背对着墙的齐乐人愣了愣，手臂被一股不可思议的力量抓住，他只来得及低下头，看见一只手臂，紧紧拽住他，他还来不及挣扎一下就被拖入了墙中——

一片黑暗混沌之中，齐乐人的意识模糊，他隐约听到有一个似曾相识的声音用虔诚卑微的语气问道："就是他吗……我知道了。"

声音很低，好像梦境一般掠过，等齐乐人醒来时，他发现自己站在一个陌生的走廊上，陈旧的气息扑面而来，依旧是这个地宫。

"快抓住她，她往那里跑了！"声音从走廊转角处传来，随后是一阵急促的脚步声。齐乐人一愣，下意识要打开包裹拿武器，可是刚一动作，意念里的包裹却消失了……

齐乐人大惊失色，慌忙摸向腰带。没有腰带，没有技能卡！

"她在那里！"三个陌生的少女出现在了转角处，拿着武器向他跑来，齐乐人拔腿就跑，一边狂奔一边大脑飞快运转——这群人到底是谁？！

奇怪的声音，陌生的女人，失踪的包裹和腰带，这一切都太诡异太离奇了，究竟是怎么回事？！

对了，第三个女巫候选人……

难道他已经进入女巫的幻境中了，就像在庭院里时一样？

眼前重复的走廊已经变得眼熟了起来，齐乐人确信自己应该来过这里，平面地图在他脑中浮现出来，他一头扎进一间偏僻的寝殿中，终于甩开了那三个紧追不舍的女人。

直到门外的脚步声逐渐远去，齐乐人才松了口气，靠在墙边坐了下来。

不知道宁舟和伊莎贝尔怎么样了，他记得自己是被一只瘦骨嶙峋的手臂拖进了墙壁中。如果他们两个小心一些的话，应该不会有事吧。

从被拖入墙壁到醒来发现自己失去了腰带，变成了普通人这两件事之间，他似乎听到了一个声音说了些什么，可到底是什么呢？好像说了就是他？

好奇怪，为什么要说这个？那声音听起来有点熟悉，可是他却想不起究竟是谁在说话，对谁说话。

齐乐人一手捂住了额头，手心贴住额头的一瞬间，他从地上跳了起来。

伤口呢？绷带呢？全都不见了？

齐乐人呆呆地看着自己毫无伤痕的手心，在洞穴之塔的地下湖那里，他因为挣扎上岸弄得满手是伤，宁舟给他包扎了伤口，两只手上都缠了绷带，可是现在，无论是手上还是额头上，绷带都不见了！

再仔细看看，这双手根本就不是他的手。

突然发现自己好像变成了另外一个人，这种荒诞的感觉让人心神大乱。齐乐人在房间中寻找能够看清自己的东西，可是房间里到处都是打碎的瓷器和被扫落在地的装饰品，却根本没有镜子。算了，还是先离开这里再说吧，就在齐乐人这么想的时候，门外的走廊上却再次传来了那个尖锐的声音："她藏到哪里去了？"

齐乐人一慌，一头钻进了床底下。

房间的门被粗暴地推开了，齐乐人看见六条腿挤在门口，其中一人走进了房间中："应该就是在这附近跟丢的，我在这里看看，你们去隔壁几间看看。"

说着，她用手上拿着的刀挑开了盖在茶桌上的布料，大片灰尘飘散在了空中，呛得她连连咳嗽了起来。桌布掉在了齐乐人躲藏的床下，灰尘飘入了鼻腔中，齐乐人鼻中一痒，咳嗽的欲望直冲天灵，痒得人浑身剧颤，内脏都紧缩成了一团，他死死捂住嘴才止住了那种欲望。

现在他没有武器，没有技能，要怎么做才能从这里逃脱？房间里有一个人，外面还有两个，万一被发现⋯⋯

齐乐人紧张得无法呼吸，他趴在床下，看着那双腿的主人大步走向旁边的柜子，粗暴地拉开了柜门，然后继续下一个。

必须得行动了，她迟早会搜查床底的。

齐乐人慢慢地往相反的方向爬动，尽量不发出一丝声音。

"咕噜——"脚边碰到了什么东西，恰好被拉开橱门的声音掩盖了过去，可是被碰到的东西滚动了起来！齐乐人浑身僵硬地转过头去，微弱的光线中，他看到一个圆柱形的陶瓷糖罐，慢慢向有人的那个方向滚了出去！

完了！要被发现了！

千钧一发之际，齐乐人在瓷罐滚出床底前爬了出来，手掌压到了地上的瓷器碎片，疼得他哆嗦了一下，可此时他已经顾不上流血和疼痛了，他最后瞥了一眼正在翻箱倒柜找他的陌生女子，决定赌上一把。

背对着他的那个人眼角的余光已经瞥到了滚到她脚边的瓷罐，咦了一声，俯身捡了起来。

现在要冲向大门已经来不及了，趴在床的这一头的齐乐人没有起身，他紧贴着地面，轻手轻脚地爬向落地床头柜的方向，准备绕到床头柜后蜷缩起来。果然，她对床底产生了怀疑，糖罐被她放在了一旁的柜子上，发出一声轻响，然后是衣料摩擦的声音，以及她手中的武器与地面碰撞发出的声音。

齐乐人不自觉地屏住了呼吸，他几乎想象得到那个人是以什么样的姿势趴在床边，用怀疑的眼神看着床底。那里已经没有人影，他被落地的床头柜挡住，恰好避开了她的视角。

几秒钟后，长刀被捡了起来，齐乐人知道她要站起来了，他敏捷地从床头柜旁爬了出来，再一次滚进了床底——否则以她站起来的高度，绝对看得到躲藏在床头柜那里的他。

时间差和视角都抓得恰到好处，哪怕只差一秒都会暴露他的身影，也幸好靠近他这一边的地板上铺了地毯，让他移动的声音变得格外轻微，又也许是久违的幸运女神终于眷顾了他一次，他的动作没有被发现。

趴在床下的齐乐人呼吸压得很低，从他的视角看去，只看得到那个人的小腿肚。她似乎确信了没有人躲在这里，正向大门走去，站在门边的时候她大声询问在旁边房间的同伴是否找到了人，都得到了否定的答案。

她不耐烦地喷了一声，漫不经心地回头看了一眼，然后一声疑问的轻哼从她喉咙里冒了出来。

正在祈祷她快点离开的齐乐人心头不禁咯噔了一下，他暴露了吗？怎么可能？以她现在的角度应该看不见他才对！

她快步走向了床边,在之前齐乐人钻出床底的地方停了下来。这一刻齐乐人犹如醍醐灌顶般明白了原因——那块割伤了他手掌的白色瓷片上,有他留下的鲜红的血迹。

完了,这次躲不掉了。

"啊——"门外传来一声尖叫声。床边的女人大喊着同伴的名字跑了出去,然后又是一声惨叫。

床下的齐乐人只看到她的双腿剧烈颤抖了一下,然后咕咚一声倒下了。

剩下的一人大喊着不要杀她,可是求饶声还没有持续几秒,就再无声息。

齐乐人吓得大气也不敢出,突然出现的神秘人将三个追杀他的NPC一一杀死,她并没有离开,齐乐人看到她的双腿迈入了这间房间中。

"你以为这样就可以离开这里吗?别做梦了!我是不会就这样死去的!你也不要妄想逃走!永远留在这里,和我们一起留在这里!"话音刚落,尸体化为一片光点消散在了空气中。

快点走啊!齐乐人的内心祈祷着这个神秘的来客赶紧离开,可是事与愿违,她不但没有离开,反而来到了床边。

她要做什么?她发现他了吗?齐乐人只看得见她的双脚,却看到不到她的动作,可是越是看不到,脑中的想象就越是恐怖。

"锵"的一声脆响,一把长刀直透床板插在了齐乐人眼前,闪着凛凛寒光的刀锋距离他的鼻尖不到一节手指的距离!

齐乐人的冷汗流了下来,那一刻心跳都骤停了,大脑指挥着已经发软的四肢缓缓向更深的床底钻去。此时他已经忘记了思考,甚至不敢去想自己究竟有没有被这个神秘的凶手发现。

"还不出来吗?"长刀被缓缓抽了出来,那个陌生又冷淡的女声问道,"下一次你的脑袋可就没这么幸运了,一刀下去,它就会像个西瓜一样被捅破了。"

她果然知道他藏在这里!

不,不对。

齐乐人的眼睛亮了起来,一股脑儿从床底滚了出来,半蹲在地上举起双手:"等一等,我是齐乐人。"

拿着刀的女人面容陌生,但是齐乐人却隐约已经猜到了她的身份,她一定是个玩家。

因为这个世界压根儿没有西瓜这种水果!在黄昏之乡的那几天里,齐乐人见识过不少奇形怪状的水果,听别的玩家抱怨过没有西瓜可以吃。会一口说出西瓜这种东西的,绝对不可能是一个 NPC。

果然,对面的女人怔了怔,喃喃道:"齐乐人?你也……"

齐乐人苦笑了一下:"我也不知道怎么回事,一下子就被拖进了墙壁里,然后就发现自己换了个身体。你是……叶侠?"

将所有玩家在脑中过了一遍,齐乐人说了最有可能的那个。他记得叶侠是用过刀的,手法极其利落。

"是我没错。"叶侠对他笑了笑,伸手将他拉了起来,"抱歉,我不知道是你,还以为你也是那群三年前的女巫候选人。"

"三年前的女巫候选人?我们这是来到一个三年前的幻境中了吗?"齐乐人恍然道。

"恐怕是的,到了这里后我的包裹和技能卡全部消失了,应该是我们的意识附在了别人身上,其他 NPC 被解决掉后都会消失,过一段时间又会出现,无法完全杀死。"叶侠皱着眉,将她的经历讲了出来。

齐乐人恍然大悟:"难怪,我还在想我根本没见过这些人。"

叶侠愁眉不展道:"现在我也不知道该怎么办了,你有什么办法吗?"

"别急，我有线索。每杀死一个女巫后最开始聚集的那个石殿的石壁上就会出现一条解谜线索和下一个女巫的提示。"齐乐人估计叶侠从离开石殿后就没有再回去过，所以对这件事一无所知。

"早知道我该回去一趟的……要不是那时候……"叶侠下意识地摸向了自己的手臂，又怔怔道，"我倒忘了，现在我用的不是自己的身体，也好，我原本的身体受了点伤，这下倒是不疼了。"

齐乐人一下子想起了陆佑欣说过的事："你是和谢婉婉交手了吗？"

叶侠神色冷峻地点了点头："先别说这个了，继续说石壁上的提示吧，我不是很擅长解谜，那句提示里是有什么暗示吗？"

齐乐人其实也不算擅长，他有点担心这里的环境："我们要不要换个地方再说？"

"没事的，她们至少会消失半个小时。"叶侠说道。

齐乐人总算放下心来，掸了掸衣服上的灰尘，在床边坐了下来，将他之前杀掉了一个女巫的事情含糊地带过了，重点说起了石壁上的线索和提示："现在这个女巫的提示语是'你是否愿意牺牲，你可曾遭遇背叛，你可见过情爱在绝望中萌芽时的扭曲和美丽？那求而不得的爱欲之火，一直燃烧到我生命的尽头'。她和前两个女巫有点不同，之前两条提示都着重强调了女巫可能会出现的地方甚至攻击的方式，但是对如何消灭女巫并没有特别说明。然而这个女巫有点不同。"

叶侠似乎有点晃神，喃喃着："求而不得的爱欲之火……真是充满了绝望和无奈的感情啊。"

齐乐人无语了一下，等等啊叶侠妹子，我们现在不是应该认真思考怎么搞定这个女巫吗？你怎么突然切换到文艺女青年的频道了？之前真没看出来你是这种画风啊！刚刚你不还很利索吗？！

"你有喜欢过什么人吗？"叶侠突然一脸深沉地问道。

"呃……有。"齐乐人有点害臊，但还是诚实地回答了。虽然认识的时间还很短，但是他已经很喜欢她了。虽然现在他还不敢把这种感情向宁舟表露，但是越是压抑，这种带着憧憬的爱慕就越是浓烈，在遇到宁舟前，他都没想过原来一见钟情这种事情真的会发生在他的身上。

"真好，那她喜欢你吗？"叶侠又问。

齐乐人忍不住挠了挠有点发烫的脸颊："应该……是当朋友的那种喜欢吧。不过没关系，现在能把我当朋友就够了，希望她能喜欢真正的那个我。"

齐乐人自己也觉得怪不好意思的，竟然会对一个并不熟悉的人说这种事情，但是叶侠身上有一种愿意让人倾诉的欲望，他不知不觉就说了出来。

叶侠微微一笑，轻声道："不管是真正的自己被爱着，还是虚假的自己被爱着，只要是被爱着，都是幸福的。有时候爱情就是情不自禁、身不由己，哪怕明知道不可能，也不会轻言放弃。"

看着齐乐人目瞪口呆的眼神，叶侠有些赧然地笑了笑："抱歉，一不小心就说了很多莫名其妙的话。希望你爱着的人会让你变得更好。"

"咳，不说这个了，继续说正事吧。这个女巫的提示语没有说明她会出现的地方或者方式，我猜测可能是因为我们符合某种条件，所以才会被拉入这个幻境里……"齐乐人说着，突然顿住了。

是因为他强烈地喜欢宁舟，所以才会被选中吗？那宁舟……她会出现吗？

应该不会吧，她现在应该只是把他当朋友在照顾。

"然后呢？"等了一会儿发现齐乐人一直沉默了下去，表情还千变万化的叶侠忍不住追问道。

"哦哦，对，然后具体被选中的条件，我想大概和'牺牲''背叛'

以及'情爱'这三个关键词有关系。先不管我们怎么来的了，我们要离开这里肯定必须得消灭控制这个幻境的女巫。但是刚才你也说了，用普通的办法是不能完全消灭她的。"齐乐人打断了自己的胡思乱想，专注地说起了自己的想法。

叶侠频频点头，听得十分认真。

"其实提示语里有一句话我很在意……"齐乐人摩挲着被碎瓷片割伤的手心说道，"就是那句'一直燃烧到我生命的尽头'。"

"燃烧？是要用火吗？"叶侠恍然道。

"我也不确定，不过这是一条线索，我怀疑这个女巫最后是被烧死的，所以才会有这么一句提示。要彻底消灭她，就需要用她的死亡方式再杀死她一次才行。"齐乐人说。

"很有道理，就这么试试看吧。"叶侠拿起手边的刀指了指门口，"走吧，之前我到过一个库房，里面储藏了不少油，也许可以派上用场。"

这一位也十分干脆啊，和女神一样是"就是干不要脸"的类型吗？

两个人并排走在空旷的走廊上，齐乐人没什么武器可以护身，叶侠的武器还是她从一个NPC那里抢夺来的，没有第二把可以给齐乐人用，他只好提心吊胆着，生怕突然有怪物冲出来。

"前面有人。"叶侠突然站住了脚步。

前方不远处，一个陌生的少女一手拿着一根不知道从哪里掰下来的金属长棍，冷冷地看着两个人。那锐利孤独的眼神，就像是在丛林中巡游的野兽，对突然出现的不速之客给以冰冷的警告。

明明是截然不同的长相，但是看到她的一瞬间，齐乐人就是毫无理由地认出了她。也许是神情，也许是站姿，也许只是冥冥之中的心灵感应，他就是确信，那是宁舟。

"宁舟！我是齐乐人！"齐乐人冲她挥了挥手，远处的宁舟愣了愣，大步向他走来。

看着宁舟向他走来的身影,齐乐人内心突然回过味来:等等,女神竟然也进来了?

他当场愣住:这意味着什么?

不,别想太多,现在根本不是思考这些问题的时候。也许被选中的条件并不是他想的那样,还是先专心搞定这个幻境吧,至于女神……先和女神打好关系,至于追求什么的,还是等出了副本把身体变回来再徐徐图之吧。

"宁舟你没事吧?"齐乐人关心了一句。

"没事。"宁舟摇了摇头,看向了叶侠。

骤然听到宁舟说话,齐乐人还有点发愣,随即想起现在他们都不是用自己的身体在行动,技能卡什么的也都没有了,宁舟自然可以说话了。

"她是叶侠,刚才我们遇上了。"齐乐人没把自己刚才被叶侠吓得半死的事情说出来,大概内心深处还觉得有点丢脸,干脆换了话题说起了关于这个幻境女巫的事情。

宁舟安静地听他说完,这次没有大黑鸟在身边聒噪,齐乐人都有些不习惯了。

"所以我和叶侠准备去找点油,想办法把这个女巫烧死。叶侠说之前见过储藏油的库房,我们一起过去吧。"齐乐人说。

于是三个人一起行动。

地宫中无处不在的亡灵已经不见踪影,这再次说明了他们所在的世界并不是真实的地宫,而是被一个死去的女巫构造出来的幻境,只要彻底杀死这个女巫,他们就能从幻境中出去。

接下来的事情就简单了,齐乐人竟然没找到插手的机会。叶侠带着他们到了储藏了油的库房,三人又找到了燧石。叶侠和宁舟商量起了怎么引来女巫,就算没有技能卡的限制,宁舟依旧惜字如金。齐乐人在一旁呆呆地看着两个人默契的行动,有种自己被排斥在外的感觉。

"要我帮忙吗?"齐乐人努力展示了一下自己的存在感。

"我和宁舟就可以了。"叶侠礼貌地笑了笑,然后继续用石头在地上画简易地图说明到时候引女巫的路线。

"要我引怪吗?这方面我还是很有经验的。"齐乐人不死心。作为在新手村就被凶手追得满医院跑的倒霉蛋,齐乐人在这方面已经积累了充足的经验。

"现在没法使用技能卡和道具,保险起见还是我或者宁舟来吧。"叶侠婉拒了齐乐人的提议。

齐乐人还想再说什么,宁舟湛蓝的眼睛已经看了过来。虽然她依旧沉默着,但是那眼神却清楚明白地告诉齐乐人不需要他帮忙。

齐乐人沮丧地坐在油桶上看两个人继续商量,最后敲定了计划开始实行。

叶侠布置好了陷阱,宁舟去引来女巫。等待的时间里,齐乐人忍不住深思起了宁舟对他的态度。他也发现了,虽然宁舟是个女孩子,但是对他却很有保护欲,可以说她一直都很关照他,完全是把他当作一个弱者来照顾。遇到危险的事情,她宁可和陌生的叶侠商量解决,也不愿意他身处险境。

有点糟糕啊,齐乐人心想,他是不是还是早点跟宁舟坦白比较好?被当女孩子照顾感觉怪怪的。可是如果现在说了的话,宁舟会怎么想呢?

齐乐人有点摸不准宁舟的性格,他只知道她是个看起来高冷但是实则很内向害羞的人,突然得知真相的话,会恼羞成怒吗?如果她生气了,误会了,到时候又该怎么收场呢?

唉,算了,还是等离开副本回到安全的黄昏之乡后再慢慢向宁舟解释吧。

"你在想宁舟吗?"叶侠的声音突然在耳边响起,齐乐人这才发现自己竟然在这么危险的地方走神了。

"算是吧……"齐乐人老实地回答了。

叶侠用衣角擦拭着手中普普通通的长刀,笑容有点高深莫测:"我有点看明白了。"

"啊?明白了什么?"这下轮到齐乐人不明白了。

"没什么,我只是想说,当人看着喜欢的人的时候,那个眼神是不一样的,不管是怎么犹豫、掩饰、彷徨,看到她的那一刻,你的眼睛是亮的。"叶侠停下了擦拭的动作,轻声慢语地说着,笑得颇有些深意,"她也是一样。"

原本还在不好意思的齐乐人,听到叶侠最后半句话时又被吓傻了:"你……你确定?"

"小心,人来了!"原本正要说下去的叶侠突然正色道。

齐乐人也立刻收了心,眼看着宁舟向这里跑来,身后三个陌生的少女穷追不舍,一路跑进了预设好陷阱的房间中。火光升起,藏身在房间外附近的齐乐人为宁舟提着一颗心,虽然知道她不会有问题,但是看着她身处险境,还是会忍不住忧虑。

火光中传来女巫的叫声,周围的景象变得模糊扭曲,齐乐人眼前一花,耳边传来缥缈的声音,似有若无。

"我那么爱你,拼命保护你……为什么……为什么要……"

"因为,很有趣啊。看着你们因为绝望、恐惧、妒忌互相欺骗,自相残杀,真是太有趣了。"

声音消失,眼前的景象再次恢复,齐乐人发现自己站在陌生的走廊上,四周一片安静。

那两个声音是谁的?一个和刚才在幻境里追杀过他的女巫很像,另一个却是完全陌生的女声，优美动听的声音里流淌着满满的愉悦，好像这样玩弄折磨别人就是她最大的乐趣。

不管怎么回想，齐乐人都想不起这个声音的主人是谁，但是微妙地，他觉得这个语气有一点熟悉。

到底是谁？

无论怎么想也想不起来，齐乐人只好先把这个问题放到了一边，检查起了自己的身体。包裹、卡槽、技能卡全都在，他终于放下了心，觉得自己的小命有了保障。

不知道宁舟到哪里去了，还有叶侠。

齐乐人在周围寻找了一下，没有发现她们，好在地形变得眼熟了起来，他顺利找到了回殿堂的路。

回到殿堂，艾丽和艾莎依旧在里面，伊莎贝尔却没有回来，宁舟也没有。齐乐人有点担心，询问两姐妹有没有看到她们，在得到了否定的答案后越发不安。

杀死女巫后再次出现了新的信息，依旧是一条线索、一条提示。

"欺诈的魔王，喜欢看到人类的背叛、堕落和绝望。"

齐乐人的脑中突然闪现了一道灵光，他在脱离幻境时听到的那个声音表达的似乎就是这样，难道声音的主人和欺诈魔王有什么联系？也对，这群女巫侍奉的就是欺诈魔王啊。

他又看向下一条女巫的线索。

"同伴的心脏是让舌尖欲罢不能的美味。你的心脏，也是一样美味吗？"

不等齐乐人深思，殿堂外已经传来了脚步声，他激动地转身看去，期待是宁舟回来了，却看到陆佑欣一脸漠然地走了进来，看到站在石壁前的齐乐人，她皱眉道："你来的时候，路过右边的走廊了吗？"

"没，我从左边过来的，怎么了？"齐乐人疑惑地问道。

陆佑欣深深地看了他一眼，似乎在确认他有没有说实话，半晌才道："叶侠死了。"

"啊？"齐乐人呆呆地看着她，以为自己听错了。

陆佑欣嗔了一声，不耐烦地重复了一遍："叶侠死了。"

叶侠死了？怎么可能！

"刚刚我还在幻境中遇到过叶侠，她、宁舟和我一起被拉进了女巫的幻境里，附身在了三年前的女巫身上，所有道具和技能都没法使用……"齐乐人说着，被陆佑欣打断了。

"附身？也就是说你看到的只是一个自称叶侠的人咯？至于她是与不是，你怎么能确定呢？"陆佑欣歪了歪头，有些嘲讽地看着他。

齐乐人咽了咽口水，不禁背后升起了一股凉意。

是啊，他怎么知道，他见到的人真的是"叶侠"呢？他所看见的、交谈过的，从头到尾都只是一个附身在 NPC 身上自称叶侠的人，以他对叶侠浅薄的了解，根本无法分辨清楚。

"你为什么……会有这样的怀疑？"齐乐人觉得不太对劲，陆佑欣为什么会怀疑他遇到的"叶侠"并不是她本人。

"当然是因为叶侠看起来不像刚死不久的样子。"陆佑欣说完，困惑又烦躁地皱着眉，看起了石壁上的新提示。

"我去看看。"齐乐人说。

"死人有什么好看的。"陆佑欣专心研究着石壁上的文字，语气冷淡地说。

"至少要知道是谁杀了她啊！"

陆佑欣转过脸来，似笑非笑地看着他："哦，也许是我呢？"

齐乐人心里咯噔了一下："不，不会是你，如果是你的话，你为什么要把她的死告诉我？"

"那就去看吧，看了你就明白了。不过我劝你别太较真，任务里死亡是常有的事，没有万无一失的任务，也没有只赢不输的玩家。总有一天我会死，你会死，宁舟会死，所有人都会死，这就是我们这群人注定的结局。"

虽然陆佑欣语气轻松地说着，可是齐乐人的心情却很沉重，他隐约感觉到了朝不保夕的绝望："真的没有办法可以结束这个游戏吗？"

"谁知道呢，也许等你死了之后就会发现在自己房间的床上睁开了眼，这里的一切只不过是做了一场噩梦。"陆佑欣耸了耸肩，"又也许，等你跳出玩家这个身份，进入到另一个层次之后，你就可以成为一个下棋的人，那想必也是很美妙的。"

"跳出玩家的身份？"齐乐人好奇地问道。

"嗯哼，所以完成这次任务后，我大概会去尝试一下开启黎明之乡的任务。希望到达那里之后，一切都会不一样。"陆佑欣说完，最后看了一眼石壁，离开了殿堂。

齐乐人踌躇了一下，还是放心不下，决定先去那里看看。临走前跟艾丽姐妹交代了一下，如果看到伊莎贝尔和宁舟回来，让她们在这里等他。

殿堂外的走廊依旧阴冷，齐乐人深吸了一口气，向右边的走廊走去。

他现在无法判断幻境里遇到的叶侠是真是假，但是他记得那个叶侠说过，自己原来的身体受了点轻伤，那时候他问她是不是和谢婉婉交了手，她点了头。

如果叶侠是真的，那么她应该是在离开幻境后再次遇上了谢婉婉，然后被害身亡；如果叶侠是假的，那么到底是谁冒充了叶侠，又是为什么要这么做？难道是谢婉婉？但是这也没证据……

思路越来越乱了，齐乐人只好先搁置了疑问，继续向右边的走廊前进。

齐乐人摸了摸鼻子，握着匕首轻手轻脚地走过了一个转角，前方走廊深处，无数植被从墙体的缝隙中钻出，如同绿色的蜘蛛网一样笼罩了四周，而一片翠意的中央，浑身鲜血的叶侠被枝干贯穿了腹腔，藤蔓和树枝将她吊在半空中！

齐乐人脑中"嗡"的一声，原来她真的死了。

齐乐人深呼吸了几次，让情绪稍稍平复一些，这才攀着从裂缝中长出的树枝，割断了藤蔓和枝条，将叶侠放了下来。

她的身体已经冰冷僵硬，毫无生气地躺在地上。

齐乐人看了一眼她的腰间，腰带等物品已经随着她的死亡消失。

虽然陆佑欣根本没说是谁杀了叶侠，但是只要看到叶侠的死状，齐乐人和她都明白。

是谢婉婉，那个会操控虫子和植物的玩家。

6

齐乐人坐在叶侠身边思考了起来，叶侠看起来的确不像是刚死不久的样子。血液已经凝固了，尸体也僵硬了，就算对尸检一窍不通，他也知道这绝不是刚死之人的样子。但是从离开刚才的幻境到发现叶侠的尸体，最多不过半个小时，也就是说，他在副本中遇到的那个人，极有可能不是叶侠本人。那又会是谁呢？

不是叶侠，又不是陆佑欣，几个NPC更不可能，那唯一的选项就只有谢婉婉了。她虽然和叶侠有宿怨，但是应该对叶侠有所了解，短时间内装作叶侠恐怕不成问题。

那她这么做的动机呢？那时候她完全可以一刀杀了他才对。

哦不，当时她也被困在幻境中，迫切需要找到离开的办法，而他很快说出了自己知道线索这件事，有可能他因此救了自己一命，之后他虽然没有什么利用价值，但是他们很快遇到了宁舟……

一种后怕的感觉弥漫在齐乐人心头，如果那时候宁舟没有出现，他是不是也已经死了？

回想起宁舟去引来女巫时，擦拭着长刀的"叶侠"轻声慢语地跟他说着话，齐乐人不寒而栗。那个时候"叶侠"是不是对手无寸铁又毫无防备的他动了杀心？如果不是宁舟刚好引着女巫回来结束了幻境，他是不是就成了一具冰冷的尸体？

当他仔细咀嚼每一帧回忆时，当时满心都是宁舟的他终于意识到了那份迟来的恐惧。她紧握着刀的手，擦拭着刀的动作，莫名其妙的问题，还有床板上那一刀差点刺穿了他的杀意，让人不寒而栗。

原来在他自己也没有意识到的时候，他已经和死亡擦肩而过了。

齐乐人再次回到了殿堂中，沿着石阶往上走，他忽然发现一直在殿内的艾丽姐妹不见了。

"艾丽，艾莎？你们在吗？"空旷的殿堂里回荡着他的声音，却没有人回应。

齐乐人来到石壁前，那里又多出了两条提示，这意味着又有一个女巫被杀死了。

"我们也曾和你们一样，你们也将和我们一样。"

"她们追逐着我，将我杀死在这里。现在我要追逐她们，将她们杀死在这里。"

齐乐人将上一个女巫死后出现的提示念了出来，仔细咀嚼了一番。

殿外传来了急促的脚步声。齐乐人紧张地转过身去看向大门，一只大黑鸟率先飞了进来落在了他的肩膀上，宁舟和伊莎贝尔出现在了门口。看到齐乐人的一瞬间，宁舟冰冷的眼神稍稍柔和了下来，她好像松了口气。

"你们没事吧？"齐乐人赶紧走了过去，走得近了才发现，宁舟的手臂上包了绷带，上面还隐约看得见殷红的血迹，"你受伤了？"

伊莎贝尔紧张地说："是那个女人……那时候带我来殿堂的女人。"

"谢婉婉？"齐乐人问道。

伊莎贝尔点了点头，面上还有恐惧之色："宁舟和她打了起来，她力气好大，速度也好快，还差点杀了我，然后宁舟喊了一句趴下，我……我就趴下了，差点被她砍到了，好可怕！还好我们刚好遇上了一个女巫，那个女巫追着她不放，我们总算逃过一劫。"

说着，她捂住了额头，痛苦地低吟了一声："头好痛，我好像想起了什么，可是又不知道……"

"先别想了，不要急。"齐乐人安抚了一句，又看向宁舟。

宁舟轻轻摇了摇头，好像在说不要担心。

连女神都吃了亏，这个谢婉婉有这么厉害吗？齐乐人回想了一下当初在沼泽之塔时看到的谢婉婉，她会控制虫子和植物，但是近战上好像远不如叶侠，更别说身手过人的宁舟了。伊莎贝尔还说她力气很大，速度很快？

"艾丽和艾莎呢？"伊莎贝尔轻声问道。

齐乐人摇了摇头："我刚才出去了一下，回来就发现她们不见了。另外，叶侠死了。凶手很可能是谢婉婉。"

齐乐人将自己离开幻境后的所见所闻说了一遍，低声道："看来得通知陆佑欣让她小心才行。还有艾丽和艾莎，也不知道她们两个有没有事。"

"字！字又出现了！"伊莎贝尔指着石壁惊呼道。

齐乐人回头一看，又是一条线索和一条提示。

"在愤怒和恐惧中自相残杀吧,你将因此获得力量。"

"原来如此……"看到提示的一瞬间,齐乐人恍然大悟。如果杀死其他女巫可以获得力量的话,那么就可以解释为什么谢婉婉会突然实力大增,她又为什么要袭击伊莎贝尔和宁舟。她应该是在杀死叶侠后发现这一点的,但如果是这样……

"糟了,艾丽艾莎和陆佑欣危险了!"齐乐人急道。

"要去找她们吗?"伊莎贝尔焦急地问道。

"先等等,别冲动,让我想想。"齐乐人扶着额头在附近踱步,将所有的线索理了一遍,最后不知不觉站到了石壁前。

"它们戍卫着地宫,一丝不苟,我将赋予它们生命,让它们自由行走。"

这是下一个女巫的提示吗?现在只剩下两个女巫了,如果能尽快解决女巫,直接完成任务回到黄昏之乡,也许可以不必和谢婉婉正面对抗?

"我们现在要做的事情是两件,一是把剩下还活着的人找齐,否则谢婉婉的力量还会增强,我们恐怕很难对付她;二是抓紧时间解决剩下两个女巫,根据石壁上给出的线索提示完成献祭,直接结束任务。这两件事不冲突,可以一起进行,总之我们得抢在谢婉婉之前,留给我们的时间不多了。"齐乐人说着,眼角的余光看到石壁上又出现了两条提示。

好快,女巫被消灭的速度越来越快了,这一次到底是谢婉婉还是陆佑欣解决的?

"你们中的一个,已经背叛。"

齐乐人无声地苦笑,这个提示也来得太晚了。

转眼竟然只剩最后一个女巫了,他看向最后一条女巫的提示:"像一只断了尾巴的壁虎一样爬行,爬行。闻着活人的味道,寻着死人的尸体,爬行,爬行。"

齐乐人皱了皱眉,将所有提示和线索重新看了一遍,提示女巫的七条线索已经全部出现了，消灭女巫后的任务线索还差一条，得等消灭这个女巫后才能知晓。按照常理推断，这最后一条提示恐怕才是关键。

大黑鸟咕噜噜地清了清嗓，回到了宁舟身边。宁舟摸了摸它的头，对齐乐人点了点头。

"你的伤……"齐乐人还是放心不下宁舟的伤势，宁舟一步步来到他面前，低头看着他。

距离太近，那倒映着微光的眼眸里满满的都是他自己，就在他怔怔之时，宁舟已经拉起他的手写道："没关系。她没想杀我。"

齐乐人愕然地看着她，谢婉婉没有杀宁舟的意思？那她究竟想做什么？

"那走吧。"齐乐人沉吟了一声，把 SL 大法、初级格斗术和冷却完毕的"下雨收衣服"技能装备上了，匕首就只好用普通的匕首了。

伊莎贝尔捂着额头，面露痛苦之色："头还是好痛……"

"有想起什么吗？"齐乐人问道。

伊莎贝尔摇了摇头："还是想不起来。"

齐乐人也不知道要让她恢复记忆需要满足什么条件，只好先搁置这个问题。

三个人再一次离开了殿堂。离殿堂稍远的地方，原本陈列在走廊两边半人半兽的雕像已经被毁坏，七零八落地倒在地上，看得出来经过了一场恶战。齐乐人略一回想，上一个女巫的提示是"它们戍卫着地宫，一丝不苟，我将赋予它们生命，让它们自由行走"，说的应该是她能让这些雕像复活。

杀死这个女巫的人是陆佑欣还是谢婉婉？

齐乐人停下脚步观察了一下四周，很快发现四周墙壁和地面上都有灼烧过的痕迹，看来是陆佑欣做的了？

"应该是陆佑欣，但愿她没事。"齐乐人松了口气，对宁舟说道。

宁舟定定地看着满地破碎的雕像，甚至捡起了一块碎片拿在手中，然后对齐乐人摇了摇头。

"不是陆佑欣？那难道是谢婉婉？可是这里也没看到植物啊。"齐乐人喃喃道。

被宁舟一提醒，齐乐人也注意到了，这些七零八落的雕像很多切口十分整齐，不像是被敲碎的，反倒像是被锐器削断的。他的确没见过陆佑欣用武器，在殿堂的时候他倒是见过她手无寸铁却满手是血地回来，看样子不像是习惯用兵器的人。

但是谢婉婉好像也不是习惯用冷兵器的人。不过这也未必，如果在幻境里假扮叶侠的人真的是她，那她应该也是个用刀的高手。

"也许真的是谢婉婉了，要小心啊，说不定她没走远。"齐乐人郑重道。

"嘎——"宁舟的黑鸟突然怪叫了一声，用鸟喙啄了啄宁舟的耳朵，"那里，血的味道。"

三个人立刻向前方走去，过了一个转角后，前方昏暗的走廊尽头，被烛火照亮的地方，一个人毫无生气地静静躺在地上。

齐乐人呆呆地看着远处的尸体，脑中一片空白。

直到宁舟已经从他身边走过，他才回过神来，游魂一般喃喃道："谢婉婉？她死了？"谢婉婉躺在地宫冰冷的地面上。伊莎贝尔惊惧地后退了几步，死死抓着齐乐人的胳膊，力道大得在他手臂上掐出了一排指印。齐乐人安抚地拍了拍她的手臂，忍痛把自己的胳膊抽了出去，上前去检查。

还是温的，看来没有死去太久，致命的伤口看不出是什么东西造成的，面积很大。

齐乐人还没从震惊中缓过神来："是谁杀的她？陆佑欣吗？"

宁舟蹲下查看了一下她的伤口，凝重地对齐乐人点了点头。

难道是谢婉婉试图杀陆佑欣，结果被反杀？陆佑欣有这么厉害吗？齐乐人脑中一团乱麻。

那陆佑欣人呢？

身后伊莎贝尔的抽气声像是噎住了一样，她抱着头撞在墙上，缓缓坐倒在地上，蜷缩成一团。齐乐人又跑了回去，询问她怎么了。

伊莎贝尔像是被吓坏了，双手抱着头，浑身都在剧烈颤抖，喉咙里发出咕噜声，像是被人掐住喉咙时说不出话来的声音。

"你还好吧？怎么了？"齐乐人被她异常的反应弄得不知如何是好。

宁舟也走了过来，一把将她从地上提了起来，伊莎贝尔脸色煞白，竟然两眼一翻晕死了过去。齐乐人赶紧掐她人中，可惜没有任何反应，她像是陷入了深度昏迷之中。

"大概是触动了她的记忆吧。"齐乐人不太确定地说，为难地问道，"现在怎么办？"

宁舟的大黑鸟突然格外冷静地说了一句："找个空房间安置一下，我们去找最后一个女巫。"

虽然知道宁舟的鸟会说话，但是这鸟说的话除了嘲讽还是嘲讽，乍一听到它条理清晰地说了一个长句，齐乐人都听傻了："你你你你……"

"是我让它说话的。我的技能一旦开口说话，之前累积的力量就白费了。"大黑鸟又说了一句，用鸟喙啄了啄宁舟的耳朵，宁舟对齐乐人微微点头。

齐乐人听得一愣一愣的，恍恍惚惚地看着宁舟抱起昏迷不醒的伊莎贝尔向前走。他赶紧追了上去，一边看了看自己被女神写过字的手腕一边闷闷地想，既然可以让宠物代替她说话，她之前为什么不说呢？是觉得没必要向他解释吗？

女神心，海底针啊。可怜长这么大没谈过恋爱的齐乐人抓耳挠腮，虽然理智上知道现在这种危险境地不该纠结这种东西，但是情感上这是根本控制不住的！

转眼宁舟已经把伊莎贝尔带到了一个空房间中，将她放在床上，又在她手上放了一块晶石一样的东西，一层淡淡的光晕从她手中散发出来，将她笼罩在里面。宁舟对齐乐人点点头，两个人离开了房间，继续寻找最后一个女巫。

地宫太大了，要漫无目的地寻找一个女巫无异于大海捞针。齐乐人没话找话地跟宁舟搭讪，假装自己在认真分析："还是得从石壁上的提示着手，提示上说这个女巫像一只断了尾巴的壁虎，但是人是没有尾巴的，这个'断了尾巴'的意思，可能是说她身体缺了一部分。"

宁舟专注地听着他说话，时不时点点头，但这已经大大鼓舞了齐乐人，他迫不及待地说了下去："但也有可能，'断了尾巴'并不是描述，而是形容她像危急关头断尾求生的壁虎一样，速度飞快。她应该嗅觉敏锐，因为提示里说过她'闻着活人的味道'，而且'寻着死人的尸体'，我们最好去叶侠或者谢婉婉的尸体那里看看。"

宁舟眨了眨眼睛，漂亮的蓝眼睛里流露出一丝可以称之为赞赏的情绪。齐乐人顿时大受鼓舞，明明得意得不行还要假装谦虚地说："咳，其实我也是瞎说的，不一定对。"

宁舟的大黑鸟鄙视地看了他一眼，齐乐人回瞪它，一人一鸟互相在用眼神暗示对方"你是个傻子"，而宁舟已经迈开步子走人了。没能用眼神战胜对方而略感遗憾的齐乐人赶紧跟了上去。

地宫的走廊就像一个迷宫，宁舟走了一会儿突然停下了脚步。齐乐人以为她发现了什么，立刻警觉了起来，不料宁舟的鸟幽幽开口道："说好的带路呢？"

齐乐人马上顿悟，女神迷路了！于是他赶紧上前表现自我，可还没来得及展示下自己的认路本领，宁舟突然脸色一变，向着来时的方向狂奔。

啊？怎么回事？齐乐人茫然了一下，赶紧追了上去。

回去的速度可比来时快多了，等齐乐人气喘吁吁地跑到安置伊莎贝尔的房间门口时，门内一道影子闪电一般蹿了出来，直扑齐乐人的脸。他愕然地呆立当场，眼看就要血溅三尺之际，一个沙哑柔媚的声音在屋内响起："让开！"

虽然那种莫名的力量并不强烈，但齐乐人的身体还是不受控制地往旁边一歪。一道劲风从他头顶掠过，他下意识地抬头看去，只见它像一只壁虎一样攀在走廊的墙壁上，覆在头发下的眼睛闪动着贪婪的光芒。

宁舟已经从房间里冲了出来，壁虎女巫嘶哑地尖叫了一声，倒挂在头顶的墙壁上，飞一般地逃窜了。

它的速度太快，只是一眨眼就消失在了两个人眼前，宁舟放弃了追逐，将双刀插回了刀鞘中。

齐乐人扶着墙站了起来，赶紧进去看伊莎贝尔的情况。她依旧昏迷着，笼罩在她身上的那层结界还在，只是光晕似乎黯淡了许多。大概是壁虎女巫攻击她之后触动了结界，所以宁舟才会这么急着赶回来。

幸好伊莎贝尔没事，要是她死了，要完成这个隐藏任务可就麻烦了。

宁舟从门外走了进来，齐乐人关切地问道："你没事吧？"

宁舟摇摇头，皱着眉看了他一眼，用袖子擦了擦他脸上的血迹。

停在伊莎贝尔床边的黑鸟清了清嗓子，严肃地说："它身上有刀伤。"

冷不丁地听到黑鸟用天然嘲讽的声音说了一句正儿八经的话，齐乐人还是有点不能接受，偷觑了宁舟一眼才慢吞吞地嗯了一声。

等等，女神的意思是它本来就受伤了？

"是它原来就受伤了吗？"齐乐人问道。

宁舟点了点头。

"是陆佑欣吗？"齐乐人又问。

"你傻啊，是刀伤。"大黑鸟鄙视地说道。

好吧，这句话肯定不是宁舟说的，真是太好分辨了。

可如果不是陆佑欣的话，又会是谁？从时间来看，最后一个女巫出现的时候，叶侠已经死了，谢婉婉无法确定。从石壁上出现提示的间隔来看，最后三个女巫的出现时间是很接近的，但肯定是一个被消灭后才会出现下一个。从战斗痕迹来看，陆佑欣和谢婉婉疑似都和雕像女巫交过手，之后谢婉婉就死了，凶手极有可能是陆佑欣。从谢婉婉死亡的地点和雕像很近这点来看，两个人很可能联手对付了雕像女巫之后立刻翻脸了，如果是谢婉婉砍伤壁虎女巫，时间上来说有点勉强，再说谢婉婉用不用刀他还不能确定呢。

难道是艾丽艾莎姐妹吗？莫非这失踪的两姐妹并不是那么简单？还是说是陆佑欣砍的，其实她也会用刀？可是看谢婉婉的尸体，那伤口可能是陆佑欣徒手干的，他记得之前就见过陆佑欣满手是血地回到殿堂，她大概更习惯徒手吧。

事情越发扑朔迷离，齐乐人揉了揉太阳穴，一阵心烦意乱。

宁舟抱起伊莎贝尔，向门外走去，齐乐人纳闷地问道："带她去哪儿？"

大黑鸟斜了他一眼，怪腔怪调地说："天涯海角，去流浪。"

齐乐人无语地看着它，干脆不理它，跟宁舟说："你抱着她待会儿遇上了壁虎女巫不太方便，还是我来吧。"

宁舟一脸深沉地看着他，看得齐乐人心慌之际，她把伊莎贝尔递了过来，示意他接好。齐乐人赶紧伸出胳膊想把人打横抱住，结果重量一上手他就后悔了，手臂和膝盖齐齐一软扑通倒地——好重！根本抱不动!

软妹的身体实在是抱不起另一个软妹啊!齐乐人认命了,惭愧地看着宁舟扛麻袋似的把人扛在肩上,也不管伊莎贝尔醒来后会不会被硌得胃疼。这么一对比,当年享受过女神公主抱的他应该是接受过特别待遇了吧?

两个人带着依旧昏迷的伊莎贝尔继续前进,很快来到了殿堂附近。齐乐人提议回去看一眼艾丽和艾莎有没有回来,宁舟不置可否。

踏入殿堂之后,齐乐人远远看到了石壁上竟然多出了一行文字。他立刻上前查看,那最后一句杀死女巫后的线索竟然已经出现了。

"我们中的一个,去而复返。"

什么叫作去而复返?是说死去的女巫再一次复活吗?不对,她们中的一个,去而复返……是指回到了这里吗?难道说,三年前的那一次献祭女巫任务里有一个幸存的女巫候选人,三年后再一次来到了这里,混迹在他们之中?

她是玩家,还是NPC?她为什么要这么做?

如果上一次有人幸存了下来,而且再一次来到了这个地宫中,那会是谁?现在活着的人里只剩下他、宁舟、陆佑欣和伊莎贝尔,艾丽艾莎姐妹生死不明,哪一个最有可能呢?

不行,这样根本无法做出有效推论,换个角度,如果那个人再一次接到这个任务,她必然会对任务流程和地形十分熟悉。熟悉地形的话……

电光石火之间,齐乐人忽然回想起了在沼泽之塔时的情境。那时候陆佑欣问叶侠需不需要复制一份地宫的地图,叶侠在陆佑欣的技能下说出了实话——她拒绝了。

那时候他和陆佑欣都以为这是因为叶侠并不信任他们,可是如今想来,会不会是因为她对地宫的地形十分熟悉,所以根本不需要这四分之一的地图呢？

可叶侠已经死了啊。他亲眼见过、触碰过她的尸体，杀死她的谢婉婉也死了……

难道尸体有假？这个念头一闪而过，齐乐人自己都觉得好笑，这又不是什么侦探小说，还能把尸体偷梁换柱假死的，他可是亲眼见过两个人的尸体了。

伊莎贝尔发出一声低吟，像是魔住了一样挣扎了起来，模样十分痛苦。齐乐人检查着她的情况，忽然灵光一闪，这个去而复返的人，会不会是伊莎贝尔？她也说过自己失去了一段记忆，也许这段失去的记忆里，她跟着姐姐来到了地宫，因为某种原因她逃过一劫却失去了这段记忆，然后三年后，她再一次来到了这里。

会是他想的这样吗？

对了，还有祭坛。

"现在七个女巫已经全部死了。按照石壁上给的线索，祭坛应该出现了吧？"齐乐人纳闷地对宁舟说，"可是现在看来，祭坛并不是出现在这里，难道还需要达成什么条件？"

宁舟沉默地摇了摇头，表示自己也不知道。

"她好像要醒了。"齐乐人瞥见伊莎贝尔的眼皮颤动了几下，立刻在她身边蹲了下来。

伊莎贝尔喃喃地呓语着，似乎在喊着姐姐，终于从昏迷中醒来了。醒来后的她呆呆地躺在地上，看着黑暗的穹顶，好像失了魂一样。

"伊莎贝尔？"齐乐人叫了她一声。

伊莎贝尔像是着魔了一样猛地从地上爬了起来，拉住齐乐人的手臂尖叫道："是她！是她回来了！不会错的，一定是她！"

"你冷静一点慢慢说，是谁？"齐乐人按住她的肩膀，凝重地问道。

从激动中平息下来的伊莎贝尔瞪着眼睛,眼神空洞地看着他。她蠕动了一下嘴唇,轻声说道:"……那个用刀的女人。"

"叶侠?你见过她?"齐乐人又问道。

伊莎贝尔的身体在颤抖,声音也在颤抖:"对,三年前,她和我姐姐在同一辆马车上……"

还在混乱中的伊莎贝尔断断续续将自己回忆起来的事情说了出来,从她凌乱颠倒的陈述中,三年前她失去的那段记忆徐徐呈现在了两人面前。

姐姐被选中为女巫候选人后就被带走了。伊莎贝尔偷偷打听到了姐姐被关着的地方,等到献祭的日子到来,她悄悄跟着马车来到森林附近,看到了被赶下马车的女巫候选人们。和她姐姐同车的一个人,是叶侠。

她们被驯养的狗赶入了丛林,伊莎贝尔担心姐姐,在众人离开后壮着胆子走入了禁忌的森林中。那时天已经快黑了,沉沉暮色之中,她慌乱地寻找着自己的姐姐,想要带她离开森林,可是却很快迷失在了这里。

然后,她遇见了一个女人。

那是一个她至今都不知道该用何种词语去描绘她美貌的女人。夕阳下,她安静地站在一棵枯萎的巨木下,脚边匍匐着一具尸体。她看着她,那眼神说不出是冷漠还是温柔,但是只是被她这样看着,她就已经忘记了一切。

"你不是被选中的人,为什么会来到这里?"女人这样问她,声音曼妙优雅得如同沐浴在晨光中歌唱的百灵鸟。

"我来找我的姐姐。"伊莎贝尔回道。

听到她的回答,女人露出了一个似是微笑的神情,那微微勾起的嘴角让她从完美的雕塑化为了一个鲜活的人。她轻快地说:"现在还不是你该来的时候,三年后再来吧。"

听到她的话语,伊莎贝尔像是着魔了一样,情不自禁地就应允了。意识开始模糊之时,她挣扎着问出了最后的问题:"你是谁?"

那个女人依旧平静地对她微笑,却说出了一个令人震惊的回答:"我是你将要侍奉的人。"

说完,她将手指轻轻点在了嘴唇上,笑容神秘而魅惑:"勇敢的小姑娘,你要替我保守这个秘密啊。"

回忆就到这里戛然而止,之后伊莎贝尔在自己的床上醒来,失去了那段记忆,直到在地宫中,她看到谢婉婉的尸体,终于想起了三年前丛林中的那一幕。

齐乐人震惊得哑口无言,半晌才喃喃道:"难道你见到的人,是欺诈魔王?"

伊莎贝尔捂着脸,颤抖着说:"我不知道……我不知道她是谁。"

齐乐人看了宁舟一眼,她微微蹙着眉,似乎在沉思。

"如果三年前欺诈魔王真的来到了献祭中,那就可以解释为什么上一次的女巫会死得如此惨烈。"齐乐人回想了一下石壁上一条条提示和他遇见过的那几个女巫,脑中已经模糊地将事情串联在了一起。

出于某种目的,三年前欺诈恶魔伪装成普通人加入到了任务中。乐于看到人类纷争、欺骗、绝望的她玩弄了那一群可怜的女巫,他还记得伊莎贝尔的姐姐说过"我没有伤害她……她欺骗了你们",这个"她"指的恐怕就是欺诈魔王吧。还有那个制造了幻境的爱欲女巫,她在求而不得的爱中扭曲,不断残害其他的女巫,恐怕也只是欺诈魔王的游戏。

但是叶侠是怎么回事?三年前她也参加了献祭,然后活了下来?一个可能是,她就是上一次献祭的最终胜利者。第二个可能是,完成献祭的另有其人,她只是幸存了下来。可不管如何,她活了下来,而且三年后再次回到了这里,然后死在了谢婉婉手中。

这太古怪了，根本不合常理，一个在欺诈魔王操控下的任务里存活下来的人，没道理就这么简单地死在这一次的任务里啊！

齐乐人越想越多，两眼放空地看着前方。宁舟就站在那里，静静地看着石壁上的文字，只是一个背影，就轻而易举地吸引了他的视线。

齐乐人忽然想起他在幻境中和"叶侠"说话的情境，那时候，"叶侠"对他说……

——不管是真正的自己被爱着，还是虚假的自己被爱着，只要是被爱着，都是幸福的。有时候爱情就是情不自禁、身不由己，哪怕明知道不可能，也不会轻言放弃。

那个"叶侠"，到底是不是她本人？她所说的不可能的爱情，究竟献给了谁？

一片寂静中，一个熟悉的声音传来。

"哎呀，终于找到你们了。"

齐乐人差点跳了起来，声音传来的方向是殿堂的大门，一个半透明的虚影站在那里，就像是地宫里无处不在的游魂。

陆佑欣的幻影抱着手臂站在那里，气定神闲地看着他们，声音机械地说道："恭喜你中了幸运奖，我这个好心人来最后一次日行一善了。告诉你三件至关重要的事情，你能不能活着离开这里就看这次了。"

"陆佑欣？"齐乐人的声音都失了真。

陆佑欣像是听不见他的说话声，神情睥睨，声音呆板地继续说道："第一，我已经死了。第二，杀我的人看起来是谢婉婉。第三，她会灵魂转移，她抢走了我的身体。综上所述，凶手是叶侠。"

宁舟快步来到了陆佑欣的幻影前，面露震惊地看着她。

陆佑欣的幻影就像是一段已经写好的程序，平稳地运行了下去："宁舟,或者齐乐人,又或者是你们两个人。你现在看到的幻影,是我在沼泽之塔那里得到的一个小玩意儿。它会在我死亡一段时间之后将我死前的意志传达到指定的人面前。你的运气着实不错。另外还有几点要提醒你,她现在已经全面强化了,无论是力量、速度、反应能力,都远超了正常人的范畴。当她突然发难的时候,我根本没有反抗能力,但奇怪的是她放过了我,在我趁机偷袭她成功之后,我和她突然交换了身体,之后我就因为自己偷袭造成的伤势太重而死亡。由此我怀疑,她的灵魂转移技能应当有极大的限制,要完成灵魂转移可能需要先击败我一次,然后放任我偷袭她,造成她身体重伤。如果你遇上了她,千万要小心。"

"时间快到了……"陆佑欣的幻影逐渐变得黯淡了起来,像是信号不良的画面一样时隐时现,就连声音都变得断断续续,"本来还有件事情想告诉你,不过还是算了。放心吧,不会影响你们完成任务的,到时候你们自然会知道。虽然带着遗憾死去有点可惜,不过回头想想,人生本来就是这样吧,不知看到哪一页就突然合上了书本。所以才要在任何时候都活得肆意开心啊。"

陆佑欣的幻影对着两个人所在的方向笑了笑,就像个再普通不过的俏丽少女,声音冷漠机械地说:"现在我要回家了,再见了……祝你好运。"

画面变得模糊,终于在冷寂的空气中化为乌有,空荡荡的殿堂门口,好像从来没有人出现过。

一片寂静中,齐乐人看着宁舟站在门口,放在身侧的手缓缓攥紧,用力到青筋浮现。

"宁舟……"齐乐人心口沉甸甸的,他不知道该怎么去安慰刚刚失去了一个朋友的宁舟,可只是看着她一个人陷入悲痛自责的话……

他走到了宁舟身边,伸手握住了宁舟攥紧的手。几乎是碰触到的一瞬间,宁舟的握拳的手放松了下来,转而握住了他的手,像是在确认什么一样，紧紧握着他。

"她来了。"停在石雕上的黑鸟突然说道。

伴随着它的话，远方烛光摇曳的殿外长廊上，一个人影向这里走来。

她走得并不快，也不急，脚步声从容不迫，毫不掩饰地向这里走来。

宁舟的手按上了短刀的刀柄，幽蓝的眼眸里寒光凛凛，如同一把即将出鞘的兵器。

她停下了脚步，在距离大门十几米外。

"看来你已经知道了。"占据了陆佑欣身体的叶侠看着对她剑拔弩张的宁舟，微笑道，"那你们也应该知道，现在我已经远远超过了人类的身体极限。无论是速度、力量、敏捷，都已经不是普通人可以抵挡得了的。和我对抗，只是螳臂当车而已。"

宁舟没有说话，锵然出鞘的双刀已经是她的回答。

不对劲啊，她为什么要说这么多废话？直接杀过来不就好了吗？齐乐人看着气氛一触即发的两个人，心头的疑问徘徊不去。

"不用着急，还有一场猫捉老鼠的游戏要完成。等杀死你们之后，我将继续侍奉魔王，而你们，就永远留在这座冰冷的地宫之中吧。"叶侠的笑容略带嘲讽，她一边说着，一边向他们走来。

当她踏入殿堂大门的那一刻，系统提示再一次出现。

"献祭女巫第二步：献祭地宫，目前已杀死的女巫7/7，剩余存活女巫候选人4。开启第三步：最终献祭。"

"任务背景：你已经发现，每一次杀死女巫候选人，都可以获得各项属性的大幅提升（离开地宫后失效），而上一次献祭的幸存者、侍奉魔王的女巫再一次来到了这个地宫中。杀死她，祭坛就会出现，完成献祭后，所有存活玩家均被视为完成任务。"

"所有存活女巫候选人开始随机传送。传送倒计时，十、九、八、七、

六、五、四、三、二、一,传送完成。"

齐乐人再次出现在陌生的走廊上,四周的烛光微弱,在穿过长廊的风中摇曳,连同他的影子一起。

有太多思绪需要理清,站在走廊上太容易被发现,他干脆一闪身躲入了最近的房间中,掩上了门。

看来任务已经到了最后的时刻了,也是最艰难的时刻。

不得不说,这一次的任务难度根本不是一个新人能承受的。他简直是倒了八辈子血霉才会触发了这种任务。最大的BOSS竟然是三年前任务里幸存下来完成献祭的女巫,对任务一清二楚的她干脆先下手为强,能力增幅到了一个难以抗衡的程度。这种增幅还不会因为她换了身体而消失。他们现在总共只剩下三个人,就算其中一人杀掉了另外两个,也无法和她对抗。

系统提示里说只剩四个女巫候选人存活了,也就是说,艾丽姐妹已经死了……

齐乐人的心情更加沉重了。

现在他们从伊莎贝尔的记忆得知,叶侠就是三年前存活下来的女巫。这应该是通关的必要条件,如果不知道叶侠的真实身份的话,他们恐怕难以生起警惕之心,最后难逃一死。但是现在知道恐怕已经太迟了……知道流程的她不会给他们翻盘的机会。

可就这样乖乖等死吗?一定还有什么办法……

"下雨收衣服"目前剩余感应次数2/3。

齐乐人心头狂跳,猛地迈出一步,不敢再紧贴着门板。

四周一片寂静,他死死看着紧闭的房门……

可是外面毫无动静。

是感应出错了吗?这个技能的确有感应错误的概率。而且地宫这么大，他才刚传送完毕，不至于这么倒霉地遇上叶侠吧？就算叶侠真的在这附近，她又怎么知道他躲在房间里呢？他根本没听到周围房间有开门检查的声音，没道理她就这么准确地盯准了他躲藏的这间房吧？

攥着最后一枚微缩炸弹的手心出了一层汗，齐乐人一动不动地盯着门，直到疯狂的心跳再一次平缓了下来，他深吸了一口气，僵硬地迈出了第一步，准备打开门。

"下雨收衣服"目前剩余感应次数1/3。

"锵"的一声脆响，在感应提示下猛地后退一步的齐乐人眼睁睁地看着那锋利的刀刃穿破脆弱的木板，细碎的木屑飞溅出来，以势不可挡的杀意直奔他的喉咙。

只差一点点，就像在幻境中那样。

原来，那不是巧合，她能感应到他在哪里。

时间仿佛在这一刀中戛然而止，隔着一层薄薄的门板，站在门外的人缓缓抽回了刀。锋利的刀刃擦过被捅穿的木门，发出刺耳的咯吱声。

这一刻，齐乐人竟然犹豫了。

如果现在用掉SL技能却偷袭失败的话，他面临的就是百分百的死亡绝境，门外的那个人已经获得了远超人类极限的力量，普通的办法还能解决得了她吗？

再等一等吧，等门打开的一瞬间……

"出来吧，再躲下去你也逃不了的。"门外响起陆佑欣的声音，却是截然不同的语气，轻柔冷冽，不着一丝杀意。

齐乐人依旧没有动。

"如果你在等我开门，然后用那个可笑的小技能和我同归于尽的话，你还是趁早死心吧。"门外的人冷淡地说道，带着一丝嘲讽的笑意。

她怎么知道？她怎么可能知道？！

齐乐人方寸大乱，无数念头接踵而来。

叶侠究竟是怎么知道他的技能的？莫非她看到过吗？在哪里？什么时候？

就在他慌乱之际，大门咔嚓一声打开了。

门缝中射入了第一道光，那摇曳的烛光中，她的影子也微微晃动着。她背对着走廊墙壁上的烛火，面容模糊不清却切切实实地意味着死亡的来临。

这一刻，齐乐人竟连背水一战的勇气都消失殆尽了。

他已经意识到，自己不可能赢了。

这不是在新手村大BOSS追杀下的逃跑，也不是在月光庭院中和女巫的殊死一搏。那时他知道自己有生还的可能，因为他还有底牌。可是这一次，面对一个对他的伎俩早有防备的对手，他终于发现自己的无力。

大门彻底打开了，叶侠一动不动地站在门外，手臂和长刀的投影恰似一把死神的镰刀，钩住了他的脚。齐乐人忘记了呼吸，死死盯着她，四肢都像麻痹了一样。

"有一件事，我很好奇。"叶侠淡淡地问道。

"什么事？"齐乐人的声音带着微不可察的颤抖，他强作镇定地和叶侠搭话。

"你们是怎么发现我不是陆佑欣的？我自觉并没有露出什么破绽。"叶侠看着他的眼睛，慢条斯理地提出了自己的疑问。

"因为伊莎贝尔三年前见过你，但是她失去了那段记忆，直到刚才她回想了起来。所以我们判断，你不可能这么简单就死掉。"齐乐人下意识地隐瞒了陆佑欣的遗言。

"见过我？哦，你是说见过三年前的那副身体吧。她可真不错，灵敏、矫健、可塑性强,我一度对她非常满意,美中不足的是实在太过其貌不扬了。"叶侠的嘴角弯起一个微妙的弧度,"谢婉婉的身体也不错,陆佑欣的更好,但是最让我心动的,还是宁舟的身体。"①

齐乐人蓦地睁大了眼。

"力量、敏捷、速度、反射神经都无可挑剔,就连模样都挑不出一丝一毫的瑕疵,那才是我想要的身体!完美无瑕!有了这样的身体,她一定会更喜欢我的,一定会的!"叶侠的情绪突然激动了起来,神情中满是让人惊惧的狂热。

"如果我变得像她那样美貌,她一定会注意到我,我不想再做一个匍匐在她脚边的蜷蚁了,那么卑微可怜地乞求她多看我一眼,可是她却视而不见。三年了,她再也没有降临,哪怕我遵循她的旨意回到了这个地宫,她也不会再出现了。可就算这样,我也不会让任何人取代我的位置!只有我才可以侍奉她,只有我可以!"

叶侠缓缓举起了手上的刀,对齐乐人露出了一个冷酷的笑容:"再见了……"

刀身折射着摇曳的烛光,握着微缩炸弹的齐乐人终于狠下心,哪怕明知不可能胜利!

生死关头,一道银光闪烁的箭矢从远处射来,铿锵一声射在了刀刃上。下一秒箭矢轰然爆炸,冲击波让齐乐人踉跄了一下摔倒在地,四周笼罩在烟雾中。他挣扎着往门外爬,冰冷的感觉从地面上蔓延了开来,齐乐人愕然地想起叶侠的确有冰冻相关的能力,寒气已经在他手上结了一层薄薄的霜花。

冻僵的四肢迟钝僵硬,他根本站不起来,浓烟之中隐约可以看见两个人影以惊人的速度交缠在一起,又一触即分,武器相撞发出刺耳的声音,伴随着耀眼的灵光。

---

① 灵魂转移技能卡,非绑定技能卡,一分钟内依次满足以下条件可与另一个玩家交换身体:1. 在一对一的场合打败对方,使其失去反抗能力;2. 打败对方后放开对方恢复其行动力;3. 受到对方致命攻击濒死。满足以上三个条件,可使用本技能交换双方身体,一切系统提供的技能物品也同时互相交换。交换完毕后半小时所有能力下降50%。

宁舟闷哼了一声，一闪身退到了齐乐人身边，手臂上的伤口汩汩地淌出鲜血，洒了一地。她的黑鸟也从浓雾中飞出，扑棱着翅膀停在了齐乐人脚边。

"教廷的走狗？圣城都已经沦陷在恶魔的手中，你们竟然还没有死绝？真是令人讨厌。"叶侠的身影从浓烟中步出，气定神闲地看着宁舟，"还有必要挣扎吗？我承认你很不错，但是现在你已经不可能是我的对手了，除非你再找四个女巫一一杀死。"

宁舟眸光一冷，竟然不顾伤势毫不犹豫地冲了上去，两柄短刀上迸发出耀眼的银色圣光，恰如两道飞虹一般夺目。叶侠后退半步，横握长刀和她的短刀用力冲撞。武器相撞的力量将宁舟掀飞了出去，她不可思议地在空中扭转了身体，半蹲着地，那冲击力甚至还带着她往后滑出了几米远才停止。

太可怕了，这种力量，普通人类根本已经无法抗衡了。

"乖乖认输不好吗？我可不想把你的身体弄得破破烂烂的。算了，先把这个小家伙解决掉好了。"叶侠似是无奈地叹了口气，冰冷的视线转向了齐乐人。

齐乐人扶着墙艰难地站了起来，手掌和膝盖上都是冻伤，可他还是站了起来。就算要死他也要站着死去。

叶侠微微一笑，提刀向他杀来。视线的余光中，齐乐人看到宁舟从胸前扯出了一条链子，猛地丢到了齐乐人脚边，清脆的一声声响在这一刹那传入齐乐人的耳中。周围的一切都模糊了，向他杀来的叶侠，他脚边的黑鸟，站在远处的宁舟，一切都好像在时空隧道中扭曲。

圣光从他脚下升起，将一切卷入一片圣洁的白色中。

虔诚的歌咏声从天而降，齐乐人沐浴在一片纯净的白色中，他身处一座恢宏的圣殿中，无数身披洁白祭祀服的朝圣者对着他面前巨大的十字架虔诚地用歌声祷告。他们每一个都面目模糊，身影虚幻，一眼就看得出不是生灵。

这里是哪里？

他慌张地东张西望，看到了不远处的宁舟，于是松了口气。

巨型的十字架下，一个身穿洁白祭祀服、有着金发的女子正对着虚空祷告，好像感觉到了他们的到来，她睁开了眼睛，那双湛蓝的眼眸和宁舟几乎一模一样。

她对他们微微一笑，再一次闭上了眼睛祈祷。她的祈祷声好似带着一种圣洁的魔力，让这座圣殿沐浴在不可思议的力量中，治愈着人的肉体和灵魂。

"这里是哪里？"齐乐人茫然地问道。

停在宁舟肩膀上的黑鸟说道："……圣灵结界，能维持五分钟的绝对防御，解除一切负面影响，愈合一切伤口。"

齐乐人震惊地看着宁舟的手臂，被叶侠砍伤的手臂正以肉眼可见的速度愈合着，就连他自己身上的伤口都飞快地消失了。

这真是……太不可思议了。可是竟然只有五分钟吗？

五分钟后，他们还是得面对死亡啊。

宁舟站在他面前，静静地看了他一会儿，然后垂下了眼眸，她肩上的黑鸟说道："待会结界一碎，你立刻跑，越远越好。"

"那你怎么办？"齐乐人急着问道。

"留下来。"

"不行，她现在已经无法战胜了，你留下来也是送死！"齐乐人笃定道。沐浴在空灵的圣光之中，宁舟原本过分明艳的五官都染上了一层圣洁的光芒，她那双漂亮的蓝眼睛定定地看着齐乐人，不说话。

齐乐人深吸了一口气，捂住额头重新思索道："一定有办法，我不

247

信这是必死的局面,一定有办法。宁舟你听着,不要和她硬拼做傻事,你死了我也活不了,我宁可自己死了也不会让你送死的!"

现在的情况是,叶侠已经杀了四个女巫候选人,哪怕宁舟现在杀了他和伊莎贝尔,也不可能超过她的力量,这是绝对数量上的差距。系统也说"每一次杀死女巫候选人,都可以获得各项属性的大幅提升"……每一次?

齐乐人的眼睛亮了起来,它说每一次,不是每一个!

这一刻,他就像在无穷黑暗中踽踽独行饥渴难耐疲惫不堪的旅人,突然看见了前方摇晃在夜色中的灯火,那是生命的光芒,是希望的火焰,是绝境中的生机。

"宁舟,我有一个办法,也许可以让我们都活下去。"齐乐人激动地看向宁舟。

圣灵结界中的歌咏声变得越发空灵,无数金色和银色的光点飞舞在虚空中,缠绕着两个人。

齐乐人忍不住露出了笑容:"很简单,杀了我。"

7

"很简单,杀了我。"齐乐人怀着激动的心情,对宁舟说出了唯一的生路。

圣洁的歌咏声中,齐乐人看到站在他面前的宁舟蓦地睁大了眼,就好像听到了什么不可思议的话。

"你听我说。"兴奋之中的齐乐人忘情地拉住了宁舟的手臂说道,"系统说'每一次杀死女巫候选人,都可以获得各项属性的大幅提升',听清楚,是每一次,不是每一个,这或许就是它留给我们的一线生机。

我的SL技能可以连续读档三次,杀了我的话你就可以获得三次力量增幅,和叶侠很接近了!"

手突然被宁舟甩开,齐乐人愕然地看着她,她那双美丽的蓝眼睛里盈满了愤怒,那复杂的眼神一下刺得齐乐人生疼,也刺醒了他。

他已经习惯用死亡的痛苦来换取活下去的可能,一次又一次的重复读档使他变得麻木,他习以为常地将它视作一种达成目的的手段,轻率地使用它、依赖它,有意无意地忘记了可能存在的风险。

他已经视作寻常的存档读档,对宁舟来说,却是活生生的杀戮。将手中的短剑刺入同伴的胸口,用同伴一次又一次的死亡来让自己活下去,那种精神上的拷问远比肉体的痛苦可怕。

宁舟会是什么样的心情呢?浑身发冷的齐乐人竟不敢想下去。

如果一定要有人背负这种责任,就让他来当那个人,他要保护她!齐乐人对自己说。

"宁舟,你听着,让你杀我,是为了让我们都活下去。用SL技能的时候,我基本是感觉不到痛苦的。"齐乐人毫不犹豫地说了谎,"如果不这么做,我们两个都会死在这里。换个角度想,如果现在是你有这样的技能,你也一定会让我这么做的,对吧?我想活下去,也想你活下去。"

"来吧,我已经存好档了,只有半分钟的时间。"齐乐人存了档,挺胸站好,等待他人生中第一次,也许是唯一一次被他期待着的死亡。

宁舟静静地看着他,一如无数次她看向他的时候,那么安静,那么美。可是这一次,她的平静里满满的都是悲伤和挣扎,握在她手中的短刀在抖,哪怕手臂受伤的时候,她握刀的手都稳如磐石,可是这次,她的手在抖。

她上前一步,温暖的左手蒙上了齐乐人的眼睛。

眼前顿时一片黑暗，齐乐人眨了眨眼，睫毛扫在了宁舟的手心上，带来奇异温情的触感。

他突然有些害怕了，黑暗中他等待着那一刀到来，他希望这一刀快一点，至少得快过圣灵结界中愈合伤口的速度，倒计时已经数到了十……九……八……他无声地念着数字。

蒙着他眼睛的那只手就像是黑夜，本该是无情笼罩着大地的黑夜里，他突然听见了一个朦胧如同梦境的声音，竟像是一个人用自己的灵魂在对他说话："齐乐人，我以我的人格，我的荣誉，我的灵魂，在此向你发誓……"

"什么？"

"我会永远……"

保护你？

他似乎听见宁舟说了什么，那话让他悚然一惊，诧异地想挣开她的手，可是身体却被牢牢抱住，下一刻，一道寒意就这么从背后刺穿了他的心脏。

这一刀太快太准，他几乎没来得及感觉到痛，就已经再次醒来。

他依旧是站在这里，宁舟也依旧站在那里，她看起来很平静，只是用嘴型对他说：闭上眼。

脑海中的誓言让他安心，他相信宁舟会说到做到。

齐乐人闭上了眼。

如果说第一眼看到宁舟的时候，他对她的喜欢是仰望的憧憬，是对遥不可及的女神的向往，那么此时此刻，他终于可以和她并肩站在一起。他想保护她，哪怕他的力量是如此渺小，可他还是想不惜一切地保护她。

哪怕真的要付出生命的代价，他也愿意。

这一次他有所准备。当刀刃从前胸穿过，带来冰冷死亡的一瞬间，他脑中浮光掠影地闪过了无数画面，最后定格在了丛林篝火前，宁舟从树上一跃而下，抬起脸看向他……

那一瞬间，闪现在齐乐人心中的词语，是命运。

唯有命运会让他们在此地相遇，共赴险境同甘共苦，于最危险的绝境中迸发出最真挚的感情，他们要互相救赎。

那冥冥之中，仿佛有一股神秘的力量，在引导着这一切。

因为他们的相遇，整个世界的未来都会因此改变。

第二次读档完毕，齐乐人脚下一软，趔趄了半步，忘记了要闭上眼——宁舟站在他面前，一瞬不瞬地看着他，没有任何多余的表情，冷漠得就像是两个人初遇的时候。

只是，她那双沉静蔚蓝的眼睛里，静静地、无声无息地流下了泪水。

泪水沿着她的脸颊滑落，溅在了她握刀的手上，她垂下眼，看着泪水从手背滑落，眼中闪过一丝错愕，竟是连自己哭了也不曾发现。

沐浴在圣歌之中，浸泡在梦幻模糊的光影里的宁舟；从不畏惧，也不退却，永远一往无前的宁舟；为他默默流泪的宁舟，美得让人心痛。

心脏像是被人凿开了一个无法填补的洞，齐乐人强撑着虚弱得快挪动不了的身体走到宁舟面前，那咸涩的泪水像是要灼烧他的灵魂。

他试图用拥抱去平复宁舟这一刻无声的崩溃。别难过，也别害怕，我会从死亡中获得重生，齐乐人在心中默默地说道。

他是如此确信，这一刻已经不需要语言去表达，只是这样看着彼此，就已经是完满。

空灵的圣歌变得越来越遥远，越来越模糊，洁白的圣光开始黯淡。天空晦暗，大地动摇，华美的教堂穹顶、繁复圣洁的壁画、精美绝伦的雕塑开始一一剥落，仿佛被火苗点燃的信笺，火星卷起了黑边，一点点蚕食掉纯白的纸张。

结界的时间已经所剩无几。

"动手吧。"齐乐人虚弱却坚定地说，他已无所畏惧。

宁舟却好像突然疯了一样，一把将短刀丢到了地上，金属坠地的清脆声响中，她捂住了脸，压抑的哭泣声从指缝中流出，那比死更可怕的折磨让理性溃不成军，她已经无法下手了，再也无法下手了。

"再来一次，最后一次。"齐乐人艰难地捡起地上的短刀，塞进宁舟的手中，指向自己的胸前。说出这句话时，他已经没有任何恐惧，即便这一刻一次又一次的死亡让他痛苦得快要崩溃，他还是努力对她微笑，他总想把最好的自己展现给她。

结界正在崩溃，剥去圣洁的表象，露出黑暗的真相——无数狰狞恐怖的恶魔虎视眈眈，随时都会冲破结界的包围进入到教堂之中，掀起一场残忍的屠杀。这已经不是和平安详的世界，而是被迷雾和死亡笼罩着的，恶魔统治的噩梦世界。

"宁舟……"齐乐人声音低哑地叫出了他的名字，对上了宁舟那双安静地流泪的眼睛，"让你这么痛苦，对不起。虽然我很没用，但是……我也想保护你啊……"

短刀再一次刺穿了心脏，这一次是齐乐人用力挺身，让抵在胸前的刀刃扎破皮肤，径直贯穿了他那颗跳动的心脏。不会再觉得痛，也不觉得冷，当他看着宁舟的时候，他全心全意地愿意为她付出，哪怕是生命，就算真的要死在这里，他也不会后悔。

连续读档三次成功。齐乐人一动不动地站着，浑身上下最后一丝力气都被抽干，他不敢挪动半分，因为只要稍稍一动，他就会倒下。

结界彻底崩溃。

最后的一瞬间，齐乐人看见那站在圣母像下祈祷的金发女子，她那双和宁舟一模一样的蓝眼睛凝望着他们，宁舟和她遥遥相望，缄默无语。

她应当是对他们笑了笑，那混杂了悲伤、思念、怜悯、无奈的笑容，看起来无比复杂。

像是一面敲碎的镜子，圣洁的教堂和铺天盖地的恶魔组成了一副光怪陆离的画面，一层层破碎剥离，最终化为无数黑白相间的光点弥散开来。

这崩塌的结界中，一切都在虚化崩解，只有站在他面前的宁舟是鲜活的，他们静静地凝望着彼此，就好像那是唯一的希望和救赎。

他有很多很多话想告诉宁舟，很多很多。等到一切结束，他一定要说出来。他要在温暖的阳光下，在所有人面前，大声告诉她……

结界彻底消散，他们依旧身在地宫之中。叶侠站在空旷的走廊上，气定神闲地等着他们到来。

"只要杀死你们，一切都结束了。准备好了吗？"她问道。

一声清脆的声响，宁舟胸前的挂坠掉落在了地上，她没有去捡，也没有回头再看一眼，她就这样握着她的刀，一步步向叶侠走去。

就是这样的背影，从不畏惧，也不退却，永远一往无前。

轰隆一声巨响，整个地宫都震颤了一下。原本就因为连续读档虚脱的齐乐人腿一软坐倒在地上，宁舟掉下的挂坠就在他手边，他艰难地指挥着手臂捡起了吊坠，爬到了墙角坐了下来。

不远处的战况已经白热化，冰霜以恐怖的速度蔓延到了他的脚边，将四周的墙壁和地面都覆盖上了一层霜雪，而宁舟短刀上的灵光在极快的速度下挥舞成一片银白的光绫，所过之处墙体崩裂，摧枯拉朽。沙尘灰烬之中，齐乐人恍然看到了巨大的炽天使的幻影，圣洁威严，就像在地下湖中那样……

这一次是势均力敌之战了，至于能不能胜利……齐乐人忽然释然了。

如果输了的话，就这样静悄悄地埋葬在这里吧，在这个寂静的地宫中，和宁舟一起长眠。

握在他手中的金属挂坠渗出凉意，齐乐人将它拿到眼前，他记得当时就是这个挂坠释放出了圣灵结界，给了两个人喘息的时间。

圆形的挂坠已经破裂了，手指轻轻一拨就被打开，露出里面一张小小的照片，照片上的女子一头耀眼的金发，那双湛蓝的眼睛几乎和宁舟一模一样。

是她？圣灵结界中圣母像下祈祷的金发女子，她是谁？

从两个人的长相来看，她绝对和宁舟有血缘关系，难道是她的姐妹？可这长相怎么看都是NPC，难道……

身体越来越冷，也越来越疲倦。从没有连续读档三次，齐乐人还是低估了连续使用这个技能对身体的透支，脑袋变得越来越沉重，也越来越抽痛，他已经无法再思考下去，甚至随时都会晕厥过去了。

远处的战斗越来越激烈，整个地宫都好像要被摧毁了一般，不断有细小的粉尘和碎石从头顶掉下来。齐乐人勉强抬起头，睁开眼看了一眼，头顶的石质穹顶已经龟裂了，更多碎块掉落了下来，粉尘飘满了四周。

齐乐人知道自己该躲开，可是他根本动不了。

头顶的石板摇摇欲坠，触目惊心的裂缝越来越深，眼看就要砸在他身上。

"下雨收衣服"目前剩余感应次数0/3，冷却倒计时23:59:59。

快动起来！动起来！

齐乐人想往旁边爬一点，哪怕只是一点，只要避开要害……

可是别说动弹一下四肢，就连眨一眨眼都好像在燃烧身体里最后的力气。

视线变得模糊，声音也变得遥远，他呆呆地看着头顶的石板，像是一艘缓慢下沉的船，一点点坠向死亡深渊。远处又是一声巨响，不堪重负的连接处终于彻底断裂，石板一声闷响，从头顶掉落，砸向动弹不得的齐乐人。

有时候，突然的死亡就是这样毫无道理啊……齐乐人在心里苦笑了一声，闭上了眼。

一秒、两秒、三秒……预想之中的剧痛却没有降临，齐乐人微微睁开眼，视线已经模糊，他只能隐约看到两个白色的人影，手牵着手，站在他面前。

那块差点要夺走他性命的石板被不可思议的力量托举在空中，被驱使着缓缓飘向不远处，然后轰隆一声坠地。

这是……怎么回事？

齐乐人用力眨了眨眼，想要看得更清楚一点，那手牵手的白色人影回过了头，面容模糊得像是一层雾。可齐乐人就是觉得，她们对他笑了笑，然后手牵着手，消失在了他眼前。

"艾丽，艾莎……"齐乐人无声地念出了她们的名字。他其实并没能为这对可悲的姐妹做些什么，可是她们却在死后仍记得他微不足道的帮助。

谢谢，谢谢你们。

黑暗和疲倦沉沉笼罩了下来，齐乐人握着吊坠，枕着耳边越来越远的打斗声，意识沉入了荒芜的深渊之中。

昏睡之中，齐乐人觉得自己好像躺在一艘小船上，周围风平浪静，只有些微的水波带来船体的摇晃，规律的晃动让他的意识更加怠惰，肆无忌惮地在自由的梦境中徜徉。他觉得自己好像忘记了什么很重要的事情。

是什么事情呢……

好像……是一个重要的人。

宁舟！

齐乐人从恍惚中醒来，有一瞬间他以为在墓穴中躺了几百年，那么疲惫，那么冷。

抱着他的宁舟低下头，她束起来的长发已经散落了，有几缕发丝甚至在他的脸颊上轻柔地蹭过，带来微微的痒意。她低头看着他，眼神温柔。

"宁舟？"齐乐人叫出了她的名字，声音嘶哑得像是几年不曾说话。

"你醒了？还好吗？"伊莎贝尔的声音从另一边响起，齐乐人艰难地扭过头去看。她有些惶恐地看着他，见他醒来终于松了口气："你不知道，刚才宁舟看到那一段走廊已经坍塌时表情有多吓人，幸好挖开石块后发现你安然无恙，这可真是太好了。"

齐乐人眨了眨干涩的眼睛，看着宁舟，她有些不好意思地偏过了脸，耳垂还有些微微发红。

疲倦不堪的身体突然被注入了一股不可思议的力量，齐乐人忍不住笑了，笑容有点傻。

"我们赢了？"他确信地问道。

"嗯。"宁舟轻轻应了一声，结束战斗后她终于可以不再顾忌技能的影响，开始说话了。

劫后余生的快乐一下子席卷了齐乐人全身，他从宁舟怀里下来，虽然腿还有点软，但是不至于连走路的力气都没有，在宁舟的搀扶下，他一步步往前走。

前方一片狼藉，到处都是崩塌的石块和被摧毁的雕塑，远处走廊尽头，原本应该是被封闭的死路，此时却变成了一个巨大的祭坛，它高高耸立在那里。

"完成献祭就可以完成任务了吧，谁来？"齐乐人问道。

宁舟摇了摇头，低沉悦耳的声音像是曼妙的大提琴："我不会向恶魔妥协。"

齐乐人回想起圣灵结界中那空灵圣洁的庇护所，隐约感觉得到宁舟应该是个颇有奇遇的人，而且应当是教廷那一方的。

"那要不我试试……"齐乐人决定试一试SL技能能不能骗过系统。

"我来吧。"伊莎贝尔站了出来,她看起来有些悲伤,却很坚定,"现在我已经无法回到村子里去了,被挑选中的那些人,从来没有人回去过,如果我回去了,他们一定会把我送回来,毕竟在他们眼里我已经是恶魔的女巫了。"

"而且……如果侍奉魔王,得到力量的话,也许我能再见到我的姐姐……我想再见一见她。"

"谢谢你们,如果没有你们的话,我现在恐怕也已经死了,更别说找回当年的记忆。"伊莎贝尔面带微笑,平静地向两个人道别。

"你考虑清楚了吗?"齐乐人问她。

伊莎贝尔点了点头:"侍奉魔王也许没有想象的那么糟糕,如果变强的话,我就能保护我想保护的人,我的亲人、我的朋友,我不想看到再有人死去了……无论如何我想试一试。"

伊莎贝尔心意已决,齐乐人也没有再说什么,如果现在他是伊莎贝尔,他恐怕也会做一样的决定。在这个噩梦世界里,普通人类真是太弱小太弱小了,如果有一个改变命运的机会,哪怕成为恶魔,也会有无数人愿意尝试。

"祝你好运。"齐乐人祝福她。

沉默的宁舟也说了一句:"记住你的心。"

伊莎贝尔的表情微微一僵,随即她笑了:"我的心意从来没有改变过。"

随着伊莎贝尔一步步走上祭坛,祭坛顶部升起了一道光柱,光束中隐约可以看见一个虚幻的人影。宁舟的神情一下子肃穆了起来,手也按在了刀柄上。

那是谁?欺诈魔王吗?

伊莎贝尔已经来到了光束前,被光芒笼罩的人影看起来虚幻缥缈,可她却轻而易举地将她和三年前那个绝美的女人联系在了一起。

人影发出了一声微不可闻的轻笑，话语间充满了蛊惑人心的力量："好孩子，到我这里来。"

伊莎贝尔的脸上露出一丝狂热，她憧憬地看着那道美妙的倩影，像是被蛊惑了一般喃喃道："我终于……能够来到您的身边了……虽然我不是最美丽最强大的那一个，但我还是赢了。"

她走入了光束之中，再也没有回头。

几乎是同一时刻，系统提示出现了。

"玩家齐乐人，完成献祭女巫任务。任务完成度百分之五十。"

"奖励生存天数三十天，任务完成度系数为一点五倍，完成隐藏任务：尘封的过往，奖励生存天数十天，总计奖励生存天数五十五天。"

"数据同步倒计时，十、九……"

"宁舟，回到黄昏之乡，我们见一面吧！"时间紧迫，齐乐人语速飞快地说道。

宁舟的身影已经被包裹在了传送的光束中，连同她肩上的黑鸟。

"嗯。"

齐乐人开心地笑了起来："落日岛的钢桥。"

"好。"

"三、二、一，同步完成。"

传送完成。和第一次来到黄昏之乡不同，这一次齐乐人直接被送回了落日岛的家中。

在主世界执行任务期间，虽然生存天数会锁定，但是其他人的时间却是在走动的，算上去玛卡村的路途，他已经切切实实离开黄昏之乡一周多了，家中都已经浮起了一层薄薄的灰尘。

齐乐人立刻冲向洗手间，镜子里照出他熟悉的脸，不再是任务里那个女孩子的样子，而是他自己。

他一下子变得心情忐忑，等宁舟看到真正的他时，会很失望吗？她能接受吗？

这份不确定让齐乐人焦虑了起来，洗完脸后还神经质地捋起了头发，连一根翘起来的头发丝都要斤斤计较。

整理好衣服，深呼吸，齐乐人站在了家门口，打开了门。

落日一下子映入眼帘，熟悉的带着机油和海风咸涩气息的空气传入鼻腔，带来一种熟悉的味道和陌生的憧憬。

他开始向钢桥走去，每一步都故作镇定。

落日的海边，海鸥成群结队地在海岸边捕食，发出嘹亮的鸣叫声。

海风吹动了发梢，也吹动了心。

齐乐人心情不安又雀跃，回想着任务中关于宁舟的种种，那种隐秘的快乐让他迫不及待地想要有人分享。等见完宁舟，他一定要找吕医生好好聊聊，分享一下自己的喜悦！

每走一步，激动的心情就难耐一分。齐乐人的步子变得越来越快，越来越急。

世界是如此喧嚣而美丽，只要他稍稍环顾四周，就会被黄昏之乡绝美的落日深深吸引。可是这一刻的他却沉浸在不久前的回忆里，无心欣赏风景。

回忆里的每一点每一滴都是甜的，哪怕那时他伤痕累累狼狈不堪，甚至屡次徘徊在生死边缘，可一切都是值得的。

回想起圣灵结界中宁舟的眼泪，齐乐人不觉红了脸。

不知不觉，他已经从快走变成了小跑，最后干脆飞奔了起来。被夕阳笼罩下的落日岛，那些被斜阳拉长的影子在他的视野中飞速后退着，他难以控制这种激动的心情，向着目的地奔跑。

他要奔向约定好的那个美好未来，即便没有人将它宣之于口，齐乐人也毫不怀疑。

钢桥已经近在眼前，齐乐人终于停了下来，一边喘气，一边手忙脚乱地整理起了衣服和头发。四周人来人往，这个热闹的地方没有人注意到一个紧张得快要爆炸的他。

宁舟，应该还没来吧？齐乐人一边对自己说着，一边焦虑地东张西望，寻找宁舟的身影。

果然，她还没有来。

齐乐人说不上是庆幸还是失落，他抬起脚，从钢桥的这一头向这座拱桥的最高处走去，想要站在那里先一步发现前来的宁舟。

桥中央，一个一身黑色风衣的高大男人抱着手臂站在那里，他背对着他，好像正在眺望出海口。

齐乐人站定，那个男人身上的风衣和宁舟借给他的外套看起来很像，这让齐乐人有点微妙的不悦，又让他忍不住多看了一眼那个人的背影。

那人一头黑发，身材很高，也很挺拔，笔挺的站姿和周围随意的人群格格不入。他还穿了一双制式皮靴，看起来像是某个组织统一配发的。

是审判所的执行官吗？齐乐人猜测着。

但是他没有将此人放在心上，因为他现在全部的心神都系在了即将见面的宁舟身上。

来来往往的人从桥的这一头走到那一头，有的说说笑笑，有的孤身一人。没有人注意到一个忐忑不安的他。

待会儿宁舟来了，他要怎么对她打招呼呢？等待的时间里，齐乐人已经思索起了见面时的场景，直到……

一个卖花的小女孩抱着一大捧各色的玫瑰花沿街叫卖："卖花啦，

卖花啦，新鲜的玫瑰花，便宜卖啦。"

对了，他没有准备礼物！

齐乐人又紧张了起来，急忙叫住了小女孩："我买花，多少钱一朵？"

小女孩看起来是个NPC，但是她熟知玩家的交易，掏出一张契约纸："按照时下的价格，一朵玫瑰花收您十二小时。"

齐乐人大惊失色："怎么这么贵？"

这物价合理吗？

小女孩正色道："黄昏之乡的花很稀少，需要你们外乡人特别培育才行，贵是理所当然的。"

齐乐人刚刚收入了一大笔生存时间，底气足了，忍痛道："我要白玫瑰。"

他觉得白玫瑰最贴合女神那高岭之花的气质。

"白玫瑰，七朵。"耳边传来一个男人的声音，低沉却好听。

卖花的小女孩大惊："今天是什么日子，为什么会有这么多冤大头……啊不，深情又浪漫的帅哥给女朋友买花啊？"

齐乐人正蹲着挑花，瞥见了那双给他留下深刻印象的制式皮靴，他一下子想起来了，是那个穿风衣看海的男人。

他怎么也买花？

齐乐人正纳闷，看到那只熟悉的大黑鸟从天而降，停在他肩上欢快地对他喊道："好吃的，好吃的！"

出现了！女神要出现了！

齐乐人顾不上理会这只鸟和那个男人，紧张地东张西望了起来。

就在他抬起头的一瞬间，那个穿着黑色风衣正在买花的男人也转过了身，诧异地看向他。

那双熟悉的蓝眼睛一下子撞进了齐乐人的眼中。

深邃的轮廓,俊美的面容,还有那双他到死都不会忘记的蓝眼睛……

齐乐人呆呆地和他对视着,来来往往的人群欢笑着从他们身边走过。任务中种种被他忽略的异样在这一刻一一浮现了出来,无情嘲讽着他。

这一刻,崩溃边缘的两个人错愕地问出了同一句话:"你是男的?"

第四章 审判所

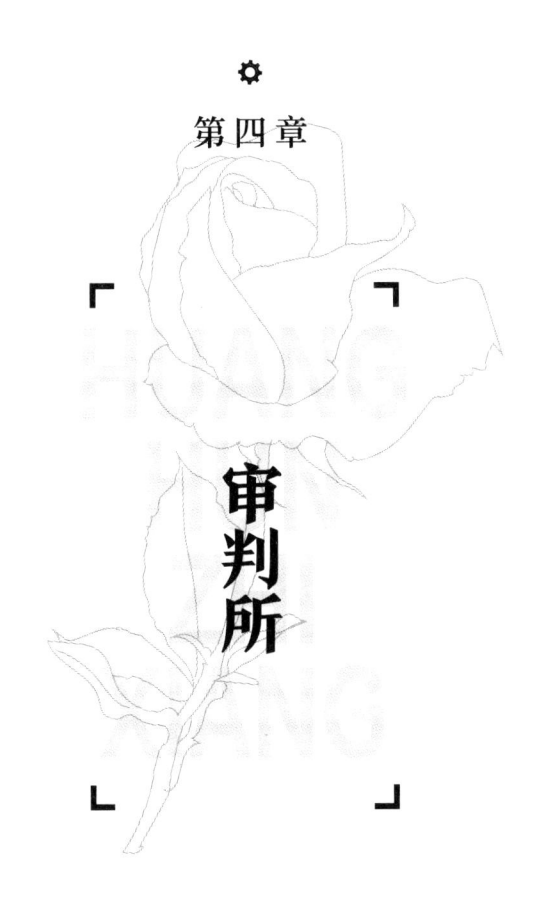

1

"然后呢？"吕医生盘着腿坐在床上，兴致勃勃地追问。

瘫坐在椅子上看着天花板心如死灰的齐乐人恹恹道："然后我们两个很尴尬，我试图寒暄几句，但是当时脑子已经完全罢工了，幸好他看起来比我还崩溃，看着河面的眼神好几次让我以为他要跳下去。"

"高冷内向纯情女神……哦不，男神，以为自己遇上了心仪的软妹，软妹为他出生入死奋不顾身，他心动了，他恋爱了，他决定和软妹一生一世了。结果后来发现对方其实是个男人，他没当场揍你一顿就算客气的了，毕竟你欺骗了一个纯情少男的心。"吕医生不客气地吐槽道。

"我哪里知道！他还欺骗了我呢！啊啊啊我的女神！还我女神，还我初恋！"齐乐人突然再次抓狂了起来，抢过吕医生的枕头在床上一通乱砸，然后往床上一躺，思考人生。

"后来他人呢？"吕医生忍笑问道。

"后来我俩就道别各回各家了，反正以后肯定不会再见面了，太尴尬太羞耻了，这简直比网恋见面发现误会对方性别糟糕一百倍啊！"齐乐人回想起任务时的种种，全都变成了命运无情的嘲讽，他甚至没勇气从头到尾再回想一遍，而是克制着自己不再去想宁舟的事情。

也许很久以后他才能心平气和地看待这一段经历，到那时他们或许还能当朋友，但是至少现在，他和宁舟都不能接受这件事。

"可是我真觉得你们很有缘分啊，就这么分道扬镳太可惜了。"吕医生摸了摸下巴，有些惋惜，"真的不试试吗？"

"吕仓曙！"齐乐人一字一顿地叫他大名。

"不要叫我吕仓曙，叫我吕医生，要不叫我吕主任也行！"吕医生一脸严肃地说。

"没想到你年纪轻轻都当主任了啊。"齐乐人惊讶道。

吕医生摆了摆手："没呢，这是对未来的美好期许，你一定要叫我吕院长那我也没意见……"被这么一打岔，齐乐人崩溃的心情终于好了一点。来吕医生家的路上他魂不守舍，几次差点撞墙，在向小伙伴吐槽后终于感觉平静了一点，不再觉得天塌地陷日月无光了。

"你这阵子混得怎么样？应该去做任务了吧？"齐乐人问起了吕医生的情况。

"嗯，我是医生嘛，奶妈到哪里都受欢迎。你来的时候没看到楼下的牌子吗，现在我也是附近小有名气的医生了。前几天和几个新队友下了个副本，虽然他们不幸扑街了大半，但是我运气还不错，马马虎虎赚了点生存天数，准备过几天再找个简单点的新手副本试试看，我可不想被那群人半哄半骗地去下危险副本了。"吕医生心有余悸道。

"薛盈盈呢？"齐乐人又问。

"她好像找了个不错的队伍，现在很少和我联系了。"吕医生说。

虽然是同个新手村出来的，但是到了噩梦世界也未必能一直在一起。齐乐人明白这个道理，但却还是觉得有些惋惜。在这里生活的玩家原本就已经远离了自己的亲人朋友，随着生存时间越久，就连身边的队友也会一个个消失，不断遇见新的队友，不断失去，到最后连自己也朝不保夕。

这种感觉真是太孤独了。

齐乐人又不由想起了宁舟，他那种寡言少语独来独往的性格，恐怕比一般人还要孤独吧……回想起任务中他从起初的冷淡到后来的温柔……算了，还想这些做什么呢？噩梦世界这么大，他们以后未必还会再见面。

几小时前他还沉浸在即将见到命定之人的喜悦和憧憬中，可是到最后，那却是一场不堪回首的闹剧。

他还记得一切结束之后,他们在夕阳下的钢桥上告别。

他走向一边,他走向另一边。

齐乐人以为,自己不会回头,可是当那温柔的夕阳照在他的脸上,那轻柔的晚风吹拂在他的发梢间的时候,回忆随着涨落的潮水回到了他的脑海中,他忍不住停住了脚步,回过头——

他看到了他的背影,向前,不再为他停留。

他试图从那个背影里找到"她"的影子,可是却满满的都是陌生。

不能言说的惆怅浮现在他的心中,他垂下眼,孤独地向前走。

钢桥的中央,有一对情侣正在求婚,人潮涌动了起来,高喊着"嫁给他"。已经走远了的齐乐人又一次回过头,视线穿过茫茫人海,他看到了桥那头的宁舟,他也被这个声音吸引,驻足看向这里。

相隔了那么远的距离,他看不清他的表情,就连身影都模糊了,可是这人来人往间,他好像再一次看见了"她",那么熟悉,却那么遥远。

那一刻他的眼眶湿润了。

热闹的人群还在高喊着"嫁给他",满脸甜蜜的女孩子戴上了戒指,笑着扑进了男友的怀中,两个人在夕阳下拥吻,激起一阵欢呼和掌声。

齐乐人落寞地回过头,离开了钢桥。

离开吕医生家,齐乐人还被这种失落的心情纠缠着。那终年不落的夕阳下,他心情惆怅,一路走着不知不觉就来到了当初找到陈百七的海岸边。

海鸥三三两两地在海岸边捕食,时而发出高亢的鸣叫声。齐乐人一路迎着海风走,远远地就看到了在海岸边吹风的陈百七,这一次她的妹妹没有在沙滩上捡贝壳,只有她一个人,手指间夹着一支烟,安静地看夕阳。

"哟,是你啊,看来是活下来了,不错不错。"陈百七对他漫不经心地笑了笑。

齐乐人好不容易平息下来的火气一下子又冲了上来，他充满怨念地问道："你当初为什么要说宁舟是个冷美人？"

陈百七眨了眨眼："他不冷吗？不美吗？"

"可他是个男人……"齐乐人幽怨道。

"显而易见的。"陈百七说。

齐乐人都不知道该怎么抱怨下去了。

可陈百七的敏锐让她不会错过齐乐人的异样，她感兴趣地挑了挑眉："看起来，你似乎把他当成了女人？"

"不是我的眼神问题，参加献祭女巫任务的男玩家在任务期间是以女性身体活动的。"齐乐人捂住了额头。

"哇哦，这可真让人兴奋。"陈百七用完美的棒读语气说道，"来说说发生了什么吧？"

"我不想说。"齐乐人拒绝道，跟吕医生吐槽事情是一回事，和陈百七说又是另一回事了。

"这也算任务情报，我付费。"陈百七挑了挑细长的眉说道。

齐乐人看了看自己五十五天零十八小时的生存天数，屈服在了陈百七的诱惑下："好吧，我就简单说说任务情况，其他无关内容我就不说了……"

半个小时后。

在得知陆佑欣死讯后就一脸沉重的陈百七看着齐乐人，齐乐人趴在堤岸上："我已经说完了。"

他以为自己又要迎来一轮无情的哈哈哈，就像吕医生听完后那样。没想到，陈百七的反应却出乎他的意料。

"他疯了，他可是教廷……"陈百七喃喃了一句，她背对着夕阳，逆光的脸上满是凝重之色。

陈百七的声音太轻，齐乐人没听清，反问了一句："你说什么？"

"没什么。"陈百七冷淡地说。

经过删减的故事版本显然不能说服陈百七，她给了他一个白眼："少年，在我面前遮遮掩掩是行不通的，我一听就知道你们是怎么回事。你是不是太小看一个情报工作人员的专业素养了？"

齐乐人开始装死。

"不过关于欺诈魔王的情报很不错。目前我们对它的了解十分有限，相比之下，'权力'和'杀戮'就张扬多了。还有陆佑欣的死讯，算了……时间契约书明天我会让人给你送去，记得签收。我要去看宁舟的笑话了，回见。"陈百七也没有再刨根问底下去，挥了挥手潇洒地走人了。

齐乐人目送她离去后又继续在海边待了一会儿，夕阳下和落日岛仅有一海之隔的黄昏之乡陆地部分笼罩在一层蒙蒙的金光中。

就像是做了一场梦，醒来时一无所有。

他复又叹了口气，最后缅怀了一下，踏上了回家的路。

回到家后，齐乐人已经很累了，在任务期间他没怎么好好休息过，累积下来的疲倦在回家后终于爆发了。他简单洗漱了一下就一头扎进了床铺，昏天黑地地睡掉了十二个小时。

一觉醒来外面依旧是漫天的晚霞，齐乐人顶着一头凌乱的头发，有种时空错乱的感觉。

睡醒后齐乐人终于有力气思考副本中发生的一切了，撇开宁舟来说，这个副本依旧有很多值得深思的地方，比如伊莎贝尔的隐藏任务，他们最终的完成度只有百分之五十。

这个任务的名字叫"尘封的过往"，齐乐人一直以为就是指伊莎贝尔失去的那段记忆，但是任务完成的时候伊莎贝尔的记忆已经找到了，完成度却依旧只有一半。这意味着他们错过了很多线索，换个说法，他们并没有达成 TRUE END。

那么问题到底出在哪里？

齐乐人靠在床头想了一会儿，觉得问题还是在伊莎贝尔身上。

最令人怀疑的一点，关于伊莎贝尔的记忆没有任何人能够证明，完全都来自她一个人的诉说。她回忆里涉及的人，叶侠（那甚至不是拥有灵魂转移能力的"叶侠"，而是注定被夺走躯体的可怜玩家）、欺诈魔王、她的姐姐，要么死无对证，要么无法接触到，没有人能证实她的记忆。

她的说辞，是一个孤证。

结束这个任务后，齐乐人能更全面地来看待这一次任务。献祭女巫的任务应该是从二十多年前就存在的，一直延续至今，从前的女巫们侍奉着老魔王，但是三年前因为某种不明的原因，欺诈魔王接收了献祭的供奉，并异常热情地参与了进来。

这也是导致三年前那一次献祭女巫惨案的关键原因。

喜欢看到人类的背叛、堕落和绝望的欺诈魔王用她蛊惑人心的力量玩弄了这群可怜的女巫候选人，哪怕是最终获胜的叶侠，也不过是为她疯狂的一枚棋子。叶侠说她遵从了魔王的旨意回到了地宫中，继续完成任务……等一等。

齐乐人抓住了脑中一闪而过的念头。

这个欺诈魔王，无疑有着蛊惑人心的力量，那么伊莎贝尔会不会……

她真的是因为无法回去，因为想要再见一次自己的姐姐而自愿走上祭坛的吗？这也许只是她用来说服他们的谎言。

"我的心意从来没有改变过。"

回想起伊莎贝尔临别前的最后一句话，原本平常的回答却好像被赋予了无数深意，变得意味深长。

当时欺诈魔王出现在了祭坛的光束中，可是因为距离太远，齐乐人不知道她有没有说什么话，他只记得伊莎贝尔走向了那道光，再也没有回头。

也许三年前她就像那群可怜的女巫一样被蛊惑了，只是因为失去记忆所以才忘记了，当记忆回来的时候，那种来自恶魔的不可抗拒的憧憬也再度回归，最后诱惑她成为恶魔的女巫。

地宫的石壁上给出的线索其实很模棱两可，现在想想也许其中一些他根本就猜错了，例如"你们中的一个已经背叛"和"我们中的一个去而复返"，难道两句话指的都是叶侠吗？那么这两条线索岂不是重复？那还有什么意义？更何况，从一开始就没有和他们站在一边的叶侠，她的行为真的能算是"背叛"吗？从头到尾她都只是忠于自己，忠于欺诈魔王而已。

如果"你们中的一个已经背叛"指的不是叶侠，那么又是在说谁？

这个"背叛"，一定是能够被"系统"或者说"魔王"掌握的因素。它一定早早就扎根在他们中间，只等着……背叛的那一刻来临。

背叛，不一定是鲜血淋漓兵刃相向的，也许它就是这样沉默而无声地发生了。背叛的那个人以一个谦卑的姿态拿下了胜利，他们却连自己被利用了都不会知晓。

会是他想的这样吗？但是无论是或不是，都已经没有意义了，一切都已经结束了。齐乐人靠在床头，默默看着窗外的夕阳，陷入了沉思中。

地宫……女巫……欺诈魔王……

齐乐人的思维是跳跃着回溯的，直到在铁水女巫那里卡壳。

他卷着被子坐直了身体，一个疑问浮现在了他的心头：按照系统给予的提示，每一次在地宫中杀死女巫候选人都可以获得能力增幅，为什么他在铁水女巫那里自杀没有得到能力增幅？

首先可以确定，SL技能的死亡也算在杀死女巫候选人里，宁舟已经证明了这一点。在系统提示出现前杀死女巫候选人可以得到能力增幅，叶侠证明了这一点。能力增幅并不算在肉体上，叶侠换了好几次身体，但是得到的能力增幅依旧存在。

也就是说，杀死女巫候选人得到的力量是绑定在类似于"灵魂"这种虚无缥缈的东西上的。

那为什么，他杀死自己不会得到力量增幅呢？

齐乐人把脸埋进了手中，他突然想到了一个可能。

也许在自杀的那一瞬间，他已经得到了能力增幅，但是那个短暂的刹那，他已经将得到能力的那个自己杀死了。

这个念头让齐乐人一阵发冷，好半天才冷静下来。

也有可能只是他自己想太多了，他无法得到能力增幅只是因为读档的一瞬间，存档时的那个"他"覆盖了三十秒内死亡并且得到了能力增幅的那个"他"，所以才会无法获得额外的力量加成。

他原本以为 SL 技能只是一个完美恢复术加上瞬间移动术，确保他在死亡的那一刻满血瞬移回存档点，不涉及逆转时间，也不涉及某些让人不敢深思的力量，但是现在看来，并不是他想得这么简单。

这个技能恐怕已经涉及灵魂层面的东西，否则无法解释他无法通过杀死自己获得绑定在"灵魂"中的能力增幅。

敲门声响起。

齐乐人赶紧从床上下来，披上外衣打开了房门。陈百七的妹妹站在门外，笑嘻嘻地把一张纸递了过来："来签字吧，姐姐给你的。"

齐乐人扫了一眼，契约书转让的生存天数是八小时，他叹了口气："你姐姐问我收费的时候可是一收就是三天，现在我给她提供情报竟然只给我八小时，简直周扒皮啊。"

"周扒皮是谁？"小女孩歪了歪头问道。

"……呃，一个黑心地主，你不知道吗？"齐乐人奇怪地问道。

小女孩摇了摇头："这是外面世界的人吧，我一出生就在这里，从来没去过外面的世界。"

齐乐人愕然地看着她，陈百七的妹妹看起来是东方人的长相，所以他完全没想过她会是NPC："你不是和陈百七一起进来的吗？"

"不是哦，我的爸爸妈妈倒是和你们一样，他们生下了我，后来就死了。据说妈妈是在每月一次的强制任务期间生下我的，还是早产。姐姐说她一定是非常爱我才会愿意生下我，不过我也记不得她的样子了。"小女孩说着，吐了吐舌头。

原来玩家之间还能在游戏里生下孩子？那生下来的孩子究竟算是什么呢？游戏里的一个NPC？

"你有生存天数吗？"齐乐人又问。

小女孩摇了摇头："我没有的，也不需要像你们一样做任务，但是姐姐说等我十八岁之后就会和你们一样了。"

这游戏还有未成年人保护法？齐乐人更惊讶了。

"别光问我的事呀，那个苏和还在不在黄昏之乡？姐姐说他回黎明之乡去了，那我以后是不是见不到他了呀？"小女孩问道。

原来还是个苏和的小粉丝，他们可是只在飞船上见过一次，小小年纪就是颜控啊。齐乐人感慨地看着她，说道："他已经回去了，不知道会不会来，应该不会了吧。"

小女孩不开心地踢了踢地面："也是，黎明之乡的人很少会来这里。算了，我要回家了，再见。"

眼看着她跑远了，齐乐人看了一眼自己五十五天零十四小时的生存时间，决定吃顿好的。

在热闹的商业街区填饱了肚子的齐乐人还顺带着去任务所转了一

圈。这个世界的任务类型实在是多种多样，难度评级从 D 到 S 不等，更高难度的任务就不会在任务所出现了。

有的任务甚至会剥夺玩家的所有技能和道具——就像在幻境女巫那儿一样——但是这种任务的难度会相对调低，其实对新手来说反而是有利的。也有些任务干脆会暂时封印玩家的部分记忆，让他们忘记自己的身份，只保留进入噩梦世界前的记忆，直到完成任务回到噩梦世界后才会恢复。

有的玩家在黄昏之乡能赚到足够维持生活的生存天数，比如陈百七这类人，但是他们一样是需要做任务的。每月一次的强制任务是任何一个玩家都摆脱不了的噩梦，它的难度也会逐步增加，大约到第三年，每一次任务都是一场残酷的死亡冒险了。

所以如果一味想靠任务外赚取的生存天数来维持生计，忽视了自己的锻炼，基本等同于慢性自杀。

走出任务所之后，齐乐人抬头看了看天空。

终日沐浴在黄昏之乡的夕阳下，时间一久，再美的景色也会变得压抑。仔细一看，一轮苍白的月亮悬挂在西方，虽然不会像夜晚那样明亮，却依旧悬挂在天幕间。

这画面，有点熟悉。

齐乐人忽然想到，是时候去触发一下主线任务的前置剧情了。

离开任务所，向着飞船机场走去的路上，齐乐人再一次来到了钢桥附近。

这里依旧是热闹的，来来往往的人有的成群结队，有的形单影只，就像他一样。夕阳为这寻常的一幕染上难言的孤独。

十几个小时前，他还是那么热烈那么憧憬地走向这里，而如今再一次走上这座充满机械气息的拱桥时，他却忍不住一阵怅惘。

站在拱桥的最高处，齐乐人福至心灵地回头看了一眼，茫茫人海中，宁舟背对着他行走在人群中。那么多的陌生人，齐乐人一眼就看到了他。

哪怕他只和身为男性的宁舟见过一面,他还是能轻而易举地找到他,就像在幻境中他就是能一眼看出附身在陌生女巫身上的"她"一样。

总有一个人,在他的心中是特别的那一个。

宁舟的身影早就消失在了人群中。齐乐人深呼吸了一下,甩开关于宁舟的一切,继续踏上了自己的路。

飞艇发出启动时的汽笛声,这艘看起来就像海上老旧轮船的飞艇震荡了一下,坐在船舱中的齐乐人不适地挪动了一下自己的身体,等待飞艇升空,飞向一海之隔的黄昏之乡大陆部分。

玩家聚居的落日岛在齐乐人眼中反而是陌生的。因为之前游戏里他并没有去过落日岛,反而是在 NPC 聚居的黄昏之乡大陆接过不少任务,今天他会前往那里,也是因为任务。

一个很可能涉及噩梦世界主线的任务。

虽然现在去做主线任务基本等于送死,不过前置任务主要还是跑跑腿和 NPC 熟悉熟悉的事儿,去圣城前都不会有什么危险,所以干脆趁现在有空开始做起来。

飞行在空中的飞船发出机械运作的轰鸣声,齐乐人支着脸颊看小圆窗外的夕阳。和第一次坐上飞船的心情不同,此时他已经没有什么好奇和激动之情,而是一片虚无和隐隐的疲惫。

他猜想这是上一次任务给他留下的后遗症,他的两次任务运气都算得上糟糕了。吕医生听完献祭女巫的任务后对他表示了同情,并再三强调一般新人的任务还是比较简单的,如果都按他遇到的任务难度算,百分之九十都会在第一个任务里惨死。

下一个任务由吕医生来选择——他坚持自己的运气可以碾压十个齐乐人——还在新人优惠期的他们可以选择一些轻松、难度低的任务来完成。齐乐人对此没有异议，他对自己的运气已经很有自知之明了。

飞船里时不时有客人走动，放眼望去都是和他年纪差不多的年轻人。应当都是玩家吧？百无聊赖的齐乐人尽量不突兀地打量着这群人，猜测着他们的年龄、性格、进入游戏的时间。

一个高挑漂亮的女人从茶水间回到了船舱，手上还端着一杯开水，透明的玻璃杯里冒出白色的水汽，她随手关上了茶水间的门，然后朝附近空着的座位走去。

齐乐人的视线跟随着她，饱腹感让人有些困倦，思维更是迟钝。他漫不经心地以女神为参照物挑剔了一下那个漂亮妹子，然后猛地惊醒，忽然意识到宁舟是个男人这件事。

那个年轻的女人走到空位前，稍稍迟疑了一下。因为那个可以容纳八人的地方，有个穿着斗篷的人背对着她走来的方向。她本能地不愿意靠近这种掩饰自己真面目的陌生人，但周围的空位都已经坐满了人，她还是坐了下来。

齐乐人远远地看了那个斗篷人一眼，他也同样不喜欢这种藏头露尾的人。这让他联想起上一次飞船上发生的意外，两个亡命之徒威胁旅客同归于尽，胁迫每个人交出十天的生存天数。

那个女人坐了下来，端着热水喝了一口，将玻璃水杯放在了桌上。水面随着飞船轻微晃动着，她还是不想和这个形迹可疑的斗篷人多接触，于是她往里面的座位挪动，尽量坐在了斗篷人的斜对角，贴着墙的位置给了她一点安全感。她靠在墙边眯起了眼小憩，等待飞船降落。

穿着斗篷的旅人双手放在桌上，整齐地交叠在一起。他的手很瘦，手背靠近手腕的位置上有黑色的图腾。瑰丽的夕阳下，那图腾就像是从衣袖中爬出来一样，蜿蜒着，扭曲着。

齐乐人不确定是不是自己眼花了，恰好几个旅人从他身边走过，想要在旁边坐下,挡住了他的视线。

清脆的一声声响,是玻璃碎开的声音,齐乐人的心脏颤动了一下。

"下雨收衣服"目前剩余感应次数2/3。

齐乐人猛地站了起来。

"咣"的一声巨响,船舱内瞬间静了下来,所有人都看向声音传来的地方——那个被齐乐人注意过的斗篷人笔直地站在那里,无数黑色的荆棘藤蔓从斗篷下钻了出来,利剑一般将那个年轻的女人钉在了墙壁上。

船舱内一片哗然,惊恐的人群慌乱地躲开,行凶者却没有动,而是僵住了一样站在座位前,然后缓缓地、缓缓地转过了身,被斗篷遮住的脸笼罩在阴影下,看不清他的表情。

心跳加速的齐乐人注意到了他的手,那双枯瘦的手上,图腾早已爬满了十指。

那是什么东西?

那一束坚硬的荆棘藤蔓像弹簧一样缩回了凶手的斗篷中,尸体失去了支撑瘫软滑落,发出一声沉闷的声响。

船舱内叫喊声碰撞声混合在一起,一片大乱。行凶者的斗篷下钻出数条荆棘藤蔓,肆无忌惮地攻击着无辜的旅人。

不知道是谁高喊了一声:"是寄生之种,他身上的寄生之种觉醒了!"

行凶者的斗篷也被荆棘刺得破破烂烂,戴在他头上的兜帽已经悄然落下,露出了一张消瘦狰狞的脸,和他的双手一样,那些恐怖的黑色藤蔓已经覆盖了他整张脸。

几个身手不凡的旅人和他缠斗了起来,更多的人躲向角落。一片乱象中齐乐人不知所措,几个逃窜的路人从他身边跑过,慌乱中推搡了他一把,齐乐人趔趄了一下跌进了桌子下,姿势扭曲地摔了一跤。

桌面上发出一声巨响,然后是惨叫声。摔倒的齐乐人忍痛从另一个方向爬了出来，刚一抬头就看到又是几条荆棘，将刚才和行凶者缠斗的一个旅人钉在了地上，距离他不到半米远。

船舱的混乱还在继续，齐乐人已经不敢站起来了，他小心翼翼地在桌椅下爬行，头顶传来一阵又一阵的惨叫声，从齐乐人的角度只能看到一双双四处逃窜的腿，以及倒在地上的人。这样的躲藏还能坚持多久？如果没有人能阻止行凶，那么迟早会轮到他。一味的躲避无法解决问题，现实已经给了他太多太多教训了。

爆炸声响起，齐乐人看见有人丢出了类似于他手上微缩炸弹的东西，却被行凶者的荆棘抽飞了出去，轰隆一声就爆破了。

又是一声近在咫尺的惨叫，齐乐人终于下定决心。

来吧，拼了！

齐乐人手中紧握最后一枚微缩炸弹，就地一滚从桌下滚出，存档完毕！

一条荆棘擦着他的脸掠过，狠狠扎在船舱的地面上，齐乐人撑起身体，避开又一条向他袭来的荆棘，他不敢随意扔出最后一枚微缩炸弹，宁可拼上死上一次的痛苦也要确保一击必杀。

近了，很近了！

距离斗篷人最近的几个旅客已经陷入了苦苦支撑的困境，笼罩在他们身上的乳白色的结界光芒随着荆棘的攻击越来越暗淡，而斗篷人像是疯了一样，挥舞着手臂，无数荆棘从他的衣服中钻出，像是一片黑色的浪潮汹涌地向四周蔓延。

距离斗篷人不到五米！

齐乐人双手在桌上一撑，腾空越过了挡在他面前的桌子，两条横扫而来的荆棘狠狠地抽在了他的手上，手腕上一阵剧痛，微缩炸弹脱手——

齐乐人不顾危险任由自己滚落在地上，捡起微缩炸弹继续向前冲，被结界笼罩的几个人错愕地看着他，像是看一个疯子。齐乐人不管不顾地冲到了斗篷人面前,他终于注意到了这个胆大妄为的人,那张不似人类的脸上露出了一个古怪的笑容。

更多荆棘向他涌来。

来吧!

齐乐人握住炸弹,对他露出了一个胜券在握的笑容。

轰隆一声巨响,炸弹爆炸。

一片硝烟和尖叫声中,齐乐人在桌边读档归来,他用力抹了抹因为烟尘而湿润的眼睛,一阵狂风从船舱外涌入,齐乐人睁大了眼。

那爆炸的地方靠近船舱的边缘,连带着将墙壁炸出了一个两三米宽的大洞,海上的狂风灌入船舱,吹散了烟尘。

一片黑色的荆棘像是蜘蛛网一样爬满了爆炸处,将行凶者牢牢裹在了里面。

那些荆棘缓慢散开,露出了行凶者的身躯。

他缓缓抬起头,眼球转动了一下,定格在齐乐人所在的地方。

他笑了。

他竟然没有死?

齐乐人惊惧交加,一时间不知所措。

狂风从炸开的铁墙外灌入,那来自高空新鲜却冰冷的空气让船舱内的温度迅速降低。

斗篷人四周,那些铺在地上的荆棘缓慢地收缩着,大部分回到了他的身体中,剩下的在地面上游弋着、蠕动着。

船舱内一片死寂,幸存的人惊愕地看着死而复生的齐乐人,这甚至比凶手在爆炸中存活下来还要令人震惊。

他只有三十秒,这三十秒内,要么死,要么不能再死。

荆棘像疯了一样向齐乐人扑来，他想也不想地就地一滚，那些前赴后继的荆棘像是海浪一样拍打在地面上，有一条甚至抽在了他的手臂上，鲜血喷涌。

这一刻齐乐人出乎意料地冷静了下来，装备在卡槽中的初级格斗术在这一刻超常发挥，让他九死一生地躲开那些疯狂的荆棘藤蔓，向着斗篷人逼近。

眼角的余光看到一条飞来的荆棘，眼看着避无可避。一道人影飞出，手中的长棍撩开了那条荆棘，给齐乐人争取到了机会。齐乐人甚至来不及回头看他一眼，脚下不停地冲向斗篷人。

又是一条避无可避的荆棘，像是利箭一样直刺他的肚子，齐乐人死死盯着距离他不到半米的斗篷人，一把拽住了他的衣服——荆棘穿腹而过，没能撼动他奋力拉住斗篷人的手，他没有被甩出去，另一只手也拉住了斗篷人。

夕阳如血，从那破开的墙体外照入船舱中，齐乐人想也不想地脚下一用力，拖着凶手一起从炸开的舱壁那里跌了出去。

刺穿腹部的伤口没有被 SL 技能判定为致命，他没有被读档，而是拽着斗篷人一起坠下飞船……

太高，太快，风也太猛，齐乐人根本睁不开眼睛，他只觉得自己失去平衡，不断坠落。

漫天夕阳的余晖笼罩在这片飞船飞过的海域中。他闭着眼，那金红的光芒依旧穿过了薄薄的眼皮来到视网膜前，就像是一片赤红的火海，如此广袤，如此恢宏。每一刀割在他皮肤上的风都是如此刺骨，这种疼痛就像是在燃烧一样。

有一瞬间，他以为自己正在坠入一片地狱的火湖中，那金色的夕阳就是燃烧在地狱中永不熄灭的业火。被他死死拽住的斗篷人奋力挣扎着，却无法阻止两个人失控的坠落。

同归于尽。

齐乐人再一次回到了存档点,腿一软差点摔倒,身边的人眼疾手快地扶了他一把,他冷汗涔涔地喃喃了一句谢谢,在椅子上坐了下来。

被微缩炸弹炸开的船舱壁外,金红的夕阳温柔地凝视着这群劫后余生的人,他们惊诧地看着连续两次死而复生的齐乐人,而他却沉浸在刚才一瞬间的死亡中。

虽然没有飞机那么高,但从这个高度摔下去,下面是海还是地面都没有差别了。幸好这样的死够快够直接,干脆多了。

"了不起!出色的决断力和勇气。能从寄生之种爆发的疯子手里活下来,多亏了你。"刚才扶了他一把的男人拍起了手,齐乐人这时才发现他就是刚才用长棍帮他挡了一下荆棘的人。

船舱内幸存的人也都接二连三地鼓起了掌,被掌声包围的齐乐人反倒有点不好意思了,小声向身边的男人问起了寄生之种的事情:"刚才我听到有人说那个人的寄生之种觉醒了,这是什么意思?"

男人挑了挑眉:"你是新人?"

"嗯,的确进来没多久。"齐乐人苦笑了一下。

"作为一个新人,你已经很出色了。你看满船的人大部分还是老玩家,也没能力挽狂澜啊,哈哈。在这里有时候运气比实力更重要。"男人笑道,"哦对了,我叫罗一山,来这里大概有半年了。"

"你好,我叫齐乐人。刚才谢谢你了,要不是你帮我挡开了荆棘,我现在恐怕也没法在这里和你聊天了。"齐乐人没说自己进来的时间,顺口感谢了一下罗一山刚才的帮助。

罗一山看起来是个体格健壮的年轻男人,一看就孔武有力,性格也很直爽。

"别客气,能帮一把是一把,可惜……"罗一山叹了口气,看了一眼满地的狼藉。

齐乐人也看向这满目疮痍的船舱，到处都是被荆棘扫过的桌椅。几个幸存下来的玩家正在搬动尸体，把他们放到一起。几个死者的朋友站在尸体旁边哀悼，其中几个女性低声啜泣了起来。

墙体上的破损就不用再说了，这么大的一个窟窿让船舱内的温度骤降，刚才危急时刻他还没有感觉到，现在冷静下来了就浑身发颤了。他在系统包裹里翻找了一下，最后还是穿上了宁舟的外衣。

迟暮的夕阳在海平面附近徘徊，送来璀璨的金光，照得满堂华彩，却依旧那么冷。

"小齐，你是教廷的人？"罗一山突然问道。

齐乐人茫然地看着他："啊？"

"这不是教廷的标志吗？"罗一山指着外衣领口处的标志说道。

齐乐人翻起外衣的衣领，果然上面用丝线绣着一个标志，看起来颇具抽象风格，底部似乎是一个有羊角的恶魔，一把十字架插在恶魔的头上，而十字架上方则是一个王冠："这是教廷的标志？抱歉，我不知道，这件衣服不是我的……"

"哦，还以为你是教廷的人呢，听说教廷的大本营在恶魔入侵后就搬到了极地的永无乡，那里冷得能冻死企鹅。"罗一山冷不丁地说了个冷笑话，自己哈哈大笑了起来。

"……"这人笑点好低，齐乐人无语地干笑了两声。

永无乡？教廷？他知道有教廷的存在，但是具体在哪里就不知道了。他对教廷的了解十分有限，虽然主线任务的确会涉及教廷，甚至需要前往二十多年前被恶魔攻陷的圣殿大教堂……

"关于寄生之种……"齐乐人又问起了刚才听到的名词。

罗一山凝重地看了他一眼，警告道："那不是什么好东西，走上这种旁门左道的人,最后不会有好下场的。"

齐乐人的后颈突然刺痛了一下,他摸上了刺痛处,那疼痛像是幻觉一样消失了。

几个玩家坐到了齐乐人身边,旁敲侧击地打探着他的技能。齐乐人不耐烦地皱着眉,并不想理会这群人,最后还是罗一山说他需要休息,让他躺在椅子上休息一下。齐乐人也的确累极了,原本只是想眯一会儿,结果一闭上眼就睡了过去。

飞船已经开始降落了,晃动的船身让人觉得十分不安,旅客们也都坐了下来,扶着桌椅以免跌倒。

随着降落完毕的汽笛声,旅客们三三两两地走下了船舱。

齐乐人和罗一山道别,扶着扶手走下了飞船。

飞船下,身穿制服的阿尔抱着手臂站在那里,几个玩家正围着他讲述飞船上发生的意外。他漫不经心地点头,把玩着自己食指上的指环,等齐乐人走下来的时候他立刻抬起头,然后向他走来。

齐乐人愣愣地看着他:"怎么了?"

阿尔上下打量了他一眼:"你干掉了那个垃圾?"

"……嗯。"齐乐人应了一声。

阿尔懒洋洋的态度似乎稍稍端正了一些,他斜睨了齐乐人一眼:"很好,跟我来吧。"

"去哪里?"齐乐人问道。

"审判所。恭喜你,从今天开始你被限制行动了。"阿尔冷冷道。

2

齐乐人再一次坐上了飞船。

幸好这一次他坐的不是那艘被炸开了一个大洞的飞船，而是审判所自己的飞船，体形更小，速度也更快。就算已经看惯了黄昏之乡各种蒸汽朋克风格的机械，乍一看像一只怪异昆虫的飞行器还是伤害了齐乐人作为一个室内装修设计师的审美。

飞船很小，也就直升机内部那么大，阿尔坐在他对面，两个人之间只有一张不到半米的小方桌。

"为什么我要被限制行动？见义勇为也犯罪吗？"被强行带上飞船的齐乐人愤愤道。

阿尔抱着手臂，眯着眼假寐："请配合审判所的工作，谢谢。"

"至少你得告诉我原因啊，这么莫名其妙被带去警察局我不能接受！"齐乐人说。

"是审判所，这里没有警察局。"阿尔闭着眼说道。

"所以原因呢？"齐乐人不依不饶地追问。

阿尔沉默了几秒，就好像真的睡着了一样，就在齐乐人以为他不会回答的时候，阿尔睁开了眼。夕阳的余晖中，他的眼眸不再是褐色的，而是映着那火红的晚霞，几如在燃烧一般，可即便如此，他的眼神还是冷的。

"原因？"他喃喃了一声，环在胸前的手臂放了下来，搁在了桌上，他身体前倾，逼近了齐乐人。虽然看起来是个少年的模样，但气势惊人。这狭小的空间让齐乐人感到很不舒服，他往后仰了仰，但没有避开他的视线。

"如果不带你走……"阿尔歪了歪头，露出了一个略显嘲讽的笑容，"你猜你还能活多久？"

齐乐人的表情凝固在了脸上，后颈再次传来一阵疼痛，他差点要叫出声来。

阿尔怠懒地靠回了座椅上，看着齐乐人强忍着不安和疑问的神情，似笑非笑地说道："已经感觉到了吗？"

"什……什么？"齐乐人有点慌了，他已经意识到自己遇上了一个麻烦，很大的麻烦。

"它在努力生长，像一颗种子一样，舒展根系吸取着'土壤'里的养分，用力地生长。真是生机勃勃的小东西。"阿尔做梦一般呢喃着，"总有一天它会长出来，变得更强壮，也更贪婪，榨干'土壤'里的每一丝养分，哪怕大地就此枯竭也无所谓。它从不知道感激，也不懂得回馈，它只会掠夺而已。可即便如此，总有人贪图它的力量，饮鸩止渴地去索求它，直到越陷越深，直到不可挽回。"

齐乐人已经隐隐约约知道了他在说什么："寄生之种……吗？"

但这怎么可能？他明明已经读档了，为什么还是会被寄生？

阿尔笑了起来，难以辨识是同情还是冷漠，他没有回答。

飞行器在落日岛偏僻的角落降落，齐乐人跟着阿尔下了飞船。前方沐浴在夕阳中的建筑群仿佛是中世纪的圣所，以一条排列着石柱的道路为中轴线，两旁是对称的白色建筑，充满了宗教的气息，却又不是单纯的宗教建筑群。

他们降落的位置在中央广场上，四周零星有几个人走过，穿着和阿尔一样的制服，行色匆匆。

阿尔带着齐乐人向远处的一个白色建筑走去，远远看去，那个建筑比四周的建筑都要高，沿途都是神职者一类的雕塑，以不同的姿势祷告。齐乐人迈上了台阶，抬头望去，这个依山而建的白色建筑巍峨庄严，在夕阳中仿佛一座圣洁的庇护所一般。

一阵海风吹来，微微咸涩的空气让齐乐人打了个喷嚏。

他揉了揉鼻子，一边迈着步子一边抬起了头。

两个年轻的男人从审判所中走了出来。

走在前面的那个有一头黑色的长发，他穿着和阿尔相似的制服，外面还罩了一件黑色的长风衣，不远处的海风吹来，他的长发和风衣一起飘起，露出修长洁白的脖颈和漂亮得男女莫辨的脸。

"BOSS。"阿尔站直了身，低头叫了一声。

那人漫不经心地看了一眼两个人，冷淡地应了一声，然后目不斜视地走了过去。

齐乐人却愣住了。

不是因为刚才那个男人，而是因为走在那人身后的宁舟。

宁舟在齐乐人身边停下了脚步，深深地看了他一眼。

落日柔和了他的面容，也柔软了他的眼神，可齐乐人知道，这刹那的温柔只是光线带来的错觉。他清楚地记得，曾经宁舟不是用这样的眼神看着他的。那时的"她"静静地看着"她"，就好像看着世上最珍爱的瑰宝。

一切都已经结束在了那个阴冷恐怖的地宫之中，宛如一场结局落寞的美好幻梦，再刻骨铭心都不过是过去。

停在宁舟肩上的大黑鸟咕咕叫了一声，好似不忍看这对陌路人，拍着翅膀飞向了大海和夕阳。

宁舟低下头，从齐乐人身边走过，快步追上了之前的那个男人——审判所的代理执行长司凛，如今统管着审判所及黄昏之乡里一切事务的负责人。

宁舟低下头，从齐乐人身边走过，快步追上了之前的那个男人。

"你好像对他很有兴趣？"司凛挑了挑眉问道。

"他为什么会来审判所？"宁舟不答反问。

"咦，你竟然会主动问我？那个新人和你有什么关系？"司凛感兴趣地问道。

"和你无关。"宁舟打开停在审判所外的飞船的舱门，坐了进去。司凛啧了一声，在他对面坐了下来。

飞船升空，飞向黄昏之乡的边境。

司凛打开桌边的抽屉，拿出茶叶泡起了茶。飞船微微晃动着，他倒水的手却稳得纹丝不动："喝杯茶去去酒气，我都闻到你身上这股宿醉的酒味了，不是说不喝酒吗？呵呵。"

宁舟没有动，也没有说话，幽冷的目光凝视着他。

司凛自顾自地呷了一口，嫌弃道："这茶叶什么味儿？"

隔板后的飞船驾驶员低声道："抱歉 BOSS，我回头就换一种。"

他又啧了一声，把杯子放下了："好吧，别瞪着我了，我说就是了。他应该是被寄生之种寄生了。"

宁舟微不可察地皱了皱眉："我可以……"

司凛摆了摆手："对付这种东西，审判所还是有办法的。只是他还有别的用处。"

见宁舟看着他的神情略有不善，他反倒笑了起来："放心吧，看在你的面子上，我不会把他怎么样的。"

飞船很快到达了一海之隔的黄昏之乡陆地，走过这道城墙结界，外面就是被恶魔统治的世界了。

司凛将宁舟送到了边境，能让审判所如今的代理执行长如此礼遇，也唯有教廷的特使了。司凛记得自己的老师说过，宁舟的身世极其特殊，年少时的监护人是教廷的教皇冕下，他是在永无乡的冰天雪地中长大的。

教廷严格的教规戒律塑造了他一丝不苟、禁欲严谨的性格，也让他格外不通人情世故，司凛私底下觉得，这家伙多半是不会讨女孩子喜欢了，长得再帅也没用。

"我回永无乡了，有消息及时通知我。"宁舟说道。

司凛没骨头似的靠在飞艇上，懒散地冲他挥了挥手："特使大人，一路顺风，代我向教皇冕下问好。"

宁舟的身影消失在了结界外,男人无趣地打了个哈欠,回到了飞船中。

"现在回审判所吗?"驾驶员低声询问道。

靠坐在座椅上的司凛支着脸颊看着一望无际的海,落日的余晖落在他的侧脸上,每一根睫毛都被染成绚丽的金红:"回去吧,去看看那个倒霉的小家伙。"

齐乐人有点焦躁。

进入审判所后他就被带到了地下的一个房间中,四面都是单向的玻璃。在外面的人能将里面的情况看得一清二楚,里面的人却只能看到四面黑色的玻璃墙。

他坐在审讯椅上,对面的桌子后只有一张椅子,桌子上干净得连一丝灰尘都没有。

阿尔也不知去向,只有齐乐人一个人坐在这间毫无隐私可言的审讯室里,焦虑不安地等待着。审讯室里一片寂静,只听得到自己的呼吸声。

齐乐人总觉得有人在单向玻璃后看着他,那是一种审视的眼神,摒弃了对人类的尊重,而是以评估货物的眼神掂量着他。他不爽地瞪了回去,虽然隔着玻璃他只能看到一片纯粹的黑暗,但是他就是凭着直觉瞪了回去。

"哎哟,这个家伙的直觉很敏锐啊,难道他在超感这块很有天赋?"一个戴着眼镜的女孩子推了推鼻梁上的黑框眼镜说道。

阿尔抱着手臂站在一旁:"妙丽,要讲科学。"

妙丽不以为然地撇了撇嘴:"科学不能解释一切,身在噩梦世界你就早该明白这个道理,否则你该怎么解释强化、技能卡、生存天数这些东西?哦,还有那个恶魔结晶,我至今没搞懂这是什么超自然的能源。亚特兰蒂斯的磁欧石听起来都比恶魔结晶科学。但是你不能否认,噩梦世界的科技树[1]就是建立在恶魔结晶上的,否则到现在这里都只是类似

---

[1] 游戏术语,在游戏中,通过选择发展不同的技术升级方向,导致不同的结果,用图形表示则呈树状图像。

中世纪的欧洲一样的地方而已。还有寄生之种究竟算是植物还是动物？或者干脆是超越了现有物种分类的新类别，比如恶魔种？不管怎么说，我们已经远离科学了，对吧，BOSS？"

司凛将冰冷的目光从齐乐人身上收了回来，冷淡地说："取消Plan A，启用Plan B，就当放长线钓大鱼吧。"

"可是BOSS……"妙丽想要争辩什么，被男人扫了一眼又憋了回去，"好吧，我知道了。那负责训练他的事情……"

"交给你和阿尔了。"司凛转身准备离开。

"BOSS，还有一件事……"阿尔叫住了他，他回过头，不耐烦地挑了挑眉示意他继续说。

阿尔明显已经感受到了他的不耐烦，有个耐心奇差的BOSS最好还是有话快说，于是他干脆利落地说："听飞船上的旅客说，齐乐人应该有某种复活技能，他和被寄生之种寄生的玩家交战时连续复活过两次。"

"让妙丽一起问清楚。"说完，司凛懒得再看审讯室一眼，迈开长腿离开了阴冷的地下室。

妙丽摊了摊手："大小姐都这么说了，那我就进去了。"

阿尔瞥了她一眼，那眼神里似乎有某种警告的意味。

"好啦我知道啦，也就背后这么叫他，谁让他就是大小姐脾气呢。"妙丽嘻嘻说完，打开了审讯室的门。

齐乐人一听到开门声就抬起了头。门外走进来一个戴着黑框眼镜的年轻女性，她礼节性地冲齐乐人笑了笑，将怀里的记录本和笔放了下来，拉开椅子坐好。

"你好齐乐人，我叫妙丽，是审判所执行官。我知道你来到这里有很多困惑，毕竟带你来这里的阿尔不是个擅长和人沟通的人，但你要相信，我们正在试图拯救，或者说尽力保证你的人身安全。"妙丽对他微微一笑,"那我们开始吧。"

齐乐人思忖了片刻,选择了配合。

"姓名?"

"齐乐人。"

"年龄?"

"二十五。"

"来多久了?"

"十多天。"

妙丽停下记录的笔,抬头看了他一眼,颇为感兴趣地说道:"你是我见过最酷的新人。"

猛地被异性表扬了一句,齐乐人有些赧然,进入审判所后焦虑的情绪也有所缓解:"谢谢。"

"我是说真的。想想我自己刚进来的时候那副蠢样,哈哈。作为新人你已经表现得很好了,能从爆发的寄生之种寄生者手上逃过一劫,甚至利用地形特点干掉他,很不错,我很看好你。"妙丽的笑容真诚,让人情不自禁地相信她的话。

她继续问了下去,将飞船上发生的事情从头到尾了解了一遍。齐乐人并不想把技能交代出来,但是他也知道当时飞船上有那么多人亲眼看见了他使用 SL 技能,要瞒下这张技能卡是不可能的。好在这个技能是一个绑定技能,这让他放心了许多。

最让他放心的是,妙丽并没有对他的技能表露出任何特别的兴趣,她看起来只是礼节性地赞叹了一下他的好运气:"这个技能的确很不错,适合出其不意一击制敌,毕竟在确定解决对手后,人都会下意识地放松警惕。"

齐乐人腼腆地笑了笑,没说话。

将事情了解了一遍后,妙丽合上了记录本,抬头对齐乐人说道:"我想你现在一定有很多问题想问我,在我能够回答的范围内,我可以为你解惑。"

"寄生之种究竟是什么东西?"齐乐人立刻问道。那寄生在他后颈的东西让他不安了很久,眼看着有人愿意回答他的满腹疑问,他不假思索地问了出来。

"啊,真是个复杂的问题,要详细解释起来我能说上三天三夜,不过有些属于审判所机密的内容,我是不可以向你透露的。简单来说,寄生之种是杀戮魔王赐予他信徒的东西,寄生在人类身体上,短时间内会增强人体潜能,让力量、敏捷、反应力等各种能力有一个显著的强化。但这种强化不是没有代价的,你应该已经见过它的副作用了。"妙丽转着手上的笔,不着痕迹地观察着齐乐人的反应。

齐乐人的手指动弹了一下,认真聆听着。

"就像你在飞船上看到过的那样,寄生之种会逐渐影响到人的神志,在能力强化的同时不断损失身为人类的理智,越是强大就越是疯狂,一旦把握不好,没能及时压制住它⋯⋯"妙丽推了推鼻梁上的黑框眼镜,笑得有点意味深长,"一切就结束了,不可挽回地结束了。"

齐乐人咽了咽口水,喉咙里一片干涩:"可为什么⋯⋯"

妙丽听懂了他没有说出来的话:"给你看个东西。"

她从中指上摘下了一枚指环,放在了齐乐人眼前。他这时才发现这不是素面的戒指,只是她将戒面的一面转到了手心的位置,所以他才只看见孤零零的戒环。

戒面上银白色的宝石里弥漫着黑色的雾气,像是燃烧的火焰一样变换着不同的形状。

"看出来了吧,它能感应到周围的邪恶力量,你身上的寄生之种也不例外。"妙丽将戒指戴回了自己的手指上,"刚才说到哪了?哦,对,说到了寄生。爆发后的寄生之种有一定概率会在附近的人身上播种,就像是被风吹散的蒲公英一样，在合适的土壤里生根发芽，不过概率不高——阿尔等在飞船边，确认下来的乘客里只有你一个人被感染了。通常而言，寄生之种的传播需要原宿主和新宿主之间达成仪式，由原宿主接引新人加入杀戮魔王的阵营中，就像是成熟的植物散播种子一样，扩散，传播……不管你信不信，对很多玩家来说，光是生存这件事就已经耗光了他们所有的意志力，哪怕知道是饮鸩止渴，他们也会选择主动被寄生之种寄生。"

妙丽的嘴角弯着一个嘲讽的弧度，镜片后的眼睛一片冷漠："那些平凡的、懦弱的、无能的人，就是有那么多。"

齐乐人回想着飞船上的那一幕悲剧。之前他一直想不通为什么他使用了 SL 技能读档，却依旧被寄生了，现在看来恐怕在他存档前他就已经被爆发的寄生之种播种了。就像和流感病人同在一个房间内，有人不会被传染，有人偏偏就被传染，虽然概率很低，但他依旧中招了——他的运气真的没救了。

"要怎么样才能去除寄生之种？"齐乐人问道。

妙丽转动着手上的戒指，遗憾地说："恐怕这不太容易。"

"但还是有办法的，对吧？"齐乐人笃定地问道。

妙丽深深地看了他一眼，镜片在惨白的灯光下反射出一道亮光，让人看不清她的眼睛。

"有啊，不过这就要看你的决心和诚意了，你已经做好准备了吗？"妙丽笑眯眯地问道。

"什么准备？"齐乐人紧张了起来，他觉得这恐怕不会是个让人愉快的决定。

妙丽的身体微微前倾，下巴搁在交叠的双手上，审视地看着试图掩饰自己情绪的齐乐人。她似乎觉得他的反应很有趣，就像是观察着培养皿里生物的研究员一样,她毫不掩饰地表现出了自己的趣味,而且是令人不太愉快的趣味。

"当个卧底。"

齐乐人完好地从审判所出来了,一个人。

挂在他胸前的吊坠沉沉的,它被藏在衣服里,贴在胸前的皮肤上,微微发冷。挂坠和妙丽戒指的戒面是一样的形状,也是一样的功能,一旦象征着恶魔力量的黑雾溢满了整个戒面,那也意味着他的死期到了。

会带着这个挂坠出来,意味着他答应了审判所的条件。

"我们需要一个新人,来这里的时间越短越好。人际关系要简单,自身实力也要过得去。最重要的是,他得扛得住事,不会像个废物一样时不时地情绪崩溃甚至干脆自暴自弃。"妙丽的话语在他脑中回荡,"你要做的事情不多,一开始也不会太难,运气好的话你甚至很快就能摆脱这个身份,回到普通玩家的轨道上。你身上的寄生之种虽然有点麻烦,但我们也可以用教廷的秘法帮你去除,干得漂亮的话也许你还能进入审判所,得到更丰富的资源。我们审判所的福利待遇还是很不错的。"

"我们不会很频繁地联系你,也请你不要联系审判所,不要告诉任何人关于寄生之种和审判所的秘密。在我们找你之前,保持低调,保持隐秘,做个普通人。我们会派人来训练你,也许就是今晚。好了,你可以离开了。"

于是齐乐人回到了家中,带着一点做梦一般的恍惚。不过半天时间,他就从生死边缘走了一圈,又被送进了神秘的审判所,现在竟然还成了一个卧底!虽然妙丽没有告诉他究竟需要做些什么,但是他还是能猜测出一些的。恐怕审判所是需要一个身份干净的新人进入到杀戮魔王信徒的阵营中去,然后顺藤摸瓜一网打尽。

后颈的寄生之种还在隐隐作痛，齐乐人摸了摸疼痛的地方，那里很快就会发芽，成长中的寄生之种会逐渐蚕食他的理智，尤其是在战斗时，激增的肾上腺素会刺激它的生长，如果不加以控制彻底疯掉就只是时间问题。控制寄生之种生长的方法一是尽可能避免过多的战斗，二是用外力抑制它的生长，教廷的圣水等物品就可以在一定程度上抑制寄生之种。同时他还需要小心，不能过多接触恶魔结晶这一类物品，否则寄生之种会因为恶魔之力的刺激而加速生长。

洗漱完，齐乐人精疲力竭地躺在床上，看了一眼生存天数：五十四天零二十三小时。

窗外温柔的夕阳洒落在室内，齐乐人用手背挡住了眼睛，那金红的光芒还是固执地从缝隙中挣扎到了他的眼前，就像一片鲜红的火海。从飞艇上一跃而下时那失重的坠落感再一次席卷而来，齐乐人像是抽筋一般蹬了一下腿，这才从那种坠落的幻觉中清醒过来。

他大口大口地喘气，拿起床头早已冰冷的水喝了下去，浇灭这段关于死亡的记忆。

可还是太清晰了，每一次他使用 SL 技能时都伴随着死亡的痛苦。那些记忆被他藏在了脑海深处，用意志力牢牢镇压了起来，可是当他疲倦的时候，它们就会悄悄地挣脱束缚，回到他的意识中。

齐乐人换了一个姿势蜷缩了起来，这个房间的上一个主人留下来的被子散发着一股陈旧的味道，他用被子蒙住了脸，挡住了夕阳，一片黑暗中他反而安心了一些，握着被体温焐暖的吊坠。银白色的宝石里涌动着黑暗的气息，终有一天它将溢满宝石，也许有一天他会像陆佑欣，像许许多多死在这里的人一样，无声无息地在一个任务中死去。

他突然想起了宁舟的那个吊坠，在地宫决战的时候，他捡起了宁舟的吊坠握在了手里，之后就昏迷了过去，醒来之后吊坠就不见了，应该是被宁舟捡回去了吧。

那个吊坠上，一身圣洁气息，有着和宁舟一样蓝眼睛的女人……

睡意像潮水一般涌来，齐乐人迷迷糊糊地想着自己应该早点忘掉关于宁舟的事情，陷入了沉睡中。

"你来了？"

齐乐人发现自己漂浮在一片星空中，他看向声音的主人。不久前才在审判所见过的妙丽坐在椅子上，她和他一样漂浮在宇宙星空中，膝盖上放着一本摊开的书。

"这里是哪里？"齐乐人不敢轻举妄动，生怕自己稍稍一动就会掉下去。

"这里是你的梦境。我说过，我们今晚就会派人来训练你，为了保密起见，这是最安全的方法。最妙的是，这样的意识训练并不会触动寄生之种，可以最大程度上避免它因为过于活跃而快速成长。"妙丽合上了书本，打了个响指，一把椅子出现在了齐乐人的身后，她示意他坐下来。

齐乐人坐了下来，单刀直入地问道："从哪里开始？"

"真是个性急的新人。"妙丽叹了口气，"我还想跟你聊聊这里的局势呢。"

这一块是齐乐人完全不了解的领域，他沉默了一下，礼貌道："请说。"

"简单来说，黄昏之乡是现在玩家的主要聚居地，基本上也可以说是唯一的聚居地。"妙丽转动着手指上的戒指，缓缓说道。

"不是还有黎明之乡吗？"齐乐人忍不住打断道。

"哦，黎明之乡啊。"妙丽的笑容有点微妙，"那里的玩家可不多，能去那里的人，某种程度上来说也不算是玩家了吧。"

齐乐人愕然地看着她，他想起了苏和。

"基本上，能完成黎明之乡的任务进入那里的玩家，都不是简单的人物，可以说算是半个GM①了吧。如果你要把黎明之乡也算作玩家的聚居地的话，那还有不少地方也可以算了，例如教廷的大本营——永无乡。圣城被恶魔攻陷后教廷就搬迁到了永无乡。虽然那里大部分都是NPC，不过也有一些玩家在噩梦世界中触发了相关任务，进入教廷阵营，有一些就选择在永无乡生活了。"妙丽说道。

"宁舟也是这样吗？"齐乐人忍不住问道。

"嗯？你认识宁舟？"妙丽好奇地问道。

齐乐人点了点头。

"对，他是教廷的人，大部分时候都在永无乡。据说教皇非常器重他，他偶尔也会作为教廷的使者来传达一些指令，毕竟审判所也算是教廷的盟友，我们之间是有合作的。"

齐乐人闷闷地应了一声，没有再追问宁舟的事情，只是听妙丽继续说下去："三位魔王的事情你应该知道了吧。其实它们并不只是存在于系统故事中，很多噩梦世界的任务都和它们脱不了干系。欺诈魔王比较低调，关于它的情报很少，而权力和杀戮就很麻烦了，尤其是权力，它用理想国蛊惑了无数玩家。"

"什么是理想国？"齐乐人从没听说过。

"简单来说，它创造一片类似极乐净土的地方，只要玩家与它签订契约，从此以后就可以不再为生存而痛苦，永远生活在理想国中，不会生老病死，享受一切想要享受的极乐。这对很多轻信又软弱的家伙来说，真是个不可抗拒的诱惑啊。"妙丽嘲讽地笑了笑。

"相信一个恶魔的承诺，实在是……"齐乐人不认同地皱了皱眉。

"愚蠢，对吧。"妙丽耸了耸肩，"另一个跟你的关系就比较密切了。信仰杀戮恶魔的玩家有个秘密结社，叫作杀戮密会。所有成员都是被寄生之种寄生的玩家，也许还有些NPC，他们内部另有一套制

---

① 游戏管理员的意思，在游戏里拥有最高权限。

度,目前正在秘密发展玩家。未来我们会为你安排一个身份,帮你加入杀戮密会。如果不想太快被人识破身份从而死无葬身之地,你得学习一些东西。"

"学习什么?"齐乐人精神一振。

妙丽推了推鼻梁上的黑框眼镜,肃然道:"先学习说谎。"

"说谎?"齐乐人有点蒙,刚才一瞬间他想了很多审判所可能会教导他的东西,但是他万万没想到妙丽说的竟然是说谎。

妙丽的笑容有一丝微妙:"怎么?觉得很不可思议吗?"

妙丽摩挲着手指上的戒指,淡淡道:"相信我,你有很多地方用得上它,很多很多地方……"

梦境宇宙的深处,一颗彗星从天外飞来,耀眼的彗尾拖曳着美妙的光弧从群星之间掠过,如同某种远古的预兆。又也许,这恰恰是一个新阶段开始的征兆。齐乐人醒了。

窗外依旧是夕阳,他慢慢从床上起来,看了一眼生存时间五十四天零十五个小时,他睡了足足八个小时,按理说应该精神饱满了。

可他就像是被梦魇折磨了一晚上的可怜人,醒来时大脑都是沉重的。

看来梦中学习的方法虽然能节省时间,但是很耗费精神,根本没有办法让人好好休息,但是……总还是有价值的。

齐乐人揉了揉有点抽痛的太阳穴,起身用冷水洗了把脸。

敲门声传来,齐乐人匆匆擦干了脸去开门。

吕医生站在门外,一见到他就兴奋地说:"我在任务所看到了一个很不错的双人任务,仅限进入噩梦世界一个月内的新人,任务难度评定是D,最低奖励也有二十天生存时间呢!要不要接?"

"难度评定D的任务最低奖励有二十天?"齐乐人奇怪地问道,"这不太合理啊。"

"应该是新手优惠吧,都说了仅限新人了,上次我被几个顾客骗去做了个 B 级难度的任务,全队死了一大半啊!任务奖励也就二十天,不过也是因为只是完成了最低限度的任务,没触发隐藏剧情和支线。总之打死我也不想接 B 级难度的了。"吕医生心有余悸地说道。

齐乐人略一思索,点头道:"那好吧,趁着新人阶段多攒点生存天数也是好的。"

"就是说啊,我还想多攒点生存天数然后兑换点好用的技能呢。要是能像无限流小说那样直接强化数据就好了,自己锻炼实在太辛苦了,对脆皮奶妈[①]一点也不友好。"吕医生一脸眼神死。

齐乐人抽了抽嘴角:"任务简介是什么样的?"

"任务名称是'古堡惊魂',简介不是很详细,大概是说和一群 NPC 夜探古堡。是个副本任务啦,需要传送去副本里进行,如果你同意的话我们现在就去接了吧,大不了过几天再开启。"吕医生有点急,生怕任务下架了。

"嗯,等我穿件衣服。"齐乐人回去披了件外衣就跟着吕医生去了任务所。

任务所里不论哪个时间都是人来人往的,吕医生带着齐乐人接下了古堡惊魂的任务,两个人签名后这个任务就从显示板上消失了。

噩梦世界的副本任务几乎不会出现重复的,哪怕类型差不多内容也千差万别,否则玩家就可以根据现有的提示寻找做过同个任务的玩家获取情报刷奖励了,但也不排除同个世界观下的副本任务有某种程度的联系。

但是噩梦世界主世界里的任务却有可能重复,例如齐乐人的上一个任务"献祭女巫"就是典型的轮回任务,每三年启动一次,内容流程很多时候几乎是一样的,这种情况下情报就十分重要了。

"任务要求在一周内开启,我们先准备一下,然后找个黄道吉日意

[①] 拥有治疗加血技能但生命力弱的游戏角色。

思意思再开任务吧。"吕医生认真道。

"……封建迷信要不得啊。"齐乐人无语道。

"就求个心安呗。"吕医生屌得很真诚，还强行卖萌地眨巴眼。

"随便你吧……"齐乐人无奈了，这么屌的队友行不行啊……这简直是遇上了BOSS要他单挑的节奏。

两个人一边说着，一边往任务所外走去，冷不丁地就被人叫住了。

"是你！"

齐乐人回过头，一个高瘦的男人指着齐乐人："真是你啊，上次下了飞船就看到你被审判所带走了，现在放出来了？"

吕医生用手肘捅了捅齐乐人的腰，小声问道："你犯什么事儿啦？"

"这个说来话长……"齐乐人还没来得及跟吕医生提寄生之种的事情，虽然他不会将自己被寄生的事情说出来，更不会透露和审判所的交易，但是在飞船上的事情还是可以和吕医生说一说的。

周围的路人听到审判所三个字，都有意无意地看了过来，被人盯着的感觉让齐乐人不适地皱了皱眉，对那个在飞船上有一面之缘却连名字都叫不出来的男人说道："就是去做了个笔录，就当见义勇为了。"

高瘦的男人眼神晦暗地看了他一眼，冲他点了点头就离开了。

好奇怪的人，齐乐人在心里念叨了一声。

"之前发生了什么？"吕医生好奇地问道。

"半天前我坐飞船从落日岛去黄昏之乡的陆地部分，在飞船上……"

齐乐人将飞船上的事情一一道来，从身穿斗篷的寄生之种寄生者，到无辜死去的可怜旅客，他语气平静地讲述着这个他参与其中的惨剧。对于审判所的部分他现学现用地将妙丽的授课内容用了起来，适当地加入了部分关于寄生之种的秘闻，很快吕医生就被秘闻吸引了注意，听得专心致志，对他的说辞深信不疑。

虽然骗了朋友有点良心不安,不过他总是得习惯的,不停地、不停地说谎,直到连他自己都相信自己的谎言。

"你的运气还真是不好啊,两次坐飞船都遇上这种事。哇,以后我不要和你一起坐飞船了,你简直是柯南体质。"吕医生一脸夸张地挤眉弄眼了起来,把心情沉重的齐乐人逗乐了。

"行啊,以后我坐飞船你游泳,看谁先到目的地。"齐乐人打趣地说。

吕医生一脸视死如归:"反正都是死,那我还是坐飞船吧。"

两个人边走边说,穿过人来人往的闹市区,一路走到了僻静的小巷间,夕阳笼罩在黄昏之乡,到处都是沉沉的暮霭。

"献祭女巫的任务就是在这里触发的。"齐乐人感慨地说道。他因为好奇触发了任务,然后……遇上了同样触发任务的宁舟。

人生中就是有那么多的巧合,最终串联成了名叫命运的东西。

"太不吉利了,走走走。"吕医生搓了搓手臂,觉得毛毛的,赶紧扯着齐乐人的袖子快步走过。

"别咋咋呼呼的,我都觉得有点古怪了。"齐乐人嘀咕了一声,下意识地摸了摸腰带。

隐隐地,他感觉到这夕曛之中仿佛潜伏着某种令人不安的东西……

齐乐人脚下一顿,吕医生也停下脚步,纳闷地问道:"怎么了?"

"我想起有些事情,就不去你那里了,明天我再来找你吧。"齐乐人镇定地说道。

吕医生"啊"了一声:"那也行,任务的事情也不急,明天再商量吧,那我先走啦。"

齐乐人点了点头,眼看着吕医生从巷口消失,他这才挪动了一步,后背贴着小巷长着青苔的墙壁,对着空荡荡的小巷说道:"出来吧。"

被夕阳的余晖笼罩的地方,一片寂静,只有微风吹动着爬满了墙体的藤蔓，带来轻柔的沙沙声，仿佛在告诉齐乐人，一切都只是他的错觉。

"从刚刚起就跟了我这么久，真以为我没发现吗？"齐乐人把玩着匕首，语气森冷却笃定地说道，大概只有他自己知道，此刻他其实一点把握都没有。

轰隆一声巨响，身后的墙壁忽然爆炸，冲击力将齐乐人掀飞了出去，狠狠摔在了地上，在地上连滚了几圈才停了下来，五脏六腑都一阵剧痛。

头晕目眩中，齐乐人听见一个嘲讽的声音响起："演技倒是不错，不过下次要诈人的时候，记得把脸对准别人藏身的地方。"

手臂被人按在了背后，冰冷的刀锋抵在了后颈上，隔着薄薄一层布料，那刀刃依旧散发着一阵寒意。

"现在，把你所有的技能卡都拿出来，从腰带上的那几张开始。"那人贪婪地说道。

3

是他！

这个声音算不上熟悉，但是毕竟几分钟前才听见过，他还清晰地记得，是在任务所那里，那个和他在飞船上有过一面之缘的男人！

他为什么……

答案已经昭然若揭了，他是为了他的技能而来的！

那个在飞船上展示过的神奇的"起死回生"的复活技能，他是为这个而来！

可他并不知道，这根本不是什么复活技能，而且这个技能还是个绑定技能，根本不可能交给别人来使用。

被人用刀顶着脖子的这一刻，齐乐人的大脑飞快地转动着，乖乖交出技能卡？不行，这绝对是死路一条，且不说这个技能是绑定技能，就算是非绑定技能，谁能保证他拿走技能卡之后不杀人灭口？但是如果拖延下去，他会不会……

果然还是要用 SL 技能吗？齐乐人心下一片冷然。原本想着尽量减少使用这个技能，但是看来还是……

不对，再等一等，这个人明知道他会复活技能，为什么他会这么自信？难道不怕他拼着死亡一次再复活反杀吗？他在飞船上应该见过他复活后是会移动的，这样不就能挣脱他的束缚了吗？

"快点，把技能卡都交出来！"那人恶声恶气地说着，抵在他后颈处的刀往前一顶，刀刃割破了衣领，扎入了皮肤中，一阵凉意从伤口传来，温热的血液濡湿了衣服，汩汩地流了下来。

齐乐人还在冷静思考的大脑一下子蒙住了。

血。

恶意。

杀了他。

某种不可预测也不可阻挡的力量从他后颈处往下钻，沿着脊柱，沿着皮肤，欢喜而贪婪地生长。

"啊啊啊！"身后的男人传来一声凄厉的惨叫声，齐乐人被按在后背的那只手不可思议地弯折了过去，巨大的力量将男人打飞了。

高瘦男人的身体飞了出去，重重地跌落在地上，再无声息。

它还在流动，它感到快乐，但它仍不满足。

两眼空洞的齐乐人定定地看向矗立在不远处的铁塔，机械的塔身有三四米那么高，风向标在晚风中旋转着，发出微弱的咔嚓声。

潜伏在塔顶阴影处的狙击手，已经瞄准了他。

齐乐人不自觉地笑了，冰冷而陌生的笑容出现在了他的脸上。

"砰"的一声枪响，水银子弹擦着齐乐人的手臂飞过，并不想取他性命，只是要他丧失行动力方便勒索而已。他一侧身就精准地避过了那枚子弹，下一秒他动了，敏捷得像是猎豹一样，速度惊人地冲到了铁塔前，双手攀住钢架爬上了铁塔，机械塔上的人惊慌地挥出了短刀，齐乐人想也不想地徒手就握住了刀刃。

血液瞬间飙出，却让它更加兴奋，它几乎是狂乱地操纵着齐乐人的身体，挥出匕首，解决了狙击手。

齐乐人站在塔顶上，头顶传来飞船飞过的轰鸣声，就像是大工厂中运转的机械一样。整个落日岛笼罩在沉沉的斜阳之中，这座钢铁铸造的城市，一整排巨大的烟囱里涌出白色的水蒸气，竟然在夕阳下映出了一弯绚烂的彩虹。

一阵夹杂着机油气味的狂风灌入了齐乐人的鼻腔中，他突然撕心裂肺地咳嗽了起来，腿一软坐倒在了地上，牵动五脏六腑的咳嗽让嘴里都满是锈铁的味道。

背上阴冷的寒意已经缩回了后颈处，理智一点点从深渊之中回来，被刀割伤的疼痛也随之而来。

太可怕了，刚才他就像是被夺舍了一样，虽然眼睛看得见，但是却完全无法控制身体，或者说他根本没有要去控制自己的意识！满心都被杀戮的欲望占据。

齐乐人颤抖着看向自己的手，他还能记起自己是怎么动手的，这就是恶魔的力量吗？

齐乐人从包裹里取出了水囊冲洗了一下满手的鲜血，又用毛巾擦了一把脸。

爬下铁塔后，他还是感到一阵虚弱，这感觉就像是他刚刚使用了SL

技能一样。

看来寄生之种的使用还是会对身体带来负担。他应该尽量避免使用它，否则时间一久，他也不知道自己的理性还能维持多久。

"喂。"一个熟悉的声音从身后传来。

齐乐人一凛，立刻回过了头。

阿尔坐在小巷的墙上，抱着手臂看着他。

他是什么时候来的？！齐乐人完全没有感觉到。

"你跟踪我？"齐乐人的第一反应是他被审判所的人监视了。

阿尔的嘴角抽动了一下，似乎是想笑："你想多了，我们很忙，没空来管你的死活。"

他说话还是这么不客气，不过这样的回答倒是让齐乐人稍稍安心了一些，他可不想终日被审判所的人监视着，他很怀疑就算他们监视着他，也不会出手帮他。会死在这种简单的困境里，只能说明他没有审判所需要的能力，齐乐人很清楚这一点，从来不把希望寄托在他们身上。

终究还是要靠自己啊。

"那你是刚好路过了？"齐乐人依旧对他的出现心存疑虑。

"那倒也不是，有人向审判所求援，刚好我在这附近就过来看看了。倒是你，还真是走到哪里都能遇上麻烦。"阿尔饶有兴致地打量了齐乐人一番。

齐乐人对此难以反驳，他别开眼，一眼就看见在巷尾探头探脑的吕医生："啊，齐乐人，你没事吧？"

他像是小动物一样蹲守在洞口警惕观望着四周，等确定一切安全后才敢跑出来，这会儿他赶紧跑了过来："阿尔先生？好久不见啊。"

吕医生显然对这个在飞船上见过的少年人印象深刻。

齐乐人纳闷道："你不是走了吗？"

吕医生斜了他一眼："喂，你是不是太歧视我的智商了？刚才气氛那么奇怪，你突然说有事要走，摆明了是发现不对了啊，作为一个遵纪守法的市民，我当然要选择报警！"

说着，他扬了扬手上的金属按钮，笑容有点可爱，还得意扬扬。

然而阿尔不太捧场，他冷着脸说道："我不是警察，审判所也不是警察局。"

吕医生嘟哝了一句："不就是换个称呼吗……"

阿尔没有再说话，坐在墙体上的他轻轻往后一仰，消失在了墙后。

"走吧，去我那里，我帮你处理一下伤口，顺便试试'三不医'对你有没有用。"吕医生拉起齐乐人徒手握过刀刃的右手检查了一下，发现伤口竟然已经止住了血，看起来也没伤到神经，他也不着急了，干脆回去再用技能帮他治疗。

齐乐人最后回头看了一眼横陈在地上的尸体，强忍住了去碰触后颈上那颗"定时炸弹"的欲望，跟着吕医生走向他的家中。

落日岛中央的大钟楼再一次敲响，一声、两声……浑厚的钟声向着四面八方涌去。

靠近事故发生小巷的地方，妙丽坐在一棵钢铁浇铸成的参天巨木上，远远看着一前一后离去的齐乐人和吕医生低声道："他身上的寄生之种，发展得比预想中要快，这速度不太正常。"

不知何时出现在她身边的阿尔抱着手臂，语气冷淡地说："你提醒过他要远离恶魔结晶这一类会加速寄生之种生长的恶魔物品了吗？"

"当然。这么快的发展速度，难道是他的体质问题？还是说他最近和恶魔有什么接触？受到了恶魔之力的影响？这也可以解释为什么这么低的概率，偏偏他就中招了。在寄生之种眼中他是块不折不扣的'沃土'啊。"妙丽摩挲着下巴，忽然想起了什么，"他说他认识宁舟，可他一个进入游戏不过十几天的新人,怎么会认识教廷的人?"

"他还认识黎明之乡的人。"阿尔说道。

"有意思。"妙丽轻哼了一声,"不过照这么发展下去,不出几个月寄生之种就要成熟了。要不要帮他压制一下呢……"

"随便你。不要把人弄死了,BOSS说过的。"阿尔提醒了一句。

次日一早,齐乐人在满室夕阳中醒来,笃笃的敲门声弄醒了他。

黄昏之乡终年都笼罩在夕阳下,时间一久人的时间观念就变得淡薄了起来,哪怕对着钟表都不能确定究竟是"白天"还是"黑夜",时间一长所有人的作息都不免混乱了起来。

敲门声还在有节奏地响起,齐乐人披上衣服拖着拖鞋去开门。

大门打开,陈百七抱着手臂站在门外,将他从头到脚打量了一遍。齐乐人按了按翘起的头发,声音沙哑:"怎么了?"

"穿好衣服,跟我来。"陈百七说。

"去哪儿?"齐乐人莫名其妙。

"去看陆佑欣。"

齐乐人惊住了:"她不是死了吗?"

陈百七靠在门边,淡淡道:"是啊,所以是去扫墓,去吗?"

"去,等我一下。"齐乐人赶紧回去洗漱了一番,穿好衣服,跟着陈百七向海岸走去。

"我以为你和陆佑欣不怎么熟。"路上,齐乐人说。陈百七听他说献祭女巫任务时就知道陆佑欣死了,当时她只是略有惊讶,但也没有表露出什么悲伤不舍的情绪,他以为她俩应该只是点头之交。没想到陈百七竟然会去给她扫墓。

陈百七双手插在外衣的衣袋里,步履匆匆:"以前一起做过任务,交换过一些情报,算不上太熟。宁舟和她熟悉一些,应该算得上是朋友了吧。"

齐乐人垂下了眼帘,没再问下去,心里却隐约明白了为什么陆佑欣临死前会好心给他们送来提示,毕竟和宁舟是朋友啊,否则她何必费这个心。

海岸边,一艘小型游艇大小的船只已经停靠在了岸边,两个人上了船,陈百七掌舵。这艘外观看起来陈旧的船只发出机械启动的轰鸣声,布满了锈铁的烟囱里冒出白色的蒸汽,在飞快行驶的船只后拉出了一道长长的白雾。

齐乐人有点好奇他们究竟要去什么地方,但是也没问,反正很快他就会知道。

"到了海上空气总算好一点了,我真是受不了那股机油的味道。"陈百七叼着烟说道,狂风中烟头烧得飞快,她一手夹着烟吐了一口烟雾,一手还握着舵盘掌握方向。

"我也不太喜欢……说起来我其实搞不太懂噩梦世界的能源,听说既不是煤炭也不是石油,而是恶魔结晶?"齐乐人记得在游戏中听NPC说起过这个问题,只是不太深入。

"谢天谢地不是煤炭,不然到处是雾霾了。"陈百七撇了撇嘴,继续说道,"噩梦世界的科技树非常奇怪,在蒸汽这方面已经发展到了登峰造极的地步,电力应用也没有问题,但其他能源使用还停留在煤炭和烧柴的阶段。二十多年前恶魔入侵噩梦世界,带来了巨大的破坏,也使得人类发现了一种新能源——恶魔结晶。"

齐乐人竖起耳朵听陈百七讲起了恶魔结晶的故事。

"恶魔结晶来自恶魔的尸体,恶魔被猎杀后人类可以从它们的体内获取这种结晶,可以说那是高度凝结的恶魔之力。如果长期和恶魔结晶打交道，人类甚至有恶魔化的危险，变成低等没有理性的魔物。不过很快有人发现，这种结晶有种神奇的力量。"

"什么力量？"齐乐人追问道。

陈百七将烟头一扔，迎面的海风吹得她的头发往后飞扬，护目镜让人看不清她的眼神，不过还是看得出她笑了："让水沸腾的力量。你猜猜看，把指甲盖这么大的恶魔结晶丢入一个五十米长的游泳池里，能让池子里的水沸腾多久？"

就像把钠放入水中一样吗？齐乐人想了想，大胆地猜测道："一个小时？"

"哈哈哈，真是保守的答案啊。"陈百七大声笑道，声音在海风中四散，"整整三天三夜，稳定地让水沸腾。现在你明白为什么蒸汽机才是这个世界的王了吗？"

"如果把足够多的恶魔结晶丢进大海，也许大海也会沸腾，就是这么不可思议的力量。"陈百七朗声说道。

这种东西彻底改变了噩梦世界或者说黄昏之乡的科技结构，高效清洁的恶魔结晶让注定被淘汰的蒸汽机牢牢占据主流地位，哪怕电力被发现后，人类依旧利用蒸汽发电，而不是水力、火力发电。

可惜在黄昏之乡和黎明之乡外的世界，人类依旧生活在中世纪一般的原始时代中，被恶魔统治着。

这个世界的原住民几乎都有宗教信仰，在恶魔到来前的漫长文明史中，教廷主宰着这个世界，类似于欧洲中世纪时期的基督教，影响力有过之而无不及，毕竟这个世界是真的有特殊能力的，恶魔的存在也加强了教廷的权威。

海上起雾了，小船驶入了迷雾中，陈百七跳下了舵台，在船尾挂上了一盏灯。

蒙蒙的黄色光线照亮了雾中的世界，齐乐人定睛看着海水，海面上似乎有什么东西在动，一团一团的，黑色的东西……哗啦一声，一只发青的手臂从水下伸了出来，击打在锈蚀的船身上。

"这是什么？！"齐乐人后退了一步。

陈百七瞥了一眼："水怪而已，站远点，它们不会上来的。"

随着她的话语，白雾在黄色的灯光中渐渐散开，摩西分海一般露出了一条洒满了月光的通道。

小船再次起航，沿着这月光铺就的梦幻海路，向着前方隐约可见的岛屿驶去。

岛上也弥漫着一层薄薄的雾气。陈百七扔了个手电筒给齐乐人，这电筒很沉，个头很大，还是手提式，有种古旧粗犷的气质。齐乐人稍稍研究了一下，对噩梦世界的科技树颇有兴趣。

"太阳落山，我们现在已经离开黄昏之乡的范围了，穿过刚才那片海，就可以找到这座小岛。多年前有个玩家发现了这里，也发现原来死去的玩家都会在这座岛上生成一个墓碑，碑上会有简要的个人信息，那之后玩家们就会来这里吊唁自己的好友，算得上是扫墓了吧。"陈百七带着齐乐人拾级而上，穿过大片大片的墓地，"我们现在走过的是二十多年前那些玩家的墓碑，那群人应该都已经死了，毕竟每月一次的强制任务越到后面就越难，到第三年就是一个分水岭，将那批不思进取的普通人淘汰掉。二十多年，两三百次强制任务……呵，难度大概能媲美开天辟地了吧。"

陈百七话语中的绝望感让齐乐人一阵压抑，他问道："就算去了黎明之乡，也还是要完成强制任务吗？就没有什么办法可以摆脱这种轮回吗？"

"不知道，没有人证明过。也许等有人完成了这个世界的终极任务才能让一切结束吧，这一切都只是玩家之间的一个传说而已。对那些没有结束的玩家来说，这是一个真实的世界。"陈百七说道。

凄清的月光一路洒落，沿途的花草树木都笼罩在淡淡的雾气中，如梦似幻。只是那一层又一层仿佛剧院的座椅一般排列的墓碑让这一切本该是美好的景色都变得沉重，无数的死亡叠加在一起，为这个清冷的夜晚平添了几分庄严。

两个人越走越深，一直来到岛屿深处，那无穷无尽蔓延的墓碑终于到了尽头。陈百七示意齐乐人用手电筒照亮墓碑上的文字。

一个个陌生的名字在手电筒的光亮中显现，终于定格在了他们要寻找的那个人的墓碑上。

"陆佑欣。死于献祭女巫。存活天数七百三十一天。"

就是这么简单的三行字，总结了陆佑欣的一生。

"他果然来过了。"陈百七看着墓碑前放着的一束百合花低声道。

宁舟？他来过这里了？齐乐人呆呆地看着百合花，脑中无端浮现出宁舟捧着花踏上这座孤岛的画面，他一定是孤身一人，也许也是在这样雾蒙蒙的月夜里，独自来见一个死去的朋友。那时候的他，又是什么样的心情呢？

陈百七在墓碑前撒了一坛酒，散发着酒香的清酒，打湿了墓前的百合花。她也不说什么话，就是站在墓碑前，好像陷入了回忆中。

齐乐人手上的手电筒往旁边照了照，果然旁边就是谢婉婉，同样死于献祭女巫。再往前是一个陌生的名字，死于一个叫作"万圣节"的任务，旁边同样是死于"万圣节"的一个玩家，再往前……

齐乐人的脚步停住了。

手电筒的光束定格在了墓碑上，连同心跳一起，致命的恐惧从灵魂深处涌来，像是冰冷的浪潮一般将他淹没。

"齐乐人。死于献祭女巫。存活天数十三天。"

如坠冰窖一般,齐乐人手脚冰冷,一动不动地看着墓碑上的碑文。周围的一切都离他远去了,如同被看不见的屏障遮挡,海浪的声音、皎洁的月光、清冽的酒香……一切都远去了。他就像一个被埋入地下的活人,眼看着泥土一点点铺盖上他的身体,从此与黑暗为伴,与爬虫为伍,终将在不为人知中逐渐腐朽。

他不甘心,他催促着快要不受控制的身体往前走。更多,更多的属于他的墓碑暴露在面前。

失魂落魄的齐乐人还在往前走,无数属于"齐乐人"的墓碑在无声地嘲讽着活着的他,如果再走下去,他还会找到新手村里自己死亡时留下的墓碑。

"够了,齐乐人!"陈百七的声音在齐乐人身后响起。

齐乐人站在一排又一排,仿佛剧院座椅一般排列的墓碑间,月光在地上留下了他的影子,和无数墓碑的影子交叠在一起,仿佛是生与死的纠缠,因这月色模糊了界限。

他还活着吗?他已经死了吗?他要怎么去证明,自己还活着?

用记忆?可记忆不过是一段脑波,在这个噩梦世界各种不可思议的力量面前,哪怕捏造一段记忆都很简单,更何况只是移植一段记忆呢?

他真的还活着吗?

活着的真的还是他吗?

陈百七已经来到了他的身边,拉着他的胳膊往回走,走进了岛屿更深处。

沿着洒满了月光的小径,踏着杂草和虫鸣,两个人越走越深。齐乐人不知道陈百七究竟要带他去哪里,也不想知道了。他的灵魂好像遗落在了自己的墓碑前,被拉着的他只是一具行尸走肉。

穿过了茂密的丛林,眼前豁然开朗。

他们站在一处高高的孤崖上,月光笼罩下的大海近在眼前。如此静匿,如此广袤,银白色鱼鳞一般的月光在海面上跳动着,和这星光和这大海一起组成一个美得令人窒息的夜晚。

陈百七在海崖的一块怪石上坐下,用手捂住打火机,给自己点了根烟,又丢了一根给齐乐人。

这一次齐乐人没有拒绝。

两个人坐在海崖上,听着崖下潮水拍岸的哗啦声,还有齐乐人自己一边抽烟一边咳嗽的声音,彼此一言不发。

"现在我知道为什么宁舟临走前特意提醒我,让我不要带你来这里了。"陈百七抽完了一根烟,用鞋碾了烟蒂说道,"可惜啊,不收钱的时候,我实在是个不太合作的人。"

"他还说了什么?"齐乐人声音嘶哑地问道。

"很多,我从没听他说过这么多的话,不过大概是因为他喝醉了。"陈百七低笑了起来,"毕竟我可是带了一整箱好酒去见他的,只怕他酒醒后恨不得杀我灭口。"

齐乐人抬起头看着陈百七,她跷着二郎腿坐在石头上,又给自己点了根烟。

"我想他自己也不会相信,这么短的时间里,他竟然会对一个不属于这个世界的人产生那么珍贵的感情。"陈百七说。

"什么意思?"齐乐人的心头咯噔了一下。

陈百七挑了挑细长的眉:"我以为你已经发现了,原来没有吗?"

不属于这个世界……齐乐人的脑中忽然浮现出了一张和宁舟相似的脸,圣灵结界中那个在圣母像下祈祷的金发女人,她有一双和宁舟一模一样的眼睛。

"宁舟和我妹妹茜茜一样,应该说比茜茜更特殊,茜茜的父母都是来自现实世界的玩家,但是宁舟……他的母亲是一个NPC。"

陈百七的声音好像从天外传来一般,她说的每个字他都听见了,却好像突然听不懂了。

"算算宁舟的年纪,他的父亲应该是最早进入这个游戏的那一批玩家,不过很早就死了,在他母亲也去世后,他就被送去了教廷,深受教廷影响。十八岁开始会像普通玩家一样进行任务的事情也是宁舟告诉我的,三年前他年满十八,就和我们一样有了生存天数,需要每月进行强制任务。"

齐乐人手上的烟头已经快烧尽了,他却一点都没发觉。

"这一次会接到献祭女巫的任务,倒完全是个意外。他最近刚从永无乡回来,遇上了正在追杀几个少女的歹徒,就将他们解决了,可惜也没能救下那两个女孩子,反而因为她们手上的恶魔印记,触发了这一次的任务。更巧的是,你从另一个死亡的NPC身上,同样接到了这个任务。"

"其实一开始他并没有多在意你,从个性上来说,宁舟是天生就不喜欢和人亲近的,很难想象他主动去接近一个人,一开始会在篝火边救下被野狼袭击的你,完全是顺手为之。帮助需要帮助的人,也是教廷的规定。"陈百七说着,突然轻笑了一声,"不过等他醉得更厉害之后,他还是承认了,他觉得你那时候故作镇定还努力和他搭话的样子很可爱。"

——"我……我叫齐乐人,你叫什么名字?"回忆一下子又从灰白变回鲜活,就像是一卷黑白的电影胶带,突然有了声音和色彩。齐乐人清楚地记得,那温暖的篝火旁,他忐忑不安,欲言又止,最后终于鼓起勇气问了"她"的名字。

"后来地下洞窟中,你们被骨龙追杀,他拉着你逃亡。那时候你看起来害怕极了，红着眼睛，说话声音都在发抖，可是却固执地要保护他，甚至连死都不怕了。宁舟恐怕这么多年也没见过有人会为他这么拼命，之后你死在龙息里，又差点被结冰的地下湖冻死，等他把你救上来后，看着浑身湿透瑟瑟发抖的你，他就对自己发誓，一定会保护好你。"

——"总之谢谢你，下一次见面的时候，告诉我你的名字吧！"那时候他匆忙逃命，跑得肺都在痛，还拼命压低了声音不敢咳嗽，憋得眼睛都是红的。他知道自己不会死，有技能的帮助他有很大的概率可以幸存下来，所以才那么勇敢。

"最后的地宫中，宁舟用掉了他母亲留给他的遗物，对，就是那个挂坠。那个东西可不是普通的物品啊，对他太重要了，他绝对不该动用的，不过那时候已经千钧一发，你又深陷危险，他还是毫不犹豫地用了，哪怕……而圣灵结界里你找到了唯一的机会，不过也真是造化弄人……"陈百七遥遥眺望着月光下平静的大海，声音似有若无，"后来的事情，喝醉了的宁舟也不肯说下去，不过我已经知道了。要亲手杀死愿意为他付出性命的人，那时候的他到底有多痛苦呢……"

——"宁舟，我有一个办法，也许可以让我们都活下去。"那时候，满怀激动之情的齐乐人甚至面带微笑地说着对宁舟而言最残忍的话，"很简单，杀了我。"

齐乐人颓然地坐在石头上，用手捂住了脸，这一段短暂的经历，在他眼中已经变成了命运的恶作剧，可是在宁舟眼中呢？这完全是一场不可挽回的悲剧。

"你知道吗？任务结束后，来见你之前，宁舟去了一个地方。"陈百七缓缓说道。

"哪里？"明明知道应该停止问下去，可齐乐人却还是问出了口。

陈百七却答非所问:"他去买了一件东西,想送给你。"

齐乐人的手指抽筋一般动弹了一下,他隐约知道了什么。一种和玫瑰花相配的东西。

陈百七没有再说下去,她抽了一口烟,烟草的味道让她放松,也让她平静。她站起身来,面朝大海,喃喃道:"这就是命运吧。明明是不可能的人,却因为种种巧合彼此相遇产生羁绊,可惜到头来……仍旧是不可能啊。"

齐乐人沉默了。

"在宁舟的世界里,他恐怕从来都没想过会是你们这个情况。毕竟他很早就在教廷生活,遵守戒律,恪守教典,信仰坚定。最重要的是,这个世界的教廷古板、保守,决不会允许这样的感情……"

"宁舟认为自己有罪,不可饶恕的罪,这样的痛苦,生活在我们那个世界的人永远也无法理解。如果有一天……他为此离开了教廷。那便是背弃信仰,放弃他曾经视为生命的一切……究竟是这份感情更痛苦,还是死亡更痛苦?"

咸涩的海风吹拂在脸上,带走人体的温度,听完了这一切的齐乐人已经很平静了,他也从石头上站了起来,低声说:"我明白了……"

陈百七转过身来,将手中的一个瓶子递给了他:"拿着吧。"

"我可不用借酒消愁啊。"齐乐人开了个玩笑,可却连牵动嘴角都这么困难。

"不是酒,是教廷的圣水,也许以后你用得上。"陈百七耸了耸肩,"我要先去看看几个老朋友,一个小时后我们在上岸的地方见。"

齐乐人拿着瓶子的手僵了一下,陈百七怎么会知道他需要圣水来压制寄生之种?

眼看陈百七已经走开了,他顾不上许多大声问道:"为什么给我这个？"

陈百七背对着他挥了挥手:"宁舟寄来的,托我交给你,收着吧,也许以后派得上用场。"

陈百七的身影已经消失在了台阶下,齐乐人摇晃了一下瓶子,晶莹剔透的液体在月光中散发着微弱的亮光,只是看着就让人觉得心生平静。如果是宁舟的话……他应该知道一些什么吧?毕竟他在审判所见到过他。

齐乐人没有再想下去,收起了圣水往下走。

此时他已经不再为那些墓碑惊慌失措了,那是他无法验证,也无法控制的东西。哪怕他真的已经死了,但现在这个依旧活着,他能行动,能思考,能像从前一样喜怒哀乐,更多的问题他已经不想再纠结了。

齐乐人在陆佑欣的墓碑前停下,倒着往回走了一层,然后走了进去。他看到了叶侠,这竟然是她的真名,生存天数足有一千五百多天。

再往前一步,手电筒的灯光照亮的地方,是齐乐人的名字。

连续三个墓碑,都是他。

死于宁舟之手的他。

齐乐人的脚步一顿,一种说不上是悲哀还是释然的情绪从灵魂深处慢慢渗了出来。从陈百七说宁舟去买了一件东西后他就隐约猜到,却始终难以置信,可是如今亲眼看见,他终于不得不相信。

他几乎可以想象宁舟发现他的墓碑时是什么样的心情,也许对他而言,在献祭女巫的任务中与他生死与共的那个齐乐人已经死了,被他亲手杀死了,他唯有将这份准备好的礼物送到墓碑前。

像是一场无声的告别。

齐乐人上前几步,在自己的墓碑前蹲了下来。

"齐乐人。死于献祭女巫。存活天数十三天。"

一个打开的首饰盒被端端正正地放在墓碑前。

黑天鹅绒的垫布间,镶嵌着一场蓝色的昔日梦境。

蓝宝石在月光下熠熠生辉,漂亮得如同宁舟的眼睛。